黄太义

著

江湖

一代拳师
黄继榆传奇

陕西新华出版

太白文艺出版社·西安

图书在版编目（CIP）数据

江湖 / 黄太义著. -- 西安：太白文艺出版社，
2025.2. -- ISBN 978-7-5513-2906-4

Ⅰ.Ⅰ247.5

中国国家版本馆 CIP 数据核字第 2025BV4198 号

江湖
JIANGHU

作　　者	黄太义
责任编辑	张　瑶　王赵虎
封面设计	玉娇龙　高　颖
版式设计	玉娇龙　高　颖
出版发行	太白文艺出版社
经　　销	新华书店
印　　刷	武汉怡皓佳印务有限公司
开　　本	880mm×1230mm　1/32
字　　数	220 千字
印　　张	7.75
版　　次	2025 年 2 月第 1 版
印　　次	2025 年 2 月第 1 次印刷
书　　号	ISBN 978-7-5513-2906-4
定　　价	78.00 元

目录

CONTENTS

第一章　风水之争 001

第二章　械斗又起 005

第三章　屈辱外出 010

第四章　兴国学艺 017

第五章　寻找高老五 020

第六章　五更求学 025

第七章　怒踢武汉关 029

第八章　独挡外侵 041

第九章　师父上门授艺 042

第十章　码头镇献技 046

第十一章　开赴九江 049

第十二章　献技慑地痞 052

第二十五章　刘珏明鲁莽送命　108

第二十六章　黄继隆顶罪过堂审　111

第二十七章　继榆返乡　115

第二十八章　再行山里　117

第二十九章　蛮子娘谢恩搭红线　124

第三十章　兄弟相讥八百不快　127

第三十一章　意外得皇赏　130

第三十二章　亭群武考涉事　133

第三十三章　误上强盗船　136

第三十四章　佘姑订终身　140

第三十五章　荷花习武　145

第三十六章　佘姑堂前献技　147

第四十九章　黄老五大战苏州城　196

第五十章　二老板趁势献技　203

第五十一章　秋莲发难　206

第五十二章　佘姑负气出走　210

第五十三章　继榆问凶吉　213

第五十四章　追寻佘姑　218

第五十五章　佘姑冤死宿松　221

第五十六章　继榆再释刘玉泽　225

第五十七章　痛失果然　229

第五十八章　归隐乡里　永藏利器　230

后记　236

第十三章　重会黄继隆　054

第十四章　艺压地头蛇　059

第十五章　师父遇难　064

第十六章　江边救人　066

第十七章　山上做客　070

第十八章　收服莽徒　075

第十九章　初会陈光亨　079

第二十章　刘珏明初到上巢湖　082

第二十一章　远航芜湖　084

第二十二章　寻求靠山　091

第二十三章　勇闯南海　097

第二十四章　二龙寨借旗　102

第三十七章　荷花命丧丈夫棍下　150

第三十八章　惊退访武人　157

第三十九章　智斗群妇　159

第四十章　佘姑显技退敌　163

第四十一章　太平军入兴国　170

第四十二章　兄弟调和　173

第四十三章　胡林翼封衔　176

第四十四章　兴国宿官阻屠城　178

第四十五章　二老板搭救小凤　184

第四十六章　继隆被宰大坡府　186

第四十七章　兄弟再聚上巢湖　189

第四十八章　千里送兄弟　192

第一章　风水之争

武昌下来十八洲，
风水落在下巢湖。
侧船地，困山牛，
哮天狮子朝北斗。

一条大江，蜿蜒曲折，逶迤千里，流向东海。江水经过武昌，流过牯牛洲，流过蕲州城，刚要进入富池口时，却被半壁山拦住了去路。江水在山脚下旋了大半个圈子，终于在北岸寻到了出口，那一瞬间水流便像一匹被圈禁已久的野马，迫不及待地夺路逃去。

半壁山的下游，是一片平坦的河床，高涨的激流一出隘口，便立即四下散去，铆足了的劲儿顷刻间卸去大半，裹挟而下的细石泥沙被抛了下来，在富池口前散落，渐渐堆积成一片沙洲。

富池口地处长江南岸，一百多里长的富河，在这里汇入长江。春夏时节，江水上涨，淹没了大半个洲身。长江水势凶猛，富河水刚一进入长江，便被逼了回去，沿着南岸流淌。就这样，经过两面冲刷，这座沙洲被冲得又瘦又长，从富河口一直蔓延到黄金堡、张家湾、上巢湖、下巢湖。因为洲身瘦长，沙粒金黄，远远看去，就像是一条水中游龙，于是这座沙洲被人们称为"黄龙洲"。

有人说，这段风水谣是明末风水大师蒋大鸿总结的，也有人说是赖布衣所言，但不管是出自何人之口，一定是风水师观天象，看水口，捧着罗盘寻川走脉的结果。只是大师们万万没有想到，他们千辛万苦所寻得的风水宝地，不仅没有给生活在黄龙洲的人们带来福祉，反而给下巢湖和上巢湖带来了一段恩怨，引出了一代拳师黄继榆的江湖传奇。

下巢湖和上巢湖只有一山之隔，两湖的形状、大小相当，像是一对孪生姐妹，只是一个归江西，一个属湖北。下巢湖虽然地处江西，但因为西岸与上巢湖接壤，所以下巢湖和上巢湖就有了无法割舍的关系。

"侧船地，困山牛"，是说下巢湖西南面的两座山。而在下巢湖的东面，也有一座大山，形似一只肥硕的狮子，狮子头正对着江北，风水谣中所说的"哮天狮子"，就是指这座山了。风水谣里只说风水落在了下巢湖，并没有说这"得水藏风"之地到底是在侧船地，是在困山牛，还是在哮天狮子山。直到有一天，上巢湖的黄家人在绣球山上葬了坟，引发了黄、董两家关于属地的纷争。

在哮天狮子山的不远处，有一座浑圆的小山，叫绣球山。它和哮天狮子山合在一处，就是俗称的"狮子滚绣球"。绣球山是一座黄色的小山，下巢湖人叫它赛山。风水师说这赛山就是一条盘着的黄龙，而另一侧上巢湖的青山则是一条青龙，和这绣球山合在一起，就又成了"二龙戏珠"之势。但黄家人把坟安葬在绣球山上，并不是受到了风水师的指点，而是事出有因。

话说黄家的祖先原来居住在江西黄家塘，上巢庄一世祖贵堂公下山来到上巢湖的罗家湾种地烧火肥。临走时，顺手把一根当拨火棍的刺树枝倒插在地上，没想到这根拨火棍竟发了芽。贵堂公认定这里风水好，就携妻带子来到湖西落了户。到贵堂公的孙子伯顺当家时，有一天家里的猪婆不见了，当时正逢天降大雪，伯顺看湖东有一处地方没有积雪，寻找过去，竟然在一丛刺蓬下找到了猪婆，并且还生下了十几只小猪崽。伯顺就在这里搭起一个棚来护猪，又觉得这里的风水胜过罗家湾，便在此地落户了。

伯顺生了子高，子高又生了仁义、仁礼、仁智三个儿子。三房子孙里数二房人多，就把二房又分为四房和五房。与下巢湖的董家争夺绣球山的，就是五房。

上巢湖黄家拥有大片的土地和山场，为何还要与下巢湖董家争一块墓地呢？其实也是不得已而为。

黄家老母过世了，五房的兄弟们打算请个风水先生来为老母择阴宅，以求福荫子孙。风声刚出，便不请自来了一位先生。这位先生胸有成竹地说："在你上巢的地脉上，我早已看中了一块宝地，你家老母若是落葬在此地，立马就能发二十四个红丁来。"又说此处风水是他点的，动了地气，他会遭受天谴，眼睛会遭失明谴，所以他要求五房兄弟们答应为他养老送终。

兄弟几个听后，略加商议，就答应了这位先生的要求。只要他选的风水好，所言应验，为他养老不算什么。老母刚一落葬，果然是各房妯娌连连怀孕，喜报不断，竟一连生了二十四个红丁，成为盛传一时的"二十四把油纸扇"。兄弟们喜不自禁，专门为这二十四个子弟盖了学堂，请了先生。

兄弟们也兑现了对风水先生的承诺，轮流奉养他。先生更是洋洋得意，不用再去四处奔波了，手头上有些积蓄，便整日里东游西逛。

一天，先生游方回来晚了，遇上妇女们在晒场上打麦。女主人见先生回了，就跟先生商量："先生，你回来得不巧，正赶上我农活忙，厨房里有饭有菜，麻烦你热一下吃了。"

看见主家实在是忙，先生也答应了，回屋就自己动手炒饭热菜。

这一幕被隔壁人家看见了，便打趣他说："先生哪，原来你还是个吃剩饭的先生。"这话让先生听了很不舒服，躺在床上细细琢磨。他心想："看来这家人靠不住，我还没老就这样对待我，以后还不知道会怎样呢。"越想越气，最后竟生出一个阴招来。第二天，他对五房当家的说："不好了，你娘坟上的风水坏了，要赶快迁坟！"

当家的听了不信。自从老娘落葬之后，家里一口气连添了二十四个红丁，大家都好好的，为什么要迁坟？

先生见主家不信，便说："风水是流转的，你若不信，五更头里你到坟头上去听听吧，讨米棍敲得一片响呢。"说完便不再多说，收起行李负气走了。

当家的嘴里说不相信，但心里还是有点担忧。隔天就约上兄弟们，几个人来到坟上查看。

坟墩仍然完好，没塌，也没被野猪拱。照着先生的意思贴耳一听，竟真的有扑棱扑棱的声音，像是棍子在敲打棺材板。大家慌了，这地仙说的莫不是真的？他说要发二十四个红丁就真的发了二十四个红丁，想必他这次说得也不会错。那怎么办？就信了他吧，兄弟们决定重新选个地方迁坟。谁愿意自己的后人去讨米呢？

兄弟们又找了个地仙，新选了墓地就开始迁坟。没想到刚一动土，就有两只白鹤从坟墩里飞了出来。众人惊慌了，这才明白上了那个先生的当，只能眼睁睁地看着白鹤飞过蜡梨坡，落在了下巢湖的绣球山。

看见白鹤飞到了绣球山，兄弟们顿时又窃喜起来。都只听说"风水落在下巢湖"，但下巢湖的风水，始终没有人能找到。自古有"三年寻龙，十年点穴"之说，今日白鹤落入绣球山，莫不是在替他们"点穴"？于是，他们决定把母亲的坟迁往绣球山。

日子选在了五月初五，至于时辰，风水先生却卖了一个关子，只留下一句"头戴铁锅，干鱼上树，二龙相斗"，然后飘然而去了。八仙们将棺材抬到了绣球山，挖了井窖，就等主家下令落窖。可此刻主家却犯了难，没有风水先生在场，他们拿不准落窖的时辰。位置选对了，时辰也要合得上才行，否则不仅登不了风水，怕还会犯了冲煞，福祸逆变。主家一时抓耳挠腮，没了主意。

正巧这天，下巢湖里有龙舟赛。八仙们见主家一时还拿不定主意，就纷纷跑去湖边看热闹了。

正午时分，一条渡船从武穴回来，在岳海口靠了岸。刚巧天上下起了小雨，一个买了口铁锅的人，就把铁锅顶在头上，这样既腾出了手，又当了雨伞用。另一个人买了一串干鱼，见湖里有热闹看，就把鱼挂在树枝上，跑去看热闹了。这时，湖面响起了鞭炮声和锣鼓声，两条龙舟并排在湖里争先。

主家一看，这不是应了风水先生之言吗：头戴铁锅，干鱼上树，二龙相斗。吉时已到，主家赶忙叫八仙过来下葬。可是此时两条龙舟正齐头并进，比赛不分上下。舟上鼓点声声，岸边人声鼎沸，谁也听不见主家的叫喊。等到赛事结束，时辰已经过了。后来二十四个红丁相继夭折，怕与错过了时辰不无关系，这是后话了。

绣球山虽然大不过三亩，但是让上巢湖人葬了坟，下巢湖黄沙庄董姓人家却是不答应。于是一纸诉状送到了九江府，状告上巢湖人占了他们的山林之地。

从上巢湖这边看，绣球山地势平坦，远远望去就像一个装菜盛饭的钵盂，上巢湖人称它为"钵盂墩"。收到诉状，上巢湖人辩道，钵盂墩自古就是上巢湖的禾苗之地，祖地葬坟当属合理。双方争论不下，九江知府便决定到现场来勘察。

得到这个消息，上巢湖人赶忙商量对策。上巢有的是诉师，还有的是专打无理官司的，对待这等凭证，那是小事一桩。黄沙庄人不是说是山林之地吗？那砍了树木，种上禾苗，不就推翻了他们的言论，坐实了咱们的禾苗之地吗？

大家会意，连忙用温水泡了黄豆，在知府到来之前，连夜砍了山上的树木，垦荒种苗。等到知府赶来时，山上并无一棵树，只有一片豆苗在地里迎风摇曳，还有十几个穿长衫的人坐在地里歇息。

上巢湖人在山上种了豆苗，又让人坐在树桩上，用长衫遮住了树兜，瞒过了九江知府。黄沙庄人输了官司，丢了山地，自此怀恨在心，为两姓埋下祸根。

第二章　械斗又起

道光年间某年末，下巢湖放湖捕鱼，上巢湖有两个渔民捕鱼落了单，被黄沙庄的人抓了。黄沙庄的人说他们捉鱼捉过了界，就把他们捆在鱼棚里，点上湿柴火，用烟熏他们。二人半夜逃脱，回家便叫人去打架报仇。

第二天一早，在塘洼的山路上，一队人马拿棍棒的拿棍棒，拿扁担的拿扁担，气势汹汹地向下巢湖扑去。众人的叫嚷声惊动了林中的山鸟，也惊动了普济寺的果然和尚。山鸟受了惊，就飞上了天空，落到远处的树上；果然和尚受了惊，就跑出了寺门，跑到了下巢湖的赛桥上。

赛山下的黄沙庄人听到了动静，连忙拿着鱼叉棍棒跑到赛桥前，要拦堵上巢湖人。

果然和尚站在窄窄的赛桥上，对着两头的人喊，打不得！打不得！

果然是蜡梨坡普济寺里的住持，上巢湖和黄沙庄没有人不认识他。一看到他在桥上阻拦，双方就停在了桥头两端。

果然对着黄沙庄人作完揖，又对上巢湖人作揖，说："打不得，打不得！动起手来，不是损君，就是败臣。"

上巢湖领头打架的人是黄老五，他一脸愤怒地对果然和尚说："他们打了我的叔侄，能这么算了？"

上巢湖人吃了亏，果然和尚当然是清楚的。他就好言安抚他们。没想到他好话说尽，终是压不住众人的怒火。实在没有办法了，他就轻声地说："我是为你们好啊！你们知道黄沙庄的董茂枣吗？他的本事多大？你们打得赢吗？实在要打，我劝你们回去，去找黄继榆，只有他才打得赢。"

董茂枣的大名大家都是听说过的，他的祝由术非常高超，听说被他打过的人，连他如何出的手都不知道。大冶、兴国这一带都有他的传说。可是果然和尚说的黄继榆，是老屋下那个整天把自己关在屋里的书呆子，他个子又矮，也从来没见他闯过祸打过架。听说他出门去寻过师，但他能打得赢董茂枣？开玩笑吧？众人都不信。

但黄老五相信了。他说："好吧，既然这样，我们就去找他，我们正愁人手不够呢。"

果然说:"你去,你们只管去找他。如果他也没有好主意,你们再来,我保证不拦你们。"

众人听他如此一说,便不再纠缠了,一窝蜂地掉了头,往黄继榆家里奔去。

黄继榆外出将近一年,刚刚回家没几天。他是个不爱打听屋外事的人,丝毫不知道外面发生了什么事情,更不知道果然和尚把他推上了风口浪尖。

一群人闯进他的家,就没头没脑地叫起来:

"老八呢,老八哪里去了?"

黄继榆在堂兄弟中排行第八。听到有人喊他,连忙从房里赶到堂屋来。

黄继榆的家是四联的房子,左边是堂屋和一联房,右边是两联房。堂屋里有口天井,堂屋就格外地明亮。他一进来,看见是黄老五带着十几个手拿器械的人,就知道他们又打架了,不由头皮一麻,后背一阵瘙痒起来。

这黄继榆有个怪毛病,一遇到头痛犯难的事,后背就发痒。他扯着衣服在背上来回蹭了蹭,这才舒坦了些。他定了定神,想到自己已经不是从前的自己了,更不是任人欺凌的人了,底气一足,心神就定下了,冷冷地问道:"你们有事?"

"有事?人家都骑到咱们头上来了,你还在家里装不知道?"有人大声地冲他喊道,好像是他惹了祸似的。

"什么人骑到咱们头上了?"

"你还不知道呢?董家人把咱大眼叔跟细瘦子哥都绑去了,吊着打。"

"怎么被他们绑去了?为什么要打他们?"

"跟他啰唆个什么!反正屋里人打架,大家都是要一起上的,这是祖宗定下的规矩,何况还是果然师父让我们来叫他的。"

一听说是果然师父指点的,黄继榆便耐下心来听。听完事情的经过后,他明白了果然师父的意思,这是缓兵之计,是让大家不要在气头上行事,绝对不是让他去帮忙打架。想到这里,他便对大家说:"有理说得清,就算说不清还有官府呢。大家去一通乱打，会伤及无辜，也会连累自己的。"

"那你说怎么办？咱们这么大的一个湾子，能受人欺负吗？"

"别浪费口舌了，他能有什么本事？拉他去凑个数，一起去打。"

黄继榆仍然耐心地说："打架算不了事，今天你打过去，明天他打过来，打来打去两边都吃亏。"

"那你说怎么办？果然师父叫我们来的。我们知道，你出门学了一年的武，你有了本事，就更该去！"

"既然这样说，那你们就要听我的。"

"听你的？你有什么本事？你算老几？凭什么要我们听你的？今天你去也得去，不去也得去，反正你家得去一个人。"

黄继榆一时无话。他想幸亏自己回来了，否则架打大了，按照家族的规矩，每家都是要去一个红丁的。自己不在，肯定就是弟弟去了。弟弟那柔弱的个性和身材，去了也是白白地送给别人打。想到这里，他仿佛看到了弟弟血淋淋的躺在竹床上被人抬回来，母亲哭天抢地的情景。

黄继榆的后背又痒了起来。他拉住衣袖蹭了蹭，随即用坚定的口气说："这样吧，你们挑十根棍来，如果你们打赢了我，我就听你们的。如果我赢了，你们就听我的。怎么样？"

黄继榆的话一说完，十几个人你望我、我望你，谁都没想到他会说出如此狂妄的话来。

有人说："不行，我们打你，你一跑起来我们怎么打？"

又有人说："把你打坏了怎么办？"

黄继榆说："这样吧，祠堂门口有口缸，我站在缸里不出来，任凭你们提十条打棍来打，能打到我身上就算我输了。"

这还有什么话说？大家都笑了，暗想这家伙怕是读书读傻了，这不是找打吗？

"既然没有意见，你们就去拿棍，我这就到缸里去。"

一群人都无异议，嚷嚷着出了门，各自回家拿棍子去了。

黄继榆的母亲走到儿子身前，一脸着急地说："你傻吧？他们十根棍子打你一个人，有一根打上了身也受不了啊！"

黄继榆笑着安慰母亲说："娘，没事的，他们打不到我，等一会儿你看吧。"

母亲将信将疑地看着儿子，她知道，儿子从小就不是个胡乱说话的。可是虽说他出门学了一年的功夫回来，但是和十条棍子对打，还是让她放心不下。

不一会儿工夫，隔壁祠堂门口就聚拢了二三十个人。他们都在笑话黄继榆，这个老八还是傻，才学了年把功夫，竟敢说这样的话，别说十根棍子，光是黄老五那一根棍子，怕他也扛不住啊！

上巢湖依湖傍河，靠水吃饭，驾船的人多，行走江湖之人，为了防身，人人都学了些武艺。练武之人哪个不会棍，上巢湖的"乱棍"在方圆几十里都是有名的。大家伙听说老八以一敌十，还是十条棍，一时间，拿棍子的，空手的，都聚到祠堂门口来了。

黄继榆走到缸前，大家好奇他手上为什么没有棍子，也没拿别的兵器。黄老五上前问他："你没有棍吗？给你一根。"

黄继榆一边解腰上的白布腰带，一边说："不用，我用这个。"

黄老五看着他手上软绵绵的腰带，扑哧笑出声来："你这，你这怎么跟棍子打？你这不是找打吗？"

黄继榆两手绷了绷腰带，仍然说："我就用它，你来十条棍就行，但是千万别把缸打破了。"说完纵身跳入缸中。

黄老五见他如此坚持，只好点了九个人出来，然后嘱咐大家："小心啊！别把缸打破了，这么大的缸，打破了可不好买。也别把人打坏了，打到了就收棍，不怕他不认账。"

被点到的九个人走了出来，一个个乐滋滋的，像捡到了什么大便宜似的。

上巢湖人以捕鱼为主业，他们捕鱼用的渔网只有浸泡过桐油才滤水耐用，这口缸就是用来装桐油泡渔网的。油缸又高又大，黄继榆的个子本来就不高，人站在缸里，缸口已经过了他的腰。这个高度刚好不用防着下三路了。油缸又靠着祠堂的墙壁，十根打棍只能从他的正面打来，他也没有背腹之忧。

随着黄老五的一声"开打"，十根打棍便以各种各样的招式举了起来。

黄继榆不等众人的打棍出手，手上的腰带便甩了出去。那腰带有一丈二尺长，腰带扫向众人的面门，大家便要闭眼分神。趁着这个时机，黄继榆把手中的腰带顺势一送一绕，便缠住了打棍，再用力一拉，握棍的人纷纷站立不稳，棍碰棍、人撞人，脚下的步伐一乱，打棍便被缠走了。剩下的棍还在手里的人一见此情形，便齐齐举棍向黄继榆的头上劈来。黄继榆双手绷紧腰带在头顶上一扛，先是一个力托千斤接住来棍，再把腰带一绕，缠住打棍，往下一拉，只听得乒乒乓乓一阵响，几根打棍又被收进缸来。

一转眼的工夫，十根打棍都齐刷刷地插在缸里，十个人的手上都空了。

在众人的惊愕中，黄继榆手握腰带，轻盈地跳出缸外，对大家说道："这下，你们该听我的了吧？"

大家一看他的身手竟然如此利索，与之前的他相比就像换了个人似的，不禁露出惊讶之色。

"听，听！"黄老五摇着手腕，一脸真诚地说，"但你要打赢董茂枣。听说他很厉害，你可不能输给他，咱们可是一个大屋下啊！"

黄老五曾多次带人出去打架，那些小户小姓的人家，经不起一吓。往往打架的人还没到，家里的男人就躲开了，留下那些妇女老人跪地求饶。但跟黄沙庄这样大的湾子打架，还是第一次。打不打得赢，他心里确实是没底。黄老五刚才用力猛了点，手腕扭了一下，现在正微微发胀发痛。他搞不懂黄继榆是怎么夺去他的棍子的，更不理解黄继榆哪来这么大的力气。

"老五你放心，我肯定不会输的！"黄继榆信心百倍地对他说。

大家一看黄老五尿了，也没人再叫嚷了。

第三章　屈辱外出

黄老五不是族长，也不是什么大户人家的子弟，平时说话没人听他的。但只要是家族出门打架，他的话就有用了，毕竟这是没人愿意做的事情。

黄老五自幼丧父，他又极爱习武，他的家里穷，不能像有钱的人家那样请师父教武。他就跑到请了师父的人家里去偷学，也不管什么忌讳。如果被人家的师父请出门去了，他就扒在门缝看，看了个三招两式，就到一边去比画。然后给这个看看，给那个看看，问这招对不对，那招像不像。只要听说什么人有两下子，他就去找那人试手。别人不搭理他，他就先出手，逼人家还手。懂行的人说，他这是在套人家的"手头"呢。

上巢湖学的拳都是那几个套路，不是岳家拳、洪拳、三门桩，就是三十六路擒拿手。但每个拳师都有自己的独门绝技，叫作"手头"。这手头一般都既刁钻，又实用，师父们是在关键时刻用来自保的，轻易不会教人。而且手头一旦出手，都是让人难以防备的。黄老五为了让人露出手头，就常常冷不防地突袭，逼得人家还击他。他也因此常常被人打得鼻青脸肿，却也在挨打中学到了招式。就这样，虽然说他没正经拜过一个师父，但他的功夫却能胜过一般拜师的人。他打架的惯用套路是左脑门一拳，右脑门一拳，再来一招"莽汉推车"双拳齐击，既刁又猛，一般的人还真提防不了。他的腿法更是精妙，他自己取名为"快脚连环腿"。有人说他这招是受过名师指点的，他也不否认，但问他的师父姓甚名谁，他却红着脸答不上来。这也成为他的心病，谁愿意做一个师出无门的人呢？但他实在是不知道他师父的名字，只知道是一个和尚。

那是一个早晨，黄老五跑到屋后的马回岭上去练拳，一个和尚刚好路过，看到还是个孩子的黄老五正没头没脑地胡乱打拳踢腿，憨厚的样子和稚拙的动作引得和尚多看了一会儿。和尚见这孩子生得膀大腰圆，手脚粗壮，是块练武的材料，就忍不住上前教了他两招腿法，并叮嘱他每天在太阳出山之前练习，要练到踢断树干而不让树叶上的露水滴到身上，才算练成。

黄老五从那以后就天天这样踢树、闪身，不知道踢倒了多少棵树，终于练到了一脚能踢断树干而身上不沾露水的本事。只是当时他只顾着练习，还没有来得及问师父姓名，更没有磕头拜师，师父却走了。这件事也成为他一辈子的遗憾。俗话说"和尚不亲帽子亲，天下和尚是一家"，所以黄老五这辈子最尊重的人就是和尚。只要是和尚，说不定哪一个就是师父的师兄弟，他当然要尊重。自己的所作所为如果传到师父那里，让师父知道了自己的不是，会让师父不高兴的。所以，在和尚面前，他是格外地恭敬。

黄老五平时以打短工为生，吃百家饭，串百家门，为人十分仗义。无论是谁家的红白喜事，他都会热心地去帮忙。也不图人家什么，留他吃饭就吃一口，不留他吃饭他就回家去。平日里和外族打架这种事情，都是他到各处叫人，打起架来更是一马当先，无形中就成了带头人。今天既然是和黄继榆打了赌，那就应该愿赌服输，和黄沙庄打架的事就得听从黄继榆的。

黄继榆今天的表现，既让家中老母欣慰，也让外人刮目相看。只有他自己明白自己经历了怎样的历程，说起这段缘由，还得从他父亲黄显柏说起。

乾隆辛亥年（1791年）十月二十七日，太学生黄显柏一早就出了门。这一年他四十一岁，他的妾室总算是怀孕足月了，但快要临盆的她撕心裂肺的叫喊让他耳不忍闻。他便下到湖地里，眼睛却不时地往家里张望。突然，朦胧中他看到后山上跑下一只青额老虎，正向他家扑去。他暗叫不好，便赶紧往家里跑去。刚一进门，就听到婴儿降生的啼哭声。他顾不上进房去看孩子，握着锄头四处寻找，却没有看到老虎的踪影。他心里顿生疑团，不知是福是祸。但不管怎么说，总算是中年得子了，添了传宗接代的红丁，他的脸上露出了喜色。

和其他人一样，黄显柏也是在二十岁前说媒成亲的。发妻王氏入门三年，肚皮却无半点动静。不孝有三，无后为大，这让他暗自着急，也让王夫人这位大户人家的女儿羞愧难当。夫妻二人求仙拜佛，再三折腾，确信不能奏效了，王夫人才心有不甘地让丈夫纳妾。

再娶龚氏，第二年便生下了一个女儿，黄显柏很是高兴，取名乐姐。他盘算着，有乐就有喜，后面的名字也想好了，就跟着叫喜弟、欢弟吧。按理说有一就有二，有二就有三，只是没想到龚氏生了乐姐之后，却再无动静了。但生了乐姐，还是让一家人看到了希望，王夫人随即又让龚氏的陪嫁丫鬟吴氏做了副室。龚氏知道丈夫是急于求子，丫鬟也总是要落个人家的，便给吴家下了聘金，只想吴氏能生下个一男半女，既能传宗接代，又能巩固自己的地位。但这个计划最终还是落空了，大半年过去了，吴氏的肚皮毫无变化。王夫人不甘心，又亲自出马挑选了一位陈氏入门。既然是奔着生孩子的愿望去的，她就得选择家里有姐妹生过孩子的姑娘。屁股要大，腰要粗的，她觉得这样的女人就是生孩子的料。皇天不负有心人，陈氏一入门，当年就怀上了，连着生下了两男一女。王夫人心里的石头总算是落了地，只是此时家中的钱财已经被掏得差不多了，她那位玉树临风的太学生丈夫，也已是佝偻半老之人了。

黄显柏去世的那一年，黄继榆十一岁，弟弟九岁，妹妹更小，才七岁。王夫人在完成了为黄家传宗接代的使命后，也欣然离世。龚夫人和吴夫人也相继随丈夫而去了，一家的担子都落在了陈氏身上。

家庭发生了如此重大的变故，依黄继榆的意思，他是不打算再读书了。但是母亲一定要他完成学业，希望他能像他的父亲一样，做一个太学生，这也是父亲和祖上的意愿。弟弟继斐又生性愚钝，不是读书的料，所以黄继榆只能继续苦读。

黄继榆平日里一边读书，一边帮衬着做家务。每天中午，他都要去蜡梨坡给弟弟和三牛送饭。只是没有想到，却无意间为他开启了另一扇门，让他弃文从武，成为名震江湖的一代拳师。

在蜡梨坡普济寺旁的地头，黄继榆不仅认识了农具和作物，还认识了果然和尚。果然和尚一看到这个忧郁的年轻人，就主动请他到寺里来歇息，毕竟寺里比树下要凉快一些。他当然知道这是谁的孩子，因为这块土地的主人他是再熟悉不过的。

在普济寺里，年轻的黄继榆仿佛进入了一个新世界。在这里，黄继榆初识了佛法，懂得了何谓"善恶有报，六道轮回"，还学到了大丈夫立身处世的道理。更重要的是，果然师父还教他习武。

果然和尚俗名叫刘子然，祖籍安徽宿松。出家之前在四川的一个县里做县令，文韬武略，颇有功底。但他性格耿直，不满朝廷的腐败和官场的排挤，最后愤而弃官。归乡之际，他沿着长江一路返回一路游览，到了黄龙洲尾，在岳海口上了岸。他想看一看风闻中的下巢湖到底有什么样的风水。

刚一下船，果然和尚就被山上一片雪白的花海吸引住了。走近一看，原来是野梨花正在盛开。而在这片雪白的花海中，赫然立着一座古寺。果然和尚站在寺前，回望山下，只见眼前梨花朵朵，耳旁钟声阵阵。山下的下巢湖绿波荡漾，白云游走，他顿时就被这仙境一般的景色迷住了。天底下哪里还有比这更好的妙境？哪里还有比这更美的世外桃源？面对此景，他突然感到这是上天对他的眷顾。他再也挪不动步子了，毅然踏进了寺门。

果然和尚和黄继榆，他们一个饱经风霜，一个遭受变故；一个警世明理，一个混沌初开；一个有心扶持，一个乐于受教。在这山野之地，在这座孤零零的山寺中，伴着晨钟暮鼓，两人交谈甚欢，很快就成了忘年交。

果然和尚有时给黄继榆讲诗，有时给他谈佛，有时教他一些武功。黄继榆聪明，又正是好学的年纪，仿佛是一块干燥的海绵，不断地吸收着知识的水份。

果然对黄继榆的一见如故还有其他原因，一方面果然和他的父亲显柏是老友，另一方面还因为果然对其曾祖父黄世映的敬佩。

黄继榆的曾祖父在世时重资兴建"宓芬堂"，是当地耳熟能详的故事。世映公其品其德，令果然敬佩不已，连带对他的后人，自然也是青眼有加。

曾祖父兴资办学的故事，黄继榆也听私塾先生和父亲讲过。曾祖父是这一带有名的盐商，他办学的决心，是源于他一次走亲赴宴。当时来客众多，席面庞大。当他看到几位宗族老者在一起商讨争议什么事时，便好奇地走过去。还没走到跟前就被人劝阻住了，说他们在商议座席序位，你上巢湖人没有书识，不懂礼数，就不要去打扰了。

言者无意，听者有心，曾祖父在那一刻时就意识到，做人光是有钱是不够的，不能受人尊重。黄家祖上的家训是"忠、孝、义、和"，但真正要受人尊重，还要通经史懂礼仪。况且自己的先祖黄庭坚就是著名的书法大家和诗词泰斗，兴学重教也是对祖先的尊敬和传承。回到家后，曾祖父便拿出钱来，在偏僻的南山下建起一座"宓芬堂"，在堂内栽下两棵桂花和两棵牡丹，以激励后人读书。

黄继榆没有想到这个外地和尚竟然如此了解自己的家史，对自己的曾祖父又如此推崇，这使得黄继榆对这位慈祥的和尚越发心生好感，两人之间的距离更近了。

失去父亲后，黄继榆十几岁就成了家里的顶梁柱。年节到祠堂里祭祀先祖这类事，就落在他这个长子的身上了。他的家就在祠堂隔壁，不用老早去堂前等候，上香的爆竹一响，他就能赶上去跪拜。可是却遭人辱骂："你屋里死人了？这么晚才来。"害怕被人骂，就去早一点，却还是遭人骂："来这么早，你赶着去做死鬼投胎呀？"孤儿寡母的家境下，十几岁的孩子，面对凶神般的大人，能说什么？只能低下头颅，暗自神伤。

母亲是个小脚，不能下地干活，在家里养了些鸡。从幼鸡长到成鸡，要经历被老鼠咬、患鸡瘟的过程，不知道要死去多少。等到鸡长大了，母亲更是悉心呵护，像看护自己的孩子一般。因为有鸡就有蛋，有蛋她就能给孩子们做一碗鸡蛋汤，还能托人带到武穴去卖钱，然后买些油、盐回来。每天天还没黑，母亲咕咕地唤着鸡群，白色的芦花鸡便带着鸡群飞一般地跑回来，围在母亲的脚边。母亲每天都要数上两遍，确认一只不少了，才安心地关上门。

有天夜里，大门被拍得山响，几个年轻人跑来说自家的鸡丢了，要来寻鸡。母亲说："我家的鸡早就归笼了，要不你们就来看吧，看看有没有你们的鸡？"三个人在鸡房里左寻右找，嚷嚷着:"这只是我的""这只是我的",一人拎一只。肥壮的芦花鸡脖子被捏住了,扭着脑袋咯咯直叫。黄继榆跑上前,拉住那只大手说:"这是我家的鸡。"一个巴掌打了过来,黄继榆一头撞在墙上,眼冒金星,耳朵里发出嗡嗡的声响……

黄继榆哭了,说不读书了,母亲搂起衣衫擦去他的眼泪说:"听话,好好读书,长大了就不受人欺负了。"

长大了就不受人欺负了吗?黄继榆二十岁娶了亲,该是大人了吧?可是同样受人欺负。他下田犁地,刚一歇息,犁头就被人拿去用了,只能眼睁睁地看着人家犁完。雨天穿身蓑衣下田,竟然也会被人强行解下索带穿走,自己淋得一身湿。

黄继榆个头矮小,身长才及五尺,生性又懦,不敢与人争辩,只能在父母面前诉苦。终于有一天他对母亲说:"娘,我要去学武。"可他娘不答应。不完成学业,他娘无法向他死去的父亲交代啊。等到黄继榆从兴国书院学成时,已经三十岁了。此时,他学武的心意更加坚决,这份坚决里还增添了一份逃避的意味。

不知道为什么,黄继榆像父亲一样,也落入了不育的怪圈。母亲一早就为他定下了亲事。原配王氏,大他四岁,可是成亲十年,从无半点怀孕的迹象。夫妻二人在母亲焦虑的目光下,拼命地耕作,王氏那平坦的肚腹丝毫不见变化。夜以继日的辛劳和传宗接代的压力,让黄继榆害怕黑夜的到来,恐惧了那张婚床,更厌倦了这种日出而作日落不息的生活。终于在婚后的第十个年头,他再一次向母亲提出了学武的想法。

学武对于他来讲,无疑是一个明智的选择。求学之路,他已经走到了尽头,在果然和尚那里,他对武学产生了极大的兴趣。但果然只是教他一些基本功,却不再进一步教他,说是怕贻误了他。可越是这样,越让他对武术充满好奇。他一遍遍地练习基本功,期待着有一天能拜一位武功高强的师父学习武术,让自己从此不再受人欺负。

嘉庆二十四年(1819年),黄继榆终于怀揣十八块银圆,告别家人,前往兴国州全彦桢家拜师学艺。只是没想到不到三个月,就被逐出了师门。

第四章　兴国学艺

兴国州距离富池口只有五十里地，沿着富河岸堤走，过一个渡口，两个时辰就能走到。

黄继榆对全彦桢的武馆是熟悉的，他在富川书院读书时就有所了解。兴国州街头有三家授徒的武馆，全师父最和善，从不打骂徒弟，教的东西既不花哨，又十分实用。

在全师父的众多徒弟中，黄继榆是年纪最大的。因为家不在兴国州，他晚上就住在师父家里，与师父的家人朝夕相处。

拳师开馆授徒，平时是不用自己亲自下场的，一些基本功和套路都由大徒弟来教授。全拔博是全彦桢的儿子，日常教授自然由他承担。只是他没想到，这位新来的大师弟基本功是如此的扎实，桩子站得稳如磐石。他用了十成的力气，也没能扫动这位师弟的马步，不禁暗暗称奇。"入门三年桩"这一步就算过了，可以直接教他套路。殊不知黄继榆在普济寺里是练过石锁、打过千层纸、走过梅花桩的，套路一教，很快就能得心应手，技术比入门三五年的师兄都要娴熟。

夜里，这师兄弟二人常常共卧一床，彼此探讨武学。拔博的性子直，唯恐被这个比他年长的师弟看不起，便把父亲教给他的所有招式全拿出来，悉数教给了黄继榆。直到两个月后的一天，他对父亲说，这个黄继榆他教不了了。

全彦桢吃了一惊，怎么会有这样的事？进门不到三个月，儿子就教不了了？于是就让黄继榆打两路拳给他看看。

黄继榆在家被称为"八矮子"，身体不高，身材却匀称。这样一来，他的重心低，步伐格外沉稳，两路拳打下来，中规中矩，毫无破绽。收拳立静之后，只见他面不红，气不喘，似乎有使不完的力气。

全彦桢见他动作利索，怕他是花拳绣腿，便从座椅上站起来，要亲手和黄继榆过上几招，摸摸他的底细。

黄继榆见状，脸上一红，抱拳对师父说："师父，弟子不敢唐突。"

全彦桢笑着说："学打学打，学了就要打，打师父下山，这是千百年的规矩。别怕，你只有把你的本事使出来，师父才知道怎么去教你呀。打得好，师父才高兴呢。"说完，就弓腿握拳摆开架势，准备和黄继榆过招。

黄继榆听师父这么一说，也不敢推辞。他先向师父鞠了一躬，便摆出招式准备迎接师父的试探。

要说功夫，黄继榆还真的没有什么撒手锏，他只跟着果然师父练了十几年的基本功。但他凭借读书人的聪明，把站桩的步法和出拳的要领掌握得十分透彻，又跟随拔博实打实地学习了两个多月全家拳法，早已掌握了全家拳的套路，加之他身体轻盈，对师父的试探，表现得沉稳冷静，有条不紊。师父的招式他能接则接，不能接则闪身躲偏。十几招下来，师父见不能制服他，便使出手头绝招。殊不知这些绝招拔博早已传授给了黄继榆，每招每式，都一一教会他如何拆解。一时之间，师父竟奈何不了他。

又过了十几招，全彦桢毕竟年事已高，又加上不能取胜徒弟，心里一急，额头上冒出了汗珠。黄继榆却是丝毫不知，仍然是师父逼近他退让，师父松懈他逼进，竟然是越战越勇，让师父面露窘态。

师父突然一个后跳，退出圈外，脸色阴沉地对黄继榆说："好了，你从实向我招来，你之前在哪里学过？拜谁为师？"

黄继榆不知道师父为何突然有此一问，见师父发怒，便双膝一跪，对师父说：

"师父，你冤枉我了，此前我一直在家读书务农，只因我生性喜武，却又因为家境不济，到此时才前来拜师学艺。在富川书院读书时，便听闻师父大名，故而慕名投拜师父，真的是从未拜过师。"

"当真没有学过？"师父仍存疑惑。

"要说没学也不尽然。家乡人习武成风，农闲时节，就有人请打师上门教武，我也是偶尔看见，便回屋照葫芦画瓢地练习。"

黄继榆不敢说出果然和尚的名字来，果然和尚有过交代，任何时候都不能提及他。他这样说也不算欺师，况且果然和尚确实从没有教过他套路招式。

全拔博见父亲还在疑惑，便出来替黄继榆解围：

"师弟说得不假，他的底子我清楚，他的这些破解之法都是我教的。"

全彦桢瞪了儿子一眼。这些绝招都是每个师父独创的"手头"功夫，只能在徒弟下山和与徒弟过招时拿出来取胜徒弟的，然后由师父伺机教给徒弟，作为师父的出师礼。否则徒弟把所有的套路都学会了，万一胜了师父，那师父的颜面何存？但一想到事已至此，黄继榆学的还是他全家的拳法，全彦桢脸色才慢慢地缓和了些，转而对黄继榆说：

"你初入武门，便拜我门下，也算是你我有缘。我现在跟你说，你即刻离开全家，另寻高明。"

黄继榆见师父说出此话，惊吓不已，他向前跪行两步，说道：

"师父，徒弟若有过错，你只管惩罚。这样逐我出门，叫我日后如何做人？"

师父说："并非你有过错，只是我这庙小，容不下你了。"

黄继榆仍然不解，又抱拳向着师父说道：

"师父，我喜欢武学，只是家中贫寒，无钱拜师。如今家境稍有好转，才取了家中所有前来投师。原本只想侍候在师父身边，学个三年五载，有一个强健之体，也好回去面对家人、面对老母。如今若是被赶出师门，我实在担不起这不尊师长之名。"

师父连忙说："不是这个意思。我不是要赶你出门，依我来看，你是一个天生的武学奇才，在我这里待下去，只会耽误你的前程。你放心，你所带的十八块银圆，我如数归还给你。倘若你真的有义，就认我全彦桢作你的启蒙师父，我便足矣。"

黄继榆仍然是一脸的懵懂：

"师父，你教我武艺，我奉上薄仪，是天经地义的事情，岂有收回之礼？"

"你别误会，我是看你有如此大志，又这般灵醒，不投拜名师，实在是可惜。十八块银圆是我给你做盘缠的，不是退还给你的。"

"盘缠？要十八块？很远吗？"

"依我看来，在咱兴国州这块地盘上，没有人能教得了你。听说临安有一个高老五，外号金钩李胡子，武功高强，为人仗义，正在广收门徒。江湖上很多能人都投到他的门下了，如果他能收你为徒，定有你光大之日。"说到这里，师父叫过拔博：

"拔博，你过来，快来拜见师兄。"

黄继榆和全拔博二人不解其意，惊疑地看着全彦桢。

黄继榆进门学武，全拔博才是大师兄啊，怎么说反了？师父仍然认真地对拔博说道：

"快过来叫师兄。"

见二人疑惑，他对拔博说："黄继榆虽然后入行，但他比你年长，你当称他为兄。以后就是他兄你弟了。"

见师父这么说，黄继榆只得依从师父的意思，和拔博相对而拜，二人称兄道弟。

第五章　寻找高老五

辞别全家，黄继榆没有回家。自己出门学武的事，大家都是知道的，不学到真本事，怎么回家见人？一定要学成回家。主意一定，他就按照师父指示的路线，从兴国州直奔江浙，寻找高老五。

最近几年，江湖上突然多了许多强盗，只是这些强盗并没有那么可怕，原因是大家都掌握了一句暗语。

传说最早得到这句暗语的人，是一位商人。一天，这位商人在一家酒馆吃饭，看到一旁有一位满面白胡须的人，那胡须又密又长，都遮住了嘴巴。商人好奇，这怎么吃饭呢？便向店家要了一碗面，送到这位大胡子面前，说是请他吃面。大胡子谢过商人后，从身上掏出一对金钩，把上嘴唇的胡须左右分开，用金钩钩住，挂在耳朵上，露出嘴唇来。

吃完面条，大胡子问这位客商是否有事需要他帮忙，商人说："没有事，就是看见你没有吃东西，送一碗面给你吃。"大胡子听后说："看来你是个好心人，我也要回报你，日后你若在江湖上遇到什么危难之事，就大叫三声'金钩李胡子，快来救我'，保你化险为夷。"

客商听后不以为然，江湖这么大，遇上什么难事，岂是一句话就解救得了的？没想到有一天他的商船遭到了强盗抢劫，正在束手无策之时，突然想起了大胡子的话，便大喊："金钩李胡子，快来救我！"强盗们一听，立刻放下财物，掉头就跑了。

没想到真的有这么灵验。客商把这个故事说给其他商人听，其他商人听了，遇上强盗也照样高喊："金钩李胡子，快来救我！"这样就不会有事了。而且他们发现这帮强盗与别的强盗不同，他们只要钱财，不损货物，更不伤人性命，并且还会留下路资。

黄继榆虽然不大出门，但他住在黄龙洲下的上巢湖，黄龙洲又是个天然的避风港，南来北往的船只夜泊避风，采购补给，都离不开鲤鱼寮外的黄龙洲。江湖上的一些逸事，自然都能传到他的耳朵里来。关于金钩李胡子的故事，他不止一次地听说过。也有人说这个人叫高老五，不知道师父说的高老五和这位金钩李是不是同一个人，这个人又怎么会有这么大的能耐？

嘉庆二十二年（1817年），在云南临安发生了一起造反事件。以高罗衣为首的哈尼族、彝族等少数民族的农奴们，因不满土司的盘剥，揭竿而起。起义队伍由最初的八百人发展到一万六千人。起义军连续攻占了麻栗坡、新街、芭蕉岭等镇，直向元江逼去。清朝政府一看不妙，急忙派出云贵总督率大军前往镇压。高罗衣战败遇害，高罗衣的侄子高老五和军师带领残部逃往内地。这支人马有的在山上落草，有人在水边做了强盗。高老五隐姓埋名，改名金钩李胡子，他一边在江湖上四处联络旧部，一边以授徒为名，召集天下武林高手，伺机东山再起。

这天晚上，在浙江临安李家寨的高老五做了一个怪梦：竹林之中冒出一只青额老虎，突然向他扑来。梦醒之后，他不知此梦是凶是吉，继而又莞尔一笑："什么凶吉，我高老五什么风浪没见过？身已至此，还在乎一只老虎？"心里虽然这样想，但还是止不住疑惑，第二天一早，便走出大院，来到庄前的毛竹林里蹲守着，看有什么应梦之景。

将近午时，一个斜挎蓝布包袱的中年人向竹林走来，他摆动双臂，步伐有力，脖子下的纽扣解开了两粒，挺着鼓鼓的胸膛。也许是赶路太急了，他的额头上泛起一层汗珠，正在闪闪发亮，这让高老五一下子想起了梦中的青额老虎。

来人不是别人，正是黄继榆。

黄继榆走到高老五的面前时，这才看清路边这位五十多岁的长者，只见他一只脚弓在石头上，另一只脚踏在地上，手臂搭着膝盖，脸上挂着又长又白的胡须。

黄继榆停下脚步，躬身向高老五打听去李家寨的路径。

这李家寨虽然姓李，却早已没有李姓人住在这里了。只有一户高墙大院，高老五带着几十个徒弟住在这里。李家寨处在三面环山的半山上，进出山寨只有一条路，很是隐蔽。

高老五也不起身，只是冷冷地说：

"你去李家寨做什么？"话刚说完，一阵风从身后吹过来，一棵毛竹随风伏在他的面前，挡住了他的视线。老人伸手一抓，毛竹便发出一声脆响，竹节都被他捏碎了。手一松，毛竹就蔫蔫地垂了下来。

黄继榆一见，连忙双膝跪下：

"师父在上，弟子有礼了。"

高老五发出一声冷笑：

"哪里来的师父？哪里来的弟子？"

黄继榆低头说道：

"弟子黄继榆，湖北兴国人氏，前来投奔高师父学艺。不知师父在上，望师父海涵。"

"你是来学武的？"

"是的。"

"你为何学武？护财还是复仇？"

"护家。"

"护家？你有多少家产？"

"并无多少家产，只想活得自在，不让母亲受委屈。"

高老五打量了面前的黄继榆一眼："父亲不在了？"

"十一岁丧父。"

"啊，孤儿寡母，受人欺负了，想学了武艺回家报仇。"

"并无此意。我自幼喜爱武术，只是家境不顺，难以遂愿。成家后才说服老娘，经兴国州全彦桢师父推荐，不远千里，前来投师，望师父成全。"说完，黄继榆双膝并拢，手掌伏地，向高老五磕了三个头。

高老五并未应他，只是淡淡地说：

"兴国全彦桢？嗯，口碑还不错。你在他那里学了多久？底子如何？"

"回师父，我只学了三个月。"

"三个月？三个月就让你出师了？是不是你顽劣，师父不愿意教你了？"

老人的眼睛盯着黄继榆，声音里充满威严。

黄继榆赶忙辩解道："不敢，我学武是十分用心的，师父所授，从不敷衍，更不敢顽皮生事。"

"嗯，论年纪，你已不小了，应该不会。"说完，他从石头上站起来，走到黄继榆的身后。

"你且起来。"他一边说，一边左手搭上黄继榆的左肩，右手伸向他的右肋，似在扶他起来。

黄继榆感到左肩和右肋一紧，随势站了起来。他面朝老人，默默站立，低头不语。

老人却一改威严神色，面带笑容地对他说道：

"嗯，我就是高老五，江湖人称金钩李胡子。到我这里来学艺，不是想来就来得了的。你看到前面那堵院墙没有？入我门者，必须过得了那堵高墙。你能吗？"

黄继榆随着老人的手指看过去，只见不远处有一个大院，分前后两重，中间是一堵一人高的围墙。他不禁心里一凉，自己没有学过轻功，更没有跳过这么高的围墙啊。他面露难色，对高老五说：

"师父，我，我不会轻功。"

高老五笑着说：

"世上无难事，只有心不诚。你先看看，这条路直通围墙，你只需沿路快跑，到了墙边的坎头，蹬地，提气，那堵墙就在你的脚下了。"说完，意味深长地哈哈大笑起来。

黄继榆听出了高老五话中的意思，这就好比先生给学生布置了一篇习作，这一关无论如何都是要过的。自己千里迢迢地来了，面前的人就是鼎鼎大名的金钩李胡子，绝对不能放过这个机会。他决定拼力一试。

他一边默记"快跑，蹬地，提气"的要领，一边从身上取下包袱，对高老五说：

"师父，我出门带了十八块银圆的拜师礼，一路用度，剩下的全在这里了。"

高老五接过包袱，微笑着说：

"不说这些，进了门再说话。"说完，又十分坚决地指了指那堵墙。

黄继榆放下包袱，他眼望着前面的那道白墙，心里想着一定要跨过那道院墙，那堵墙就显得越来越低。他一边扣上纽扣，一边跺着双脚，又试着用鼻子深吸了几口气，然后双手垂在身体两旁，开始奔跑，临近围墙时，他加快了速度，蹬腿，提气，身体在空中一飘，就越过了高墙，落入院内。

黄继榆一落地，才发现脚下是一块软绵绵的沙池。他刚一站起来，却看到高老五笑眯眯地站在了他的身后。原来这个沙池是专门为他这种来拜师的人准备的，为的是防止意外。黄继榆悸动的心，一下平静了下来，对眼前的这位老人充满了敬意。

李家寨是有前后门的，师父住的后门，是谁都不敢涉足的，更不敢奢想出门。大门除了买菜的厨子偶尔出去之外，平时都是关闭着的。屋里的弟子出入李家寨，都是要在大师兄的带领下，从这堵墙上飞进飞出的。所以，来这里要做的第一件事，就是跳沙坑、练轻功，否则是出不了门的。

这跳沙坑也只能空闲时练习，弟子们平时要在大师兄于江的带领下，练习拳术、枪械。演武厅里的十八般兵器，每一件都要学，不管你喜欢还是不喜欢，一定要练到大师兄认可为止。

第六章　五更求学

一转眼，黄继榆已在李家寨学艺三个月了。这个时候，黄继榆才明白果然师父只让他练基本功，不教他学套路的好处了。就像一棵树苗，从小剪去枝枝丫丫，树干才会长得粗壮结实。

在所有的弟子当中，黄继榆的年纪是最大的一个，这让他感到有很大的压力。他只恨自己入门太晚了，看着师兄弟们一个个身怀绝技，他格外地用心练习，不敢有半点松懈。

天气渐渐转凉，黄继榆带来的衣服不多，他一开始只想在兴国州学个三年五载的，没想到会来到这千里之外，一时也无法回家。在这个深山大院里，每当夜深人静时，黄继榆除了担忧衣服单薄，更思念妻子和母亲。看着身边酣睡的师兄弟们，他的心里有些焦虑。

该学的套路都学了，该练的兵器都练了，这些都是大师兄于江在大厅教的，师父却从未露面。黄继榆有自己的想法，自己不比那些师兄弟们，他们年轻有资本，自己是有家室的人，不能在外面待得太久，他想到了要走捷径。这天大约五更天，他穿上衣服，轻脚往师父住的后房走去。

师父的房门竟然是开着的，他再向后门望去，平时紧闭的后门此时正敞开着。黄继榆心里一动，蹑脚走向屋外。刚一出门，他就听到一阵衣袂摩擦和拳脚挥动的声音。他缩身一旁，静心观看，只见一个人在打拳，动作之快，让他看不清身形，更看不清面容。他知道，除了师父，没有别人。黄继榆不禁心中一喜，自从来到李家寨，他还从来没有看到过师父的身手。

借着凌晨朦胧的微光，黄继榆眼睛一眨不眨地看着师父打拳。还没看出半点眉目，师父突然开口叫道：

"谁呀？还不给我出来！"

"是我，师父。"黄继榆只得乖乖地往师父面前走去。

"你是谁？你来干什么？"师父冷冷地问道。

"师父，我是黄继榆。"

"你怎么到后堂来了？"

"弟子来到李家寨，特别仰慕师父，今天起夜，见师父房门大开，才好奇出门。"黄继榆知道师父是不允许他人擅自进入后堂的，便找个话题岔开：

"我没有发出半点声响，师父是怎么知道我来了的？"

"身形一动，就能划动风气，听功到了，自然能够察觉到。"

师父的话让黄继榆惊骇不已。他没有想到，一个在黑夜里走动的人，虽然没有脚步声，但身形的移动也能被人听到。怪不得有人说，一片树叶从头上掉下来，武功高强的人看都不看，就能伸手接住。就在黄继榆发愣的时候，师父开口问他：

"来李家寨这么久了，你学得怎么样了？"

"弟子日夜勤学，从未懈怠，还请师父指教。"黄继榆有心说道。

"嗯，你平时苦练，我也看到了。你我算是有缘人，你就把你生平所学都拿出来，在我身上试试。"

黄继榆听到这句话，感到很熟悉，立即明白这是师父要摸他的底细。他便在师父面前站定，抱拳向师父行了一个礼，接着用他最拿手的拳法，向师父出招。

这个套路是大师兄传授的，也是他认为最勇猛最有杀伤力的招式。然而，这么凌厉的招式，在师父面前竟然毫无用处，都被师父轻松化解，更不用说有什么威胁了。黄继榆顿时心里一惊，动作也迟缓了很多。

师父似乎看出了他的疑虑，就放慢动作，把黄继榆的进招拆解给他看。又换个身位，在拆招中再出奇招。就这样，一招遭拆，一招又变，在攻守两个角色中互换身位，相互进招变招。师父诡异多变的招式，把黄继榆带入了一个全新的世界，并立刻运用起来。

看他这么快就领悟到了，师父的脸上露出了满意的笑容。黄继榆还想趁机再出几招，让师父指导。不等他开口，师父却说："贪多不化，明日再来。"

明日再来？这话正合黄继榆的心意。就这样，黄继榆白天跟师兄练，五更跟着师父学，自觉进步神速，兴致盎然。直到有一天，师父捋着胡须对他说：

"怎么样？想家了吧？"

想，当然想了。但黄继榆不敢说出口来。他莞尔一笑，算是回答了师父。师父说：

"你现在是该学的学了，不该学的也学了。"

黄继榆听了，用感激的目光看着师父。他当然知道，师父所指的，是为他开了小灶。师父接着又说：

"你可以回去了。"

正在兴头上的黄继榆有点蒙了，他嗫嚅着说："师父，我三年没学满，武艺还没有学到家呀。"

师父捋了捋自己的白胡须，意味深长地说："会学的不用三年，不会学的，三年学不会。你就是那种不用三年的人。你和别人不一样，你上有老、下有小，理应早点回家。"

黄继榆听后，眼眶一热，明白了师父的用意。但还是忍不住问："师父，不是弟子有错吧？"

师父笑了笑，说："你一个读书人，怎么会犯错？是你真的不用留了。你放心，你现在的功夫，已是登峰造极了，江湖上非顶尖高手，都不是你的对手。"

师父似乎看出了他的顾虑，又对他说："别多想了，你自己可能都不知道，你是一个天生的武学奇才。否则你这么大的年纪，我也不会收你。我摸过你的骨骼，你是'板骨盘牙'，加上你读过书，悟性高，有那么扎实的基础，又没有走过什么弯路，所以学起来事半功倍。你没有察觉到吗？师父的招式，都难不倒你了。"

　　黄继榆明白，师父所说的"板骨盘牙"，是说他左右十二根肋骨都是整板一块，上下牙齿也是整体的，这样的体格抗击打能力非常强，是百年难遇的习武骨骼。黄继榆也明白，由于他从前没有杂学武术，在全彦桢那里所学的套路，也都中规中矩，所以不管是什么拳路，对他来讲都是新鲜的。加上他的专心，仅仅看一遍听一遍就能将招式熟记于心，练习几遍就能掌握要领并熟能生巧。经过师父的悉心指点，他已经能预判对手的下一个招式了。然而就在他学兴正浓的时候，师父却突然让他回家，他万分不舍。

　　他嘟囔着说："我还不知道用什么兵器呢。"他知道师兄们出师之时，师父都会根据徒弟的特长，为其选择一样兵器。

　　师父接口说："你呀，什么样的兵器都能用。"

　　"总该有一件拿手的吧？"黄继榆有点不解。

　　"不被人防，出人于不备，就是最好的兵器。"师父说了一句听似无理却又非常有理的话。

　　师父接着又说："这样吧，我给你一段一丈二尺长的粗大布，平时作为腰带系在腰上，战时可作兵器。布带可伸可缩，可远可近，可硬可软。具体怎么用，全凭你自己去发挥，十八般兵器的招式，它都能用上。"

　　十八般兵器里可没有这样一件兵器。黄继榆对师父的说法心有疑惑，沉默了半晌，没问出口。他又想到师父还没教他使暗器，这个时候要师父教，肯定是来不及了，但是总得要提防别人吧？便对师父说：

　　"那要是有人使暗器，我该怎么办呢？"

　　师父笑着抬起右腿，把鞋底朝着黄继榆。鞋底在师父的脚下弓了弓，接着师父又不屑地补了一句：

　　"布腰带还不如它吗？"

　　黄继榆刚刚想到了软鞋底的作用，听师父这么一说，顿时豁然开朗。软布腰带什么功效没有？

　　最后一个入门，却是最先一个出师，这让师兄弟们大惑不解。

平日里，黄继榆只跟师兄弟们练习套路和兵器，还没有下场比武过招，所以大家对他的功夫都不甚了解。见他这么快就出师回家了，师兄弟们猜测不出黄继榆的本事到底有多大。

师父仿佛是看出了大家的疑虑，他走到黄继榆的身边，对徒弟们说："到黄继榆这里，是我第九九八十一个徒弟了。他应该是我最后一个弟子了。只因为他年长，又有妻室老母需要照料，我才让他早日回家。但是你们记住了，日后在江湖中相见，一定要视同门如手足，相互关照。否则，就是欺师灭祖！"

几十个徒弟一齐抱拳，躬身称是。

和来时一样，黄继榆仍然背着那个包袱，只是腰间多了一条粗布白腰带。

临行前，师父教他把腰带从腰前向腰后绕了一圈，又回到腰前打了个活结，一丈二尺长的腰带，就毫不显眼地缠在了腰上。

教他打完结，师父意味深长地拍了拍他的腰，说："十八般兵器都在这里了。"

黄继榆看着师父，会意地点了点头。

第七章　怒踢武汉关

回家的路上，黄继榆一遍遍地想怎样把腰带当作兵器来使用。不想便罢，越想越觉得这个腰带的作用奇妙，再结合他练习过的十八般兵器，更是觉得腰带的用途广泛。除了便于缠绕外，刀枪棍鞭锤的功能都有，看似手无寸铁，实则手握利器。特别是腰带的多端变化，能攻能守，真的是让人防不胜防。

没想到一根普通的腰带竟然有诸多的妙用，黄继榆不禁对师父产生了敬佩之情。他又想到师父要他回到家里后，用心侍奉母亲，过年过节都要陪侍在母亲身边，还教他养牛不能养水牯，水牯牛脾气暴躁，爱打架惹祸。这不由让他想起了父亲，父亲就是这样从细微之处教他做人的。

父亲的画像挂在母亲的房间，每一次看到父亲的遗像，就仿佛看到父亲站在他的面前，让他感到了责任的重大。如今他学成归来，这份责任感更加强烈了。作为一家之主，他目前亟待解决的，有两个方面的问题，一个是家庭的生计，另一个是传宗接代。

从曾祖父到祖父，他家的家境一直都十分殷实，甚至可说是富甲一方。曾祖父建了"宓芬堂"之后，就要求子孙多读书。父亲这一代遵从祖训，兄弟四人，出了两名太学生。自己这一代，堂兄继芳是太学生，一支文笔，四邻八乡无人能及。只是在这个重武轻文的年头，读书没有给家族带来财富，相反，还增添了负累。因为父亲不善劳作，加上四次娶亲，耗费了大半家财，也耗尽了父亲的精力，否则，父亲也不会在五十二岁时就离开人世。

画框里的父亲看起来很年轻。那应该是父亲四十五六岁时的样子。画中父亲的头发梳在脑后，额头平滑光亮。他的嘴唇紧抿着，就像嘴里咬着一截筷子。有点突鼓的眼睛明亮有神，但掩藏不住心底的无奈。这种无奈从前黄继榆还意识不到，但是现在他懂了。他知道，那个时候自己已经出生了，但是儿子降临的喜悦，并没有减轻生活的压力。相反，随着夫人的连连生产，新的压力也接踵而来。这种压力黄继榆现在也感受到了，不过他已经明白该怎样去解决。

自从走出上巢湖，经过将近一年的学习，黄继榆的见识也如他的武功一样增长了，似乎是走上了一座山岗，看得更高，望得更远了。经过两位师父的指点以及和师兄弟们的朝夕相处，他领悟到生活就像是比武，强者赢，弱者输。有本事的欺负人，没本事的被人欺。他把从前的种种不幸都归纳于他性格的懦弱和经济的窘迫。因为经济窘迫，邻里才看不起他，也因为自己的懦弱，才遭人欺负。欺人者和被欺者，其实都是可悲的，都是因穷而起。试想，如果大家都过得好了，有更高的目标和追求了，何至于为一点细微小事而计较争执？何至于相互为难？

只身在外一年，黄继榆除了学到了功夫，也领悟到了辨别是非的能力。他决定要开启一种全新的生活，不能重蹈父亲的覆辙。

家里人不知道他今天回家，母亲不在她的房间里，他走进自己的屋子，坐在床边做女红的夫人连忙站了起来，两只手拉着衣服的下摆，颤声说："回来了？"

黄继榆看到夫人拽着衣角的手在颤抖，他知道，那是很久没有见到丈夫的腼腆和激动。想到自己离家这么久，从未给家里一点消息，内心生出一阵愧疚。

一家人又团聚在一起了。黄继榆见过母亲、弟弟、妹妹，还有长工三牛。等媳妇把菜端上了桌，母亲让儿子坐在她旁边的座席上，伸出右手，像抚摸一只小猫一样，在儿子光滑的额头上摸了又摸，像是要扶去那道新生的皱纹。黄继榆感到难为情，也感到了久违的亲切。

当着儿子的面，母亲夸奖了媳妇的乖巧，让王氏红着脸低下了头。她又夸奖了弟弟，又说妹妹听话，最后再夸娘家的侄儿三牛，说他勤快，庄稼种得好。三牛连忙对黄继榆说："屋里有斐哥和我，你就不用操心了。"

晚上，妻子温柔地搂住黄继榆说：

"要是我还怀不上，你就再娶一房。你不在家里的日子，我心里空落落的。娘还好，她有弟妹。"

黄继榆问她：

"这是你的意思，还是娘的意思？"

"是我的，也是娘的。"

"那太委屈你了。"

"不委屈。没有儿子，会更委屈。"

黄继榆叹了一口气，把妻子往怀里搂了搂。

第二天，黄继榆就跟三牛一起去了蜡梨坡。三牛是去耕地，而他是去看望果然师父。

在普济寺，黄继榆拜见了果然。这一次见面，黄继榆百感交集。他首先感谢果然教了他扎实的基本功，没有让他急于求成地去学习套路，这让他后来少走了很多弯路。他亲眼看到于江师兄呵斥那些学过武艺的人，要他们彻底忘记从前的招式。自己以前对果然的疑惑瞬间释然，并从心底敬重这位如师如父的和尚。

接着，黄继榆向果然细说了在全彦桢和高老五二位师父那里的学艺过程。

听黄继榆说完，果然明白黄继榆的功夫已经非同寻常了。他既为黄继榆高兴，又对高罗衣义军的失败感到惋惜，同时更加钦佩高老五让他回家这一决定："你知道他有多需要你吗？因为你家有老母，又没有子嗣，他才劝你回来的。"

黄继榆动情地点了点头。

阻止了黄老五的斗殴后，黄继榆就想应该去兴国州，去师父全彦桢家一趟，一来报个平安，二来表达对师父的谢意。

吃过早饭，黄继榆换了一身干净的衣服，就去辞别母亲。母亲目睹了儿子的功夫，了解了儿子的学武过程，心里十分欣慰。对二位师父的义举，异常感激。她早已包好了一包上巢特有的干鸡毛鱼，又用红纸封了十块银圆，一起给他带上。

三牛早早地就上了门口的小船，把漏进船舱里的隔夜水舀干。夫人王氏站在门口，目送丈夫上了小船。三牛划着小船，送黄继榆在湖西靠了岸。

黄继榆背起包袱就往富池口走去。上巢湖距离富池口不过十里地，到兴国州也只有五十里的路程，他仗着自己的脚力好，也不乘船，走了不到两个时辰，就到了兴国州。

见了师父，黄继榆向师父说了这一路的经过。师父听说高老五五更天教他功夫，不苟言笑的他笑得咧开了嘴。师父也不问他武艺怎样，学了哪些招式，这是门派的规矩，师父没让黄继榆为难，只说："你是个读书人，我是放心你的，我现在放心不下的，是你的师弟。他是个没有心计的人，我一天老似一天了，以后你可要好好地照顾他。"

黄继榆听懂了师父的意思，无声地点了点头。他从包袱里拿出银圆和干鱼，呈送师父。师父也不推辞，只是留他在兴国州住几天再走。

黄继榆对兴国州并不陌生，他在这里读过书，又在师父家住过几个月。黄继榆的到来，师弟拔博是最高兴的。一离开父亲的视线，他便把手搭在黄继榆的肩膀上，两人说笑着上了街。两个人的身量差不多，远远看去，就像是一对亲兄弟。

师父的家在南门街，南门街是兴国州最热闹的地方。一条长长的石板街，两旁是木板门店，楼下开店，楼上住人。今天是个大晴天，三眼井旁摆满了大盆小盆，妇女们围在井口洗衣服。她们从井里打起井水，倒在浸满衣服的盆里，有的用脚踩，有的用手搓，嘴里却一刻不停，像一群麻雀挤在一起，好不热闹。

南门街的出口是兴国州的南大门，高高的城墙外，就是长长的富河。富河起源于幕阜山北麓，途经通山、龙港、星潭，经兴国、南塍、下杨，流向富池口，汇入长江。拔博从小爱到河边玩耍。他带着师兄，一路信步走过大街，刚一出街口，就看到河边有人在吵架。

原来是码头上的年生和两个船主在争吵。一个说："家门口的货，凭什么不让我装？"另一个却不屑地说："你装不成，装了船到了汉口也没有码头让你靠，你还得装回来，那不是吃饱了撑的？"

码头上停着一些大大小小的船只。小船是本地的，大船却是外来的。小船从富河上游运来的麻包、棉花，都要在这里卸货集中，然后转到大船上，由大船转运出去。

船主们当然知道运到外江去的运价高，这些货已经在他们的船上了，为什么不直接让他们送到汉口？这可是一笔可观的收入。

黄继榆听了几句就明白了。家乡上巢是一个依湖靠山的村庄，前面一湖水，后面一座山。一庄子人只能在山边开荒种地，可是人多地少，难以维持生计。原先他们依靠渡船往武穴摆渡，可是后来渡船增多了，加之黄沙庄董家也开了渡口，那些从前在上巢湖过渡的山里人，一部分从码头黄沙庄那里走了，这样一来，摆渡的生意难做了，赚钱就更难了。

上巢湖除了湖就是山，能开垦的土地不多，多数人只能靠砍柴打工为生。当时有一句嘲笑上巢湖的打油诗："上巢湖，着了恶，前面一湖水，后背几个石头壳。三天不过河，鼎罐做磬壳。"

依靠湖的收入也是有限的，湖里长了一湖的菱角，到年底才能放水捕鱼。还有几只在黄龙洲下捕鱼的撮罾船，也是依季作业，难以养家。一些人也想着开船运货，可却总出不了门，不是没有货源，就是没有码头。码头都让当地的那些地痞流氓给霸占了，不给他们上足银子，根本就靠不上档。如此一来，很多人就只能在家闲着。没有事做的人，就去打牌赌博，甚至靠偷鸡摸狗过日子。乡亲族里你赢我的钱，我赢他的房，常常有人因输光了家产而让婆娘跳水。听说还有人做了强盗，在江湖上划船摆渡，到了隐蔽之处，就伺机抢劫，甚至谋财害命。

这一直是黄继榆心里的痛。黄继榆清楚，盗匪一家，是任何朝代都不能容忍的，最后不是被百姓所驱，就是被官府剿灭。他没有想到兴国州也和家乡一样，有货有船也难以从业，看来问题还是出在码头上。

拔博和年生是相识的，二人交谈了几句，拔博说："应该照顾照顾家门口的人。"年生却是一脸的无奈，他摊开双手说：

"这没有办法呀，人家有码头，咱们没有，能怎么办？我也是端人饭碗替人做事的。"

码头，码头，还是码头。回去的路上，黄继榆一言不发。

晚上，黄继榆跟师父说，想去汉口一趟。江湖这么大，兴国州有这么多船，又有这么多货，为什么不能以此生存？

师父反问他："你有什么法子吗？"

"哪里有什么现成的法子？人生在世，有手有脚的，总要为自己寻条出路吧？江湖是大家的，你不去闯，就永远没有路。"也许是受到师父高老五临别时的鼓舞，黄继榆一改往日的畏缩，说话的底气也足了。

全彦桢听后，立马站起身来，从房间里拿出黄继榆送给他的那包干鱼和银圆，塞到黄继榆的手上：

"你说的我赞成。需要我时，你尽管开口。"

“师父，你这……”

“这钱你带着路上用，这鱼你留着在船上吃，你把拔博带好就行了。”

听师父支持自己，黄继榆心里很高兴。师父在兴国州开武馆，可以说是徒弟满城，他们不是在衙门里当差，就是走上了野路子，所以师父的人脉遍布黑白两道。外加师父处事玲珑，不得罪人，在兴国州的声名很好。如果有师父的支持和帮助，那真是如虎添翼。

师弟拔博继承了师父的厚道，为人更是热情。有一年，一个放牛娃的牛陷入了泥潭，那牛怎么折腾都爬不上来，眼看着就要没顶了，牧童吓得呜呜直哭。这一幕正好让拔博看见了，他用牛绳揽住牛脖子，一手拉住牛绳一手拉住牛尾巴，硬生生地把牛给拽了出来。那头牛足有八九百斤重，旁观的众人惊叹他的一身神力，又加之他的名字叫拔博，就戏称他为“八百”。一时间，八百的名头响遍兴国州的大街小巷。

跟师兄一起下大河去汉口，八百是高兴的。要去汉口，就得有船，南门外的船家都知道全家的声望，所以当八百说要寻一条船装货去汉口时，船主纷纷前来，愿意随他同去。

八百说，这次去汉口，是去闯码头的，可能有风险。但是他让大家放心，如果船只有任何损失，他会负责赔偿。大家相信他的人品，也相信他家的实力，更相信八百的能耐，所以都不担心。

黄继榆在上巢湖长大，驾船比八百要内行，他选了一条成色较新的双桅船，让年生联络了一家货栈，装载了八成的货，便扯起风帆驶出富河，向汉口出发。

由富池口去汉口，虽说是逆水行舟，但江面上的风顺且大。帆船鼓风扬帆，一路飞驰，第三天午后，就到达武昌了。

船家是父子二人，父亲负责掌舵，儿子撑篙扯帆。因为知道是来闯码头的，二人心里不免有点紧张，一路谨小慎微，事事听从黄继榆和八百的吩咐。

眼见对面就是汉口码头了，此时，刮着东南风，正好适合过江，黄继榆和船家父子商量了一下，就落下了副帆，把副帆的桅杆放倒。船老大一转风帆，木船便乘风过江，直奔江北。

黄继榆早已和师弟商量好了，不按规矩把船先行至码头的上游，而是直冲对岸，向位置最好的船丛里强行插入。

船老大深知二人的意图，等帆船临近岸边时，才落下帆篷。船帆虽然放了下来，但巨大的惯性仍使得木船飞快地向前冲去。岸边的人一见这船来势凶猛，吓得惊叫起来，有的人还离船跑上了岸。大家都是驾船人，知道以这样的速度，没有哪条船经得起一撞。弄不好就会船沉货损，两败俱伤。

黄继榆让八百抱起桅杆，以桅杆当撑篙。黄继榆站在桅后，待师弟的桅尖抵到前面的船尾时，便去推顶桅杆。岸边的船被推开一个大空当，脚下的船也慢了下来，这才收了桅杆。船头插向空当，在两条船之间硬挤了进去，两旁的船只被撞得咚隆咚隆直响。待船头快要触岸时，八百又抱住桅杆往岸上一搭，黄继榆在桅后一顶，船头便稳稳地停住了。

岸上的人扎在一堆，把这惊险的一幕看得清清楚楚。原以为这条满载货物的船会撞船的，却没有撞，以为会触岸的，也没有触，众人不由得高声叫道："好！好！好佬！"

船头的八百一看船停稳了，便放下桅杆，一手拿起缆绳，一手拿上木桩跳上岸去。他把木桩往地上一插，随即就是一拳，木桩便深深插入河滩，只剩下半截露在外面。他正要往上套缆绳，黄继榆拦住他，说这桩子打得不稳。话音未落，他飞起一脚，把木桩踢了出来。

八百一愣，随即会意，伸手捡起木桩，向上移了移，又是一拳，把木桩打入地下。黄继榆又是一脚，木桩被再次踢了出来，说这还不够稳。

八百又把木桩移到了更高处，又是重重地一拳，捶下木桩，见黄继榆没有说话，这才套上缆绳。

二人离开木桩，往船上走去，却见左右船上的人对着兴国的船老大吼道："哪有这样开船的？不排档，还把我的船撞坏了，得赔！"

黄继榆一看，船边水面上漂着些碎木块。那是刚才被他的船头剐蹭下来的。他也不去解释，跳上隔壁那条船，把手指搭在船舷的圆木上，对着叫嚷的船主说：

"哪是我们撞的，是你的船板烂了，你看……"说完用手指在圆木上一抠，一片木板就到了他的手上。他用手指一搓，木屑就纷纷落下。说完，伸手又要去抠。

船家一见，这个人的手劲这么大，再让他抠下去，怕船板都要被他抠穿，吓得赶紧叫喊：

"别抠了！别抠了！是我的船板烂了，是我的船板烂了，不要你赔，不要你赔，好吗？"

又听见有人在焦急地高喊："快去叫陈老大，快去叫陈老大呀！"

在不远处的酒楼上，陈老大早把这一切看在了眼里。作为江湖中人，他的心像面明镜似的。不用说，这是冲着他来的，这是在打码头。这条船从江南过江的时候，他就看出了反常。它不是按规矩先到上游停靠，再来排档，而是直插黄金地段。一个人抱着三四百斤重的桅杆当竹篙用，后面一个更是不得了，竟然推开了那么多相帮的船只。随后二人又拳打脚踢地打桩踢桩，后来又手抠船板，这都是在向他展示功夫。码头上人来人往，鱼龙混杂，这两个人的身手和目的，简直一目了然。陈老大深知自己阻拦不了。既然阻拦不了，那就做个顺水人情，既免生是非，还能交个朋友，日后相互有个照应。

陈老大何等圆滑，他家兄弟三人统管汉口码头，如果看不懂这些，岂能维持到今天？他心想幸亏今天自己在，要是换了老二老三，说不定看不出这二人的功底，冒昧出手，一定会闹出事来，让自己既丢码头又丢人。

在众人的簇拥下，陈老大走到黄继榆的面前，和颜悦色地问他是从哪里来的。

黄继榆一看，知道他是主事的，连忙抱拳说："在下来自兴国州。"

陈老大又问他是何方人氏，姓甚名谁。黄继榆回："黄龙洲鲤鱼寮，姓黄，名继榆。"

陈老大身旁一个船老大听了，连忙插嘴问道："你是黄龙洲鲤鱼寮的？"

黄继榆点点头。

陈老大又问："你家有多少条船？"

黄继榆回答："大小船只共四十多条。"黄继榆故意往多说，没想到后来果真发展到了这么多船，这是后话。

"借一步说话吧。"

陈老大不愿意当着众人的面说话，他引着黄继榆一边往旁边走，一边说："这汉水之地，船多地广，既然来了，大家就是朋友了。但码头的规矩，你要讲，码头上的安宁，你我都要维护。你兴国州既然有四十条船，就给你一篙之地吧。"

一根篙绳有近十丈长，在汉口这个寸土寸金的地方，能有这么宽的码头，可算是非常宽裕的了。黄继榆点头同意。

"是鲤鱼寮的一篙之地。"刚才插话的人还跟在身后，随即纠正了陈老大的说法。

陈老大没有说话，只是望着黄继榆。黄继榆转头看师弟八百，八百点了点头。

兴国船老大听得明白，赶忙从船上拿出一根篙绳，跑向岸上，在刚刚钉下的木桩处，和陈老大的人一道拉开篙绳，又钉下一根木桩。只是这是根座篙，太短，只有四丈多长。黄继榆侧头一看，心里暗暗叫苦，但是说出口的话又不能反悔。八百也横了船老大一眼，可是没有办法，首篙已经用上了。

陈老大对着两根木桩说，这里就是你的地盘了，以后凡是鲤鱼寮的来船，就停靠在这里。随后又说："你的船该有个标记吧？"

黄继榆想了想，说："就以双铜为记吧，以后我船上的帆绳钩都打成铜状。"随后又补充了一句："船尾艄板上再刻一对双铜。"

陈老大说："好，那就以此为凭，凭此标记，方能停靠。"他又回转身去，对站在那里发愣的人群说：

"从今以后，这里就归黄龙洲鲤鱼寮了，左右船只，上挪下移，任何船只，不得侵占。临时停船者，见铜让档！"

黄继榆的目的达到了，脸上却不露喜色。他向众人抱拳举了举，以示认可。

　　夜里，黄继榆和八百躺在船舱里，二人回想着今天发生的事，心情异常激动，耳听着船舱外潺潺的流水声，却怎么也不能入睡。突然，他们感到船身一晃，像是有人上了船。黄继榆赶忙起身，纵身向船头扑去。黄继榆正要开口喝问，却听来人叫了一声：

　　"家门。"

　　且说上巢庄一世祖贵堂公妻子在湖西生下胜瑶，胜瑶妻子生下伯顺、玉杰、玉韬三子。可是罗家湾的土地太少，虽说门前有一个湖，但这湖早已落在余家堰、曾家岭、蔡家湾的名下了，罗家湾这点地实在容不下三兄弟。为求生存，也为了兄弟间的和睦，胜瑶做出一个沉重的决定：让长子留在罗家湾，次子玉杰和三子玉韬各自迁居外地，自寻出路。

　　两位儿子听从父命，次子玉杰迁往江西饶州，之后再无音信。

　　三子玉韬沿长江往上游迁徙，走到武昌竹簰门，见这里山多田广，便放下扁担，打算在此立足。哪承想竟受到当地人的欺负，连有几分姿色的妻子都被人霸占了去。玉韬自知敌不过地头蛇，只得忍耐。想到古人说的"家有三件宝，丑妻、瘦田、破棉袄"，便续娶了一个毫无姿色的妻子，一心开荒种田，繁衍子孙。他日间耕作，夜里带着儿女学武练功，别人家武功传男不传女，他却儿女都传。经过几代人的励志努力，终于站住了脚跟，不仅不再被人欺负，还成为当地的大户。后来，江湖上流传着这样一句话："骂不过金口人，打不过竹簰门。"说的是金口人会吵嘴，竹簰门人会打架。

　　自从远离家乡，玉韬公和他的子孙为生存而奔波，几代人不能及时回乡寻根。到后来想回乡寻亲祭祖时，后人却找不到自己的出生地了，只依稀记得"黄龙洲鲤鱼寮罗家湾倒插柞"。黄龙洲在长江一代很是有名，驾船的人都能找到黄龙洲，鲤鱼寮在两座鲤鱼山之间，就在黄龙洲的对岸，但找不到罗家湾，更找不到倒插杅。找不到倒插杅，就找不到先祖的坟墓。当地人见有外乡人来打听，不知祸福，不敢贸然告知。上巢人知道其中缘故，却是不想告诉他们，怕他们祭了祖，风水发外了，就故意不说。竹簟门的人找不到祖宗坟，只好在船上向鲤鱼山焚香烧纸了。

这个找上船来的船老大，正是竹簟门玉韬公的后人。

白天，见这位船老大在袒护他，黄继榆不知缘由，一听到来人的介绍，才知道他是玉韬公的后代，是上巢庄的一脉兄弟。来人向黄继榆拱了拱手，夸赞黄继榆说："不愧是咱们黄家的后代，功夫如此了得。"

黄继榆谦虚一笑，二人在船头坐下。知道是本家兄弟，但是一问辈分，却是风马牛不相及。才知竹簟门人离家日久，早已丢失了家谱，重修的新谱，与上巢不共序了。既然是无法分清辈分大小，黄继榆只得以兄弟相称。他除了感谢这位家兄白天的关照外，还约定日后兄弟间要协力同心，相互关照。

这位家门更是高兴万分，他说："今天大哥不仅打出了码头，更为姓黄的人增了光，为竹簟门的船帮增添了力量，日后在汉口这块地盘上，更不会有人敢欺负咱们了。"

第二天一早，按照年生给的地址，黄继榆找到了货主。黄继榆的船已经靠在最好的位置，卸货的人便利了，又只有一船货，搬运就抢先卸了货。黄继榆辞别陈老大和竹簟门的兄弟，便启程返航。他要赶回上巢湖，要带领大家去挣钱。

当黄继榆把这个消息告诉大家时，上巢湖人都不相信他。跑个武穴都受人欺负，汉口离家几百里，又是个洋码头，是你黄继榆说去就能去的？

见众人不信，黄继榆只得自己打先锋。他家和继洵家共有一条船，这是父亲生前置下的产业。继洵是他无话不说的好友，他把在汉口的经过一说，继洵立马赞同。他们两家这条船和兴国的那条船一起装货出发，没几天，两条船都顺顺利利地回来了，带回了白花花的现银。也没费什么周折，只是在艄屋挂了一对铜状的双钩，在船尾板上烫刻了一对交叉的双锏。

第八章　独挡外侵

汉口码头陈老大遵守约定，那一簟之地足够上巢的船停靠了，竹簾门的兄弟又格外关照，黄继榆便想造一条两票半的大船（一票装一百二十个麻袋，一麻袋装一百二十斤货物）。他让弟弟上船给继洵做帮手，自己在家里安排造船，也准备按照母亲和王氏的意思，迎娶二房，传宗接代。

黄继榆在家里买树、锯板，请木匠造船，一切都在有条不紊地进行着。一天，屋外忽然喧闹起来，说是黄沙庄来了一伙年轻人，要来上巢庄表演武术，已经过了蜡梨坡，正气势汹汹地往上巢庄扑来。

黄继榆一听不好，自己阻拦了上巢庄人去打架，以为董家人占了便宜会就此罢休，没想到他们得寸进尺，趁着上巢庄现在在家的男人少，竟然上门来挑衅。他知道，自己息事宁人的态度，被人认为是认怂了。看来，让他们自己醒悟是不可能的，要给他们一点颜色看看了。

黄继榆也不叫人，人一多，场面反而不好控制，他要抢在众人出击之前去阻止他们。他一勒腰带，带着心中怒火，从屋后上山，几个奔跑纵跃，在山腰的马回岭堵住了二十几个年轻人。

只见这群人手持棍棒，在马回岭的山道上一字走来。黄继榆站在路中间，挡住去路，开口喝问道："上回你们抓人打人，诬赖我叔侄有错，我没有与你们计较。现在你们又无故来犯，是你们不知情理。你们是要打架吗？好，你们就来跟我打，我黄继榆一人，就能让你们过不了马回岭！"

领头的人摇着手中的棍子刚要说话，黄继榆不等那人开口，陡然一伸手，抓住那人手中的木棍一拧。只听得咔嚓一声，一截木棍已经握在他的手上了，手法之快让人瞠目结舌。他扬了扬手中的半截木棍说：

"看是你们的脖子硬还是棍子硬！"

众人一看他手中参差不齐的断棍，竟是拧断的，一个个都愣住了，没有人敢说话。

黄继榆接着说："此地是马回岭，是当年战马回头的地方。连马都识得深浅，懂得进退。你们若是不知好歹，就再往前走一步试试！"

见没有人回话，黄继榆又高声说道："从今日起，你们黄沙庄来人，不得超过五个。成群结队者，不得越过马回岭，否则，如同此棍！"说完，把手中的断棍举过头顶，双手一折，又是一声脆响，木棍折为两截。

若说刚才他出手太快众人没看清，这一下，大家可是看得明明白白。都是习武之人，这么粗这么短的棍子，被他一折两段，臂力之大，可想而知。

不等领头的开口，后面的人就转身往回撤去。

第九章　师父上门授艺

不孝有三，无后为大，对于黄继榆的亲事，家里人一点都不马虎。在母亲和夫人的张罗下，黄继榆娶了马氏。马氏总算是没有辜负母亲和夫人的希望，入门不到两个月，就怀孕了，这让一家人高兴不已。母亲更是不让黄继榆出屋，要他在家陪护儿媳。

生意上有兴国全家和年生的照顾，船上有继洵在掌管，往汉口的货运日装夜行，运输趟趟有银子，黄继榆就心安理得地留在家里，陪伴家人，监造新船。

这天黄昏，一家人正在吃饭，三牛突然跑到桌前说："八哥，门口来了个怪人。"

"什么怪人？"

"像是个讨米要饭的。"

"要饭的给他碗饭不就行了吗？"

"给饭他又不吃。"

"怕是还有家眷，你就打发点米给他。"

"给了，给米他也不要。"

"给米也不要？难道是来找碴儿的？"

自从他从汉口回来，时不时地就有人来找他比武，他可不愿意和这些人过招，不是躲就是骗。今天被堵在家里，看来是躲不过去了。

黄继榆不耐烦地走到门外，果然看见一个头戴斗笠的人站在门口。那人背对着他，腋下夹根竹棍，脚下放着一卷破铺盖，明明知道有人来了，却头也不回。

黄继榆见他这样，也不耐烦了：

"你这个讨米的，饭不要，米不要，难道还要我办桌酒席你吃不成？"

那人装作没听见，只是轻摆身体，把腋下挟着的讨米棍抵到黄继榆的胸前。黄继榆见问他话也不回，还把讨米棍对着他，更是气他不过。讨米的人见多了，还从来没见过这样狂妄的，便伸手就去拉他的讨米棍。没想到这一拉，竟然没拉出来。心想可能是力气用小了，便暗中使劲，又用力一拉。这一下，让黄继榆吃惊了，以自己的力道，别说是一根棍子，就是连这个人也会被他甩出好远。但是眼前这个人却像一座山一样，稳稳当当，那根棍子就像在他身上生了根似的，纹丝不动。

正在惊疑之际，这个人突然身形一闪，一下从门口蹿到了他的上厅，坐在他的饭桌上，身形之快大出黄继榆的意料。黄继榆惊骇不已，自觉此人的功夫远在自己之上，正不知所措，那人却把斗笠一取，说了声："对，我就是想吃桌酒席呢。"

黄继榆一看，原来是师父。他赶忙跑上前去，双膝一跪，向师父拜去："师父在上，弟子有眼无珠！"

高老五笑眯眯地说："不错，我没有看错人，回来之后没有做恶事。"

看来师父来之前已经打探过了。他嘴里回说，"弟子谨记师训，不敢行恶事。"心下却暗暗惭愧。

那是一天早晨，黄继榆经过一家人的门口，看到几个小孩在玩绳索。原来是当年到他家抢鸡的人家。黄继榆突然心生一念，对小孩子说，来，让我来教你们怎么打丧杠。屋里的大人一听，哪有一大早说这种不吉利的话的？跑出来一看，见是黄继榆，赶忙赔着笑脸连声说，学得，学会了也是一门手艺呢。

看来，违心的事做不得，他跪在地上沉思默想，直到师父叫他起来，他才站了起来，吩咐三牛撤去残菜，重新置办酒席。

师父的到来，让黄继榆感到高兴，也感到紧张和担忧。在李家寨的几个月里，好多师兄弟都说着难懂的外地话，师父教徒弟也不收钱，所教的武功也不是本地的功夫。在他了解了师父的身世之后，隐约感到师父要干一件大事。今天师父突然到来，他不知道师父有什么打算。

经过一夜休息，师父精神饱满地对他说：

"你的拳脚功夫我毫不担心，我担心的是你的轻功，再有就是人品。来前我都打听过了，你人品还不错，那我就在这里住些时日，教你轻功吧。"

相对于拳脚功夫，黄继榆的轻功确实很差。师父告诉他，人是天地间的一分子，是宇宙间的一粒尘埃，宇宙的力量是无穷的，只要借助得当，做到物我两忘，人就能像一条鱼、一只鸟，甚至一阵风似的飘起来。练习轻功的要领，大师兄于江之前早已教给他了，只是时间太短，他还没有完全掌握，没有练到火候。

师父先让他用几只托盘装上烂泥，晒过几个日头，等烂泥的表面结上一层皮子之后，摆放在地上，让他神形合一地在上面快速奔跑，而后慢慢行走。又让他用一口大缸，装上几担人粪，放在太阳下晒几天，待面上结了一层粪皮，再在上面行走。直到他踏泥无痕，踏粪不破，这才算是功成。

师父在黄继榆的家里，关门教了他三个月，除了教他轻功，又把自己的绝学秘招，悉数传授给他，这让黄继榆的武功突飞猛进。

趁着师父高兴，黄继榆劝师父，与其漂泊在江湖上，不如留在上巢湖带徒习武，过一种安定的生活。

师父却冷淡地说："不教。利器，不能授予小人。绝世武功既是利，又是弊。掌握在好人手上，就是利，落入小人之手，就是弊，就会危害世人，祸害江湖。"

黄继榆听懂了师父的意思。师父的武功是看人传授的，如果是一个德行不好居心不良的人，即使给再多的钱财，师父都是不会传授的。此刻，他除了感谢师父的悉心传教，更感激师父对他的信任。

师父终于要走了。站在黄继榆的门口，他看着面前一湖碧绿的湖水，看着连绵的大岭山，看着山巅上的白云，蓝天，用手捋着那蓬银白的胡须，感慨地说：

"真是一个好地方啊！有山，有水，再以行船为业，居于山水，出没江湖，那该是多么快活，多么自在呀！"

黄继榆抱着师父的那卷铺盖，站在他的身后，正在细品他的话意。师父回过头来，让他打开铺盖。

那铺盖自从师父到来，就一直没有见他打开过。黄继榆打开铺盖，里面有一个小包袱，师父又让他打开包袱。黄继榆顺从地打开了，包袱里竟是一堆金光闪闪的金叶子。

师父看着那包金叶子，感慨地对黄继榆说：

"我这一去，咱们就不知何年何月才能相见了。这些东西留给你，你用它来置办一些家产，我也许还会来，也许不来。日后外面无论有什么风声，无论发生了什么事情，你都不要轻举妄动。你只管守家尽孝，安心驾船，在合适的时候，选择合适的人，把师父的功夫发扬光大，就是对师父最大的孝顺了。"

说到这里，师父又加重了口气："你现在已经是武功超群的人了，你不能用它来伤人，不得加入帮派，也不能与江湖为敌，不食朝廷俸禄，也不要与朝廷作对。护家为民，安居乐业，才是正道。你记住了吗？"

黄继榆连忙跪倒在地，师父的话，让他百感交集。师父把他的毕生所学毫无保留地传给了他，又给他留下这么多财富，他似乎感觉到了什么。从师父的话语里，他知道挽留和推辞都是无用的，只得眼含热泪连连点头。

师徒二人一踏上去武穴的渡船，师父就不再要他相送了。黄继榆跟师父说，现在汉口的航线很顺畅，日后我还要造船，还会走得更远。师父点着头，露出赞赏的笑容。

黄继榆又告诉师父，他的船都用双铜做了记号的，请师父告诉师兄弟们，要多加关照，不要大水冲了龙王庙。

师父说道：

"放心，这个你不说我也去知会兄弟的。但是你要明白，靠人是靠不了一辈子的，最终还是要靠你自己。江湖虽大，是分得清黑白的，你只要把人做好了，你的路就宽了。"

第十章　码头镇献技

送走了师父，黄继榆的心情十分沉重。他知道师父是在向他告别，并且把他的梦想和希望都寄托在自己身上。

一个远在云南边陲的人，千里迢迢跑到浙江临安来，看来师父心中的复仇之火一刻都没有熄灭。黄继榆深知自己劝阻不了他，以师父现有的力量，他预感到师父的义举很难成功。他甚至暗暗希望师父举事失败，然后逃到上巢湖来，和他一起饮酒论武，一道行走江湖，由他来为师父颐养天年。

想到这里，黄继榆又想到了上巢湖和黄沙的恩怨。冤家宜解不宜结，即使黄沙人一次次地挑衅，这个结也早晚是要人去解的。既然自己应承了黄老五，就得兑现自己的承诺。他现在无论是从功力上，还是时间上，都适合去黄沙走一趟。

黄继榆没有见过董茂枣，江湖上把董茂枣的功夫传为"神打"，说他能用衣兜炒豆；给鸡换鸭头，还能存活三天；能在草屋顶上烧包袱；说他能给人身上移包去疮。传得最玄的，说他有次到大冶去拜访一位和尚，进门之后就大大咧咧地坐在主座上。和尚心有不悦，就让几个徒弟进入堂内，飞身贴在壁上，向他示威。董茂枣却装作不知，等到和尚亲自来献茶的时候，他暗使祝由术，让和尚茶盘里的茶杯端不起来。和尚连忙向徒弟使眼色，让徒弟们动手。可是徒弟们都被他定在了墙上，已是动弹不得。

此时正是中秋时节，码头镇有戏场，黄继榆挑了一担萝卜，来到戏台前叫卖。董茂枣看到了这个身材健硕的外地人，从他的步伐和眼神中，看出此人非同常人，便来搭讪。

董茂枣挑了一个大萝卜，用手一捏，萝卜就碎了，就说，你萝卜烂成这样，也挑出来哄人？

黄继榆也拿起一个萝卜，在手上掂了两掂，然后连挥三掌，一颗萝卜立刻变成四块。他拿起一块说，我这萝卜，个个实心，饱满结实，每块都是四两重。不信你去过个秤。说完，把萝卜塞到董茂枣手上。

董茂枣接过萝卜，一看四块萝卜厚薄均匀，这是怎么切出来的，刚才也没有看清楚。他转头要问，已不见了卖萝卜人的踪影。他拿着萝卜块到药铺去一称，果然每块都是四两重。他心想，在这一带能有如此能耐的人，一定是黄继榆了。他只听说黄继榆拜了名师，拳脚功夫了得，没想到他竟有如此手段，不禁有些胆怯。

当天下午，码头街又传出了一则怪闻：一个外地客来到屠夫铺里买肉，伙计举刀剁肉时，他却把手伸到了刀下。伙计收手不及，一刀下来，眼睁睁地看着屠刀剁在了他的手臂上。伙计吓得眼睛一闭，掉头就向屋内跑去，一边跑一边大声地叫喊，不得了！不得了！我剁到别人手上了。

后屋的老板闻声赶到门外，却见一个身材矮小的人站在案板前，见老板出来，就问他，我到你这里来买肉，伙计怎么跑了？一脸的无辜。

老板一看他的双手好好的，便放下心来。问他买多少肉？

那个人说，肉是人家叫我带的。买多少呢？他也没说，这样吧，我人有多重，就买多少吧。

老板一听高兴了，一个人起码有一百多斤重吧。忙问："你有多重？"

那人说："我也不知道我有多重。"

"那就上秤称一把吧？"老板迫切地说。

"要得，要得！"那人说完，就伸手去抓秤钩。

老板一看："这我怎么拎得起？"

那人却说："拎得起，拎得起的。"一边说，一边伸手就去抓秤钩。

老板半信半疑地拎起秤耳，一提秤，却不见秤杆起来。他把秤砣从秤杆尖拨到了秤中，秤杆仍然翘不起来，就说："你脚落地了吗？"

那人在秤钩下说："没有啊，你看。"说着，跷起离地的双脚让他看。

老板低头一看，他一只手抓住秤钩，身体屈弓着，双脚高高地离开地面。

老板疑惑地把秤砣往里再挪，在一斤六两的秤星上才平了秤。他又看一眼秤钩，只见那人吊在秤钩上，太阳照着他的身影，落在他的脚下。吓得他把秤一扔，掉头就跑进里屋，背顶着大门，惊恐不定。

老婆问他怎么了。他手抚胸口，喘着粗气说：

"遇上个鬼了。不，不是个鬼，鬼是没影子的，我看见地上的影子了。是个人，可这个人又没斤两，我不知道，不知道碰到什么了……"

怪事传到董茂枣耳朵里，他也愣了一下。但他立刻就明白了，肉铺老板遇上的不是鬼，他遇到的是一个有上乘轻功的人。此刻，他庆幸自己没有轻举妄动，一个独闯码头街的人，没有必胜的把握，是不会来的。如果和他动了手，说不定会让自己名誉扫地。

从码头回来之后，黄继榆心想，这下该清静了吧。便把心思放在造船上，放在如何开拓更广阔的航线上。

第十一章　开赴九江

这几天，黄老五和二老板两人不停地往黄继榆家里跑，吵着要跟他一起出船。

黄老五家里穷，置不起船，只能替房头上叔叔驾船当雇工。本来这不是他操心的事儿，不知道是他的热心快肠，还是受了他人的怂恿。

二老板住在蔡家湾，蔡家湾原本住的都是姓蔡的人家，崇祯年间的一场大瘟疫，让曾家岭和蔡家湾几乎绝了户。余家堰的人也死走逃亡所剩无几了。湖东的黄家也受了灾，却没那么严重，疫情结束后，这些地方空了很多房子，没人住，兄弟多的人家就搬过来住了。

二老板兄弟三人，老大和老三身材都矮于常人，唯独他身材高挑。长脖子长脸，五官端正，儒雅不凡，外加头脑灵活，家里就由他主事了。因为是排行老二，所以都叫他二老板。他们兄弟三人共一条船，当初听黄继榆说去汉口装货，就有些动心，却又怕担风险，一直在观望。没想到几趟水下来，去汉口的船不仅没有风险，反而赚得盆满钵满。又听说在汉口只要是一报黄龙洲鲤鱼寮，码头上的船都得让档，那一篙之地就像是上巢湖花钱买了似的，没有半点纷争。二老板后悔了，后悔失去一次赚钱的机会。现在再想挤进去怕是不容易，因为运往汉口的货只有那么多，先前的船在跑，有点开不了口，只好约了黄老五来找黄继榆，商量往别处发展。

"八哥，鄂州、九江也有装货的，何不也打进去。"二老板和黄老五都是群字辈的，比黄继榆要低一辈，年纪也比他轻，依理要叫他叔。但他们只叫他老八，或是八矮子。一个人对一个人的称呼，也是要看实力的，像黄继榆这样的家境地位，虽说他的辈分高，但是称他为叔好像掉了他们的身价。叫他八哥，已经是很尊重了。黄继榆感到了他们的讨好，也深知他们的来意。

"是呀，我也有这个意思，湾子这么大，船又这么多，是要多走几个码头。"

"上面去得，下面也去得吧？要不，先去九江，九江离得近。"黄老五的说法正是黄继榆所想的。

九江为九江交汇之地，小河小港多，江西山货足，又挨着小池口和黄梅，运输业一向很活跃。黄继榆还了解到，兴国运往九江的棉花和麻都是走的陆路，运费贵不说，路上还经常出现意外。

黄继榆说道：

"眼下，我这新船也下水了，我这就去兴国一趟，联络一下商栈，应该是行得通的。"

二老板一听，长长的脖子往上一抬："行，我打头阵！"

黄老五连忙说："还有我！"

这个月黄继榆是双喜临门。两票半的船涂了两遍桐油，已经下了水，儿子也降生了。他给儿子取了个响亮的名字，叫鹤群。儿子是群字辈的，取名为鹤，寓意他要像白鹤一样，鹤立鸡群，带领大家走出上巢湖，走向长江。

黄继榆又去了一趟兴国，拜见了全彦桢师父。从他的口中打听到，师父高老五已经率徒回到了云南，带领一群农奴在造反杀官兵。黄继榆一想到师父教了他这么多武功，给了他这么多钱财，自己却没有为他尽力，心里就觉得愧疚。但是师父不让他去，自然有师父的道理。他现在要做的，就是遵从师父的嘱咐，把船驾好，争取疏通更多的码头，等待师父的归来。

下午，黄继榆和师弟八百一起请来了年生，三人在酒馆里坐下。黄继榆给了年生一封银元，说是感谢他的帮助，然后又说了要往九江通航的意思。年生听后一拍桌子，"好，黄师兄你终于开口了，我早就有这个打算，那么大的汉口你都能去，眼前的一个小九江，为何不去？去，去！我这边的客商早就托我探问了，就等你这句话！"

师弟八百也说道："水运比陆运价格要便宜，关键陆运要翻山越岭，穿村过店。棉麻怕火，货物的安全还得不到保障。以师兄做事的风格，哪个客人不愿意和你打交道？你做事公道沉稳，不找你那才叫不会做生意呢。"

黄继榆说："我也是在等待时机，一旦时机成熟，再去不迟。我看，现在时机到了。"

和第一次去汉口一样，第一趟往九江发货，黄继榆特别慎重。他带着黄老五、二老板、黄继展四个人一道，驾着两条船，从富河装货出发，从富池口入长江。一路无话，当晚便到达九江，停靠在龙开河口。

龙开河是条人工内河，河面不宽，却风平浪静，是停泊的好地方。说起这龙开河，还有一个美丽的故事。

传说在很久以前的冬天，有一个小孩在路边看见一条小蛇。他可怜这条小蛇会被冻死，就把它装在盒子里，铺上棉絮，给它喂食，并终日不离地带在身边。后来被同学发现了，告诉了私塾先生，先生又把这件事情告诉了孩子的父母，父母要他放了这条蛇。可是小孩舍不得，他担心这条蛇一旦离开他，就会被冻死。后来父母给他下了最后通牒，如果你不放了这条蛇，你就不要回家了。小孩实在不忍心丢掉小蛇，就带着它在外流浪。直到天气转暖，他才含泪对这条小蛇说，现在天暖了，你也长大了，你就回到你该去的地方吧，我也要回到学堂上学了。小孩放了小蛇，看着它游进了清溢山。

若干年后，小孩考取了状元。

清溢山和庐山上的山水，都是先流入九江再流进长江的。在雨季里，一旦排泄不及，洪水常常会淤阻在城内，淹没房屋，让城中百姓受灾。皇上得知后，想到新科状元是清溢山人，对本地的地貌比较了解，便令他回乡治水，并以三年为期。可是在这期间，天公却不作美，工期屡屡延迟。这位新科状元心善，不忍心催促民工，眼看三年的期限快到了，工期却难以完成，急得他辗转难眠。

一天夜里，他做了一个梦，梦见那条小蛇对他说，明天卯时，你到尚未完成的工地上去，等到天上乌云密布的时候，你就往前跑，一直跑到长江边，但是你千万不要回头看。小蛇怕他不相信，还从身上抖落下一片蛇鳞。

一觉醒来，新科状元想起了这个梦，一看床前，还真有一块鳞片，他便相信了这个梦。第二天卯时，他骑着马来到工地，不一会儿，天上黑云滚滚，电闪雷鸣。他便按照蛇的吩咐，打马一路往前狂奔。天上随即下起了倾盆大雨，他的身后也响起一阵哗啦啦的响声，像一张巨犁在犁地。很快地，他就跑到了江边，他的身后随即出现了一条河，河道连通了长江，洪水也哗啦啦地流进了长江。

新科状元知道这是小蛇在帮助他，他感激它是来回报当年的救命之恩的帮助。忍不住想要回头看看这位昔日的伙伴，便不顾小蛇的劝告，回过头去。

只见他身后有一条巨龙，眼睛大得如同两只灯笼，牙齿像两副巨大的锯齿。他心里虽然惊恐，但他知道这就是昔日的小蛇，便伸手去抚摸它的额头。那条巨龙也深情地向他点了点头，随后一闪身，便腾空而去。从此以后，九江人再也不受山洪之害了。大家知道这是小蛇修炼成龙来报恩了，就把这条河取名为龙开河。

这个传说母亲陈氏早就跟黄继榆讲过。母亲是瑞昌人，清溢山就在瑞昌境内，她说这个传说的目的，就是教育他要做个好人，好人是有好报的。黄继榆当然明白这个道理，只是这次来九江，他不知道会遇上好人，还是会遇上坏人。但他是下了决心的，一定不能惧怕坏人。这世界就是这样，越是怕鬼，就越是有鬼，越是让鬼，鬼就越厉害。江湖上的风浪可以躲，人间的风浪却是躲不过的。

第十二章　献技慑地痞

一夜无事。一大早黄老五便叫嚷着要上岸，二老板望着黄继榆，不说话。黄继榆见状，便拿出年生的书信，递给二老板，让他二人上街，去沿河街找货主，自己和继展留下看船。

二人走后没多久，从岸边便走来了几个人，他们一个个撸袖敞怀，迈着八字步。一上船，为首的人就问道：

"哪里来的船？送哪家的货？"

正在后舱的黄继榆一看，心想来者不善，连忙迎了过来，回答说是湖北兴国的，送到哪家却是不知。

那人又问道："老板呢？你们船老大呢？"

黄继榆回答："老板没来。船老大上岸去了。"

"啊，那应该就是刚才过去的那两个人了。赶紧把他给我叫回来！"

黄继榆顺从地连连应答，却没有上岸。他走到船桅下，纵身一跃，就蹿上了两丈多高的桅顶。他一只脚弓立在碗口粗的桅杆上，另一只脚勾搭着桅杆，手搭阳篷向岸上张望。

船虽停在龙开河，但水面上仍然风浪不止。自古道，"船摇一尺，桅晃一丈"，桅杆在左右摇晃着，桅杆上的黄继榆一会晃到左，一会又晃到右，身体悬在高空，令人惊恐不已。但他却像吸附在桅杆上一样，纹丝不动。黄继榆在杆上向远方观看了一阵后，又悄无声息地溜下来，躬着身子对几位说："他们走远了，喊不应了。要不几位先坐下喝茶，等他们回来？"

黄继榆蹿上桅杆的时候，就把这几个人惊得后退几步，还没想明白他是怎么上去的，一会儿又下来了，如一片树叶般悄无声息。见黄继榆挽留，几个人竟一时反应不过来，呆呆地说不出话来。

黄继榆见他们发愣，便顺手拿起地上的一截毛竹筒，双手一搓，毛竹便成了丝丝条条。他把毛竹扬了扬说："我这就去生火烧茶。"

有个人忍不住上前问他："你这船是哪里的？"

黄继榆说："船是上巢湖的，货是兴国州的。"

"既然船是上巢湖的，那你认识黄继榆吗？"

"认识啊，认识，他不是上岸去了吗？"

"你在这船上干什么的？"

"我是伙计啊，烧火打杂的伙计。"

几个人一听都暗自咋舌。他们又看见隔壁船上也站着一个人，眼睛鼓得像酒盅一样，正瞪着他们，身体比眼前这个伙计还要健壮。几个人什么话也没说，掉头就上岸了。

黄老五和二老板一回来，继展把刚才的经过说给他们听了，大家大笑起来。

二老板说，他上街找到了货主，货主说，还是老规矩，货上岸后验讫无误再付运费。

黄继榆没有说话，这是运输的老规矩。

二老板又说："你猜我遇到了什么人？"

黄继榆问："遇到了什么人？"

"你意料不到的人。"二老板卖了个关子。

黄继榆正在想怎么靠码头，听二老板这么说，便急切地问："谁啊？"

"继隆吗？"见二老板卖关子，黄老五抢先把名字说了出来。

"继隆？一直没看到他，原来是在这里。"

"我告诉他你来了，他让我们下午上岸去喝酒，大家都去。"二老板赶忙接过话来。

"去，去，去，大家去！去喝一壶！"不等黄继榆答应，黄老五大声地嚷嚷起来。

"都去？总要留个人看船吧？"

二老板侧头看着继展。继展说："我留下，我留下看船，你们三个人去，我就不烧火了，给我带口吃的就行。"

"那当然，那当然。保管你落鸡落，兜一钵。"黄老五大声地表了态。

第十三章　重会黄继隆

在临江酒楼，黄继榆看到了昔日好友继隆。

这继隆比继榆年长，他俩不光在一个学堂里读过书，还是没出五服的兄弟。继隆写得一手好字，只是因为父母早逝，没有钱继续求学，不能像继榆一样取得功名。为此，他心里一直颇为怨怼。

在距离上巢湖不远的九江，活跃着一支教派——白莲教，白莲教是在唐宋年间发展起来的。南宋时，白莲教的创始人茅子元被朝廷发配到庐山东林寺，茅子元又在庐山四处传教，发展教徒，庐山便成为白莲教的发源中心。

继隆的叔公黄光立是白莲教的护法，他见继隆聪明伶俐，在家不安分，索性就把他带到庐山，侍奉在教主身边。

白莲教名为教派，实际上是在暗中反清。继隆早已对清廷怀有不满，有了黄光立的极力推荐，又加上脑子灵活，他在教内一路高升。到嘉庆十八年白莲教公开起义时，继隆已是教中四品大员，手握生杀大权。

白莲教在陕西起事时，大部人马被清军剿灭，身为武将的黄光立遭捕，受碾盘之刑，被活活压死。黄光立的妻子便带着两个儿子乞讨回了上巢湖。继隆不敢回家，逃到了九江，一躲就是多年。这些年各地战事不断，清廷应接不暇，无力肃清白莲余党，所以继隆在九江的日子过得还算清静。

人生幸事，莫过于他乡遇故知。继隆躲难在外多年，能在九江与家乡兄弟相遇，自然是高兴万分。兄弟一见面，黄老五便大吹上巢人走南闯北的威风，汉口关为之洞开，黄继榆如何武功盖世，名冠江湖。

在继隆的印象中，继榆是不会武功的，突然之间有了功夫，还武功盖世名冠江湖，当然不大相信。他有些不屑地说道："拳脚相交，以力相搏，只是匹夫之勇。笔杆一挥，万马奔腾，旌旗雷动，才见威风。你看那军中檄文，调兵遣将，哪一样不是出自文人之手？"

二老板连连附和道："那是，那是。"

黄继榆知道继隆不相信自己，心中有一丝不快。

继隆并未察觉到继榆的变化，仍然是劝酒夹菜，谈笑风生。说到兴头上竟劝继榆和兄弟们一道加入他的白莲教，待日后东山再起，共图大业。

黄继榆婉言谢绝了继隆的好意，他说高堂在上，不便远行。眼下他要做的，就是在九江站稳脚跟，像在汉口一样，有自己的一席之地。

继隆一听，便哈哈大笑起来：

"此等小事，何须劳神，只要我一句话，定能轻松摆平。"

继隆的话一说完，二老板就直勾勾地看着他，露出崇敬的眼神。

继隆这话继榆是相信的。白莲教传入九江多年，庐山的东林寺和淀山湖白莲堂，是白莲教的两大发源中心，奉行的又是男女平等，互通财物，所以深得百姓拥戴。入教者农工商仕，贩夫走卒，无所不有。虽然说大部分教众随着白莲军去了陕西，但为数不少的教徒故土难离，仍然留在九江，遍布街头市井，白莲教的余威依然不减。继隆是教中四品大员，白莲教实行的又是家长制管理，教内等级森严，尊卑有序，如果有继隆相助，打开九江的局面，应当不难。

"各位放心，明天我就传示下去，码头挑夫，铺面杂役，为我们上巢庄让道，绝不在话下！"

继隆本是一个重义豪爽之人，虽离开家乡多年，但极看重同乡骨肉之情。在他得势有权之时，只要是有家乡人找他，都唯恐照顾不周。上巢庄没人来往，他就把邻县瑞昌人和枫林人视若乡亲，悉心照顾。

听到这句话，大家连声叫好，频频举杯，四人喝得酣畅淋漓，心情大快。

吃完饭，黄老五向伙计要了油纸，把桌上的剩菜全部包上，要带给继展吃。继隆见状，忙问要不要另外加菜。黄老五说不用，要加菜也不是一个两个，他的饭量大得出奇。在家里吃酒席，总是等一桌人吃好后，他再把所有的剩菜全倒进一个大钵里，由他一个人清空桌面上的饭菜。

黄老五拎着一大包剩菜，在手上掂了掂，说：

"我说了呗，落鸡落，兜一钵。"

二老板说："可惜没有汤。"

黄老五把头一偏："要什么汤？一河的汤，还不够他喝？"

第二天中午，果然有人上船来，问哪条是上巢湖的船，赶紧上档。四个人听了，高兴地行动起来。

等两条船顺利地上档，卸完货，天色已经擦黑了。黄老五知道这是继隆的面子，提前让他们插了档。他高兴地握着长长的竹篙，一边撑船一边说：

"哎呀，天都黑了，今夜走不成喽！"他的话像是自言自语，又像是说给大家听。

昨天才到，今天就卸了货，不知道省了多少时间。黄老五可不想这么快就离开九江，他还想在九江玩一玩呢。

今夜肯定不走，黄继榆也没有要走的意思。但他和黄老五的想法不同，黄老五是玩兴未尽，而黄继榆的想法是，两船货虽然是提前靠上码头卸了，但是没有见到管事的人，他是不完全放心的。这一回是继隆的面子，那下回来了怎么办？不能老是找他出面吧。

夜里，黄继榆和二老板一道，买了几盒糕点，一起登了继隆的门。

继隆住的沿河街是九江最热闹的地方。九江以江闻名，是以"湖汉九水入彭蠡泽也"而命名的，南来北往的货物多，所以水运很发达。沿河街是临近河边的一条街道，商铺众多，客商如织。

继隆所住的房子并不是他自己的，而是白莲教师爷遗孀小凤的住所。师爷在白莲教鼎盛之时，利用权力和手段获取了不少的房产，又因为贪恋小凤的美色，便把她从翠红院赎了出来，二人双宿在这栋两层小楼里。

继隆是文官，师爷带他来过这里几回。小凤见这继隆生得身材高大，面容英俊，便心生爱意，几次趁师爷不注意，有意撩拨他。继隆只身在外，虽未成家，风月之事却不生疏，和小凤那双含情目一对上，心头便有些把持不住。但碍于朋友情谊，受江湖道义束缚，继隆才强压妄念，不敢乱动。

师爷在陕西丧命之后，继隆逃出陕西，而后他想都没想，就直奔九江而来，连夜敲响了小凤的房门。

小凤听出是继隆的声音，知道他是和师爷一道去了陕西的，便匆忙开门。继隆关上大门，也不落座，就背倚大门向小凤讲述师爷被杀的经过。小凤站在继隆面前，一言不发地听着，当听到师爷被杀时，她娇呼一声"我的哥吔，我可怎么办哪"，身体一歪，就倒向继隆。继隆似扶似搂地拥着小凤，小凤却像是晕厥了一般，双腿软绵绵地站立不住。继隆只好抱起她，把她送回房间，放倒在床。

这一夜，小凤像一条水里的游鱼，在床上使出浑身解数，吹拉弹唱，统统给继隆上了一道，让继隆领教了她的"化骨绵掌"，饱览了她的"尖峰幽谷"。从此，继隆就替小凤掌管产业，一步也没离开九江。

黄继榆的深夜到访，许是惊了二人的好梦，继隆似乎有些不快。他快快地将二人引到厢房，在桌前坐下。

小凤穿着睡袍，头发松散地走了出来，她把茶壶茶杯放在桌上，睃了二人一眼，就转身进了里屋。

小凤的身影一出现，二老板的眼光就被吸引过去了。小凤的脖子又瘦又长，光滑的睡衣贴在身上，胸脯在睡衣下不停地晃动着，像两只不老实的小鸟，纤细的脚腕像一截藕带，又长又白。

二老板本来只嫉妒继榆的绝世武功，嫉妒他处处有人关照，此刻，他又嫉妒起了继隆来。凭什么他能住这么好的楼房？凭什么他能享有这样的女人？他的心里乱成一团，怎么也平静不下来。

继隆从茶壶里倒了一杯茶，自顾自地喝了一口，头也不抬地说："不是说好了吗？"

继榆说："你是说好了，下午也下货了。"

"那还有什么事？"

"我日后来九江的机会是越来越多，总不能每来一回都来吵烦你吧？我想让你帮忙帮到底，把管事的人约出来认识一下，日后有事找他就行。"

见继隆未回答，黄继榆马上补充道：

"不是别的意思啊，我是想以后我来了，就不用再来吵烦你了，咱们就在一起喝酒，喝茶，不用耽搁了。"说完，用手一拍他的手腕，诡异地一笑。

继榆这一笑，让继隆想起了他们的童年，想起有回他带着继榆在人家的新房下听房，守了半天，才听到新郎官说了句"不用耽搁了"。当时二人琢磨了半天，都没有听懂是什么意思，直到多年后继隆理会过来了，告诉继榆那句话的意思，二人才笑成一团。现在继榆这么一说，似乎又让他回到了童年，回忆起了从前的快乐时光。继隆的脸色立即和悦了：

"嗯，也好，那就……不用耽搁了。好，明天我就约人，咱们临江楼见！"

于是二人约定，明天下午由继隆约人，继榆做东，和码头上的人见面。

第十四章　艺压地头蛇

九江虽说是一个千年古镇，但是这里的居民结构却是极其复杂的。宋灭南唐时，九江的守城官兵没有接到圣旨，拒不投降，被宋兵攻陷后屠了城。明末，又被左良玉屠了城。现在，居住在九江的都不是本地人，大多是瑞昌、小池和黄梅宿松的移民。因为九江的漕运不多，河道官员以守九江关为主，码头上的一些事务，都由当地的帮会打理。只要没有朝廷的指派，河道的官员就不过问。白莲教是当地最大的帮派，码头和其他行业，都是白莲教在暗中操控。白莲教兵败陕西后，码头的管理就变得复杂了起来。

不管江湖如何变化，有一个法则却是不变的，那就是弱肉强食。能掌管码头的人，都是有些势力，且八面玲珑，极善见风使舵的，特别是在这个非常时期。

现在掌管码头的还是白莲教的人，也算是继隆的旧部，继隆开了口，当然会给面子。但黄继榆要的，是长期属于自己的一

江湖——一代拳师黄继榆传奇

方天地。驾船人最看重装货卸货，早一刻上档就可以早点卸货，早点卸货就可以早点装货，时间就是金钱。江湖上"抢档"一词，就是从码头上产生的。

第二天下午，黄继榆带着二老板早早地来到临江酒楼。他选了二楼的一个包间，交代了伙计后，二人要了一壶好茶和几碟瓜子，就坐在包间里喝茶，等待继隆他们的到来。

酉时刚过，房门便被人推开了。走在前面的，正是前天上过继榆船的人。一见黄继榆和二老板，那个人就回头向身后的人介绍："坤叔，这位就是黄师傅。"

身后年纪稍长的人连忙向二老板拱手："黄师傅，幸会，幸会。早就听说过你的大名。"

二老板连忙满脸堆笑地起身回礼。黄继榆也跟着站了起来。

黄继榆心里清楚，这是他前天的表演让人误会了，便笑而不语。一旁的继隆却蒙了。他连忙纠正道："错了，这位才是继榆师傅。"

来人这才顺着他的手势，把目光转移到黄继榆身上来。

介绍人一脸不解："怎么……"

黄继榆连忙对他说："对不住，兄弟，前天是我跟你开了个玩笑。"

来人望了一眼矮小的黄继榆，又望一望高大威猛的二老板，似乎有点不大相信。

继隆连忙向继榆介绍："这位是刘坤兄弟，码头上的事他说了算。这是他的侄子，刘耀祖。"

黄继榆连忙向二位抱拳。见刘坤仍然面带疑惑，便笑着解释："前天这位兄弟上了我的船上，我推说我是伙计，呵呵。"

"是啊，伙计能有那么大的本事？"刘坤的目光扫过二老板，横了刘耀祖一眼。

"哪里有什么本事？都是一些雕虫小技，雕虫小技。"

"我听瑞昌的师兄们讲过，继榆师傅可是武功了得的。"

"哪里，哪里，都是误传。老二，快给客人倒茶。"

刘坤的神态显示出他似乎有些不相信黄继榆的本事。黄继榆看在眼里，也不作声。昨天，继隆的口气也是充满质疑。他本是个谦逊低调的读书人，但行走江湖却不能如此行事，黄继榆心下有点犹豫，后背便一阵阵瘙痒起来。

临江酒楼是一间穿梁结构的木屋，靠几根巨大的圆木柱子支撑着楼板和房顶，椽木和瓦条都负重在这几根木柱子上。黄继榆的背后，正好就是一根立柱，他趁大家不注意，悄悄地把屁股移向木柱，后背顶着木柱，脚下一用力，便蹭起痒来。

几个人忽然感到脚下的地板摇晃了起来，大圆木的卯榫里发出咯吱咯吱的响声，房顶上的积尘直往下掉。

大家吃了一惊，一看，原来是黄继榆在蹭柱子。继隆连忙大叫起来：

"继榆，蹭不得，蹭不得，别把人家的屋子给蹭垮了！"

黄继榆这才如梦初醒地停了下来，有些不好意思地说：

"哎呀，好痒啊，背心像生了虱子一样。"

刘坤诧异地望着他，心里暗想，这么大的柱子，没有个千斤之力是难以撼动的，他却轻描淡写地说是在蹭痒。心中暗自惊骇，嘴里却对继隆说："黄大人，你应该陪继榆师傅去洗澡的。"

继隆仰着脸，得意地说："澡要洗，酒也要喝。"

刘坤在听到瑞昌的师兄弟们夸奖黄继榆时，以为黄继榆一定是个人高马大的壮汉，所以刚才耀祖介绍二老板，他也认为身材高大的二老板就是黄继榆。没想到黄继榆竟然是这样一个身材矮小、其貌不扬的人。刚才若不是亲眼看到他的神力，他怎么也不会把他和"黄继榆"联系起来。

酒席一开，黄继榆先敬继隆的酒，后敬刘坤的酒，第二轮[先]先敬刘坤的酒，这让刘坤很满意。他看出黄继榆[都是白莲教]人。在这个席面上，虽然他是主客，但因[在理的]。第二轮先的，继隆是白莲教的四品官员，所[以湖上讲究的就是这种礼]敬刘坤，说明他把自己[数刘耀祖了。昨天]，他见过黄继榆节分寸，黄继榆[的]神力又让他大开了眼界。他心中除了惊

此刻

的

叹，对黄继榆的武功更是产生了敬畏之心。此刻，黄继隆和刘坤坐在上首，他和黄继榆就在两侧对面而坐。他带人上继榆的船发过威风，刚才又出现了这场误会，刘耀祖为自己的莽撞感到懊悔。和黄继榆对面相视，令他如坐针毡。黄继榆敬过刘坤的酒后，又恭敬地来敬他的酒，更让他感到惴惴不安。他一口把酒吞下肚子，讨好地对刘坤说道：

"坤叔，黄师傅真……真是了得，我长这么大，还没……没见过这样的本事。两丈高的桅杆，他一下子就飞上去了，毛竹到手就成了渣。咱们要是有黄师傅这样的本事，看谁还敢难为咱们？"

原来，刘坤吃这口码头饭也是极不容易的。官场上好说，用钱都能摆平，但是码头上鱼龙混杂，有成帮结队的，有单枪匹马的，有明里挑事的，也有暗下阴招的。多数人是过路客，又不知道他们的来路，打又打不得，不打又不行。刘坤加入白莲教，拜董茂枣为师，其实就是想找个靠山。眼前的这位黄继榆怕是他三个刘坤也不是对手，连董茂枣都畏他，看他现在的势头，就如一只下山虎，日后在江湖上还不知道会闹出什么动静来。要是能为自己所用，江湖上就无人敢动自己了。

他心里虽然是这么想，但是架子却不倒。听刘耀祖这么一说，便微微一笑：

"黄师傅的功夫，在下已经领教过了，确实令人钦佩。黄师傅，如蒙不弃，我愿与你义结金兰。"

刘坤的算盘打得好，留下他肯定不行，拜他为师又难以启齿，只有结拜兄弟最合适。自己比他年长，拜了兄弟黄继榆就得叫他大哥，做了大哥以后就可以狐假虎威了，日后黄继榆的名气越大，黄继榆的身价也越高。

"承蒙仁兄抬爱，拱手说：

我俩是同门兄弟，他是……结识仁兄，全托继隆兄长之福。黄继榆不愿意和他结拜……我要听他的。"

果二人结拜兄弟，董茂枣就成了……拜过董茂枣为师，如……自己不是屈人一等？

刘坤和黄继榆结拜兄弟，继隆也是不愿意的。按白莲教的教辈排下来，继隆长刘坤一辈，如果刘坤与黄继榆拜了把子，不就降辈与刘坤称兄道弟了？自降身份不说，也坏了教帮规矩。他心虽不愿，但又想给刘坤留点面子，毕竟继榆有求于他，便想了一个两全之策，于是对刘坤说：

"依我看来，上巢湖是从瑞昌搬过去的，你祖籍是瑞昌的，瑞昌和上巢两地多有姻亲，不如以老表相称，这样不是更好？"

继隆的话一出口，黄继榆很赞同，自古以来湖北人和江西人就是以老表相称的，两人这么称呼，既不会隔辈，也能显得亲热，刘坤的目的也达到了。

其实刘坤刚才提议结拜的话一说完，立即就意识到不妥了。听继隆这样一说，立刻表示赞同。继隆的话音刚落，他便急切地说：

"好！那就以老表相称。"

刘耀祖插嘴道："坤叔，要是能让继榆师傅带着咱们兄弟习武，那不是更好？"

刘坤一听，连忙说道：

"这个主意好，这个主意好。老表，我手下那么些兄弟，你教他们些武艺，也免得在码头上受人欺负。"

黄继榆想，我怎么能把师父的功夫教给别人呢？但是转念一想，如果教他们一些自卫而又不伤人的功夫，又有什么不行？再说了，如果有了这些徒弟，自己在九江不是更好立足了。

见黄继榆在犹豫，刘耀祖又进一步说：

"不会耽误黄师傅正事的，这些兄弟都是在码头上混的，多少都有些底子，只需要师傅抽空去点拨点拨就行。"

黄继榆立刻明白了，他们只是想要一个名头，至于能不能学到真东西，那是另一回事了。

继隆笑着对黄继榆说："那就教吧，算是给老表一个见面礼。"

一旁的二老板说："继榆师傅要操心船上装卸货物的事，怕是没空。"

刘坤不屑地说道:"现在还用得着说这个话,操这个心吗?"

黄继榆这才说:"既然如此,那就是我们的缘分了。"

刘耀祖连忙站起来:"好,好,就这么说定了。"随即端起酒杯对黄继榆说,"那我就先敬师父酒了。"说完,一口就干了杯。

第十五章　师父遇难

第一次到九江,没想到是这样的顺利,黄老五抑制不住心里的兴奋:

"既然这样,那以后九江不就是咱们的了。"

二老板说:"不能这么说吧,九江的天下怎么就是咱们的了?"

"那当然了。既然他和老八喝了结拜酒,老八还要给他带弟子,那码头上的话咱还说不了?何况还有继隆在,这不是明摆着的吗?"

黄继榆接过话说:"我们只求装货卸货便利,其他的可不关咱的事。岸上的事情我们更不去管。自古以来,只有拿自己应得的钱才安稳。老五,这句话今天在这里说了就算了,以后在外人面前可千万不能提,会惹是非的。"

"好,好,不说了,不说了不说了,开船回家喽!"

黄继榆没有了码头上的顾虑,就让二老板带着船队去兴国装货,途经家门在家住一宿,早上开船,下午抵达九江。又让二老板去接洽卸货,自己则去教刘耀祖和他的兄弟们功夫。

黄继榆想好了,这些人只能教他们防守护身的功夫。他就把高老五教他的大通臂稍作改变,称作"云手",教给众徒。

这云手的特点是以臂护身,少有攻击,只在格挡之后以手掌托举对方的胯腹,再以肩、背、胯、肘撞击对方。这套拳法能守能攻,却不会伤人致命。他把招式要领先教给刘耀祖,再让他率众操练,自己就和刘坤继隆一道去喝酒、饮茶、泡澡。

三个人走到一起，最高兴的人是刘坤，到哪都是不厌其烦地向各路朋友介绍黄继榆，说他这位老表就是三拳两脚打下汉口关的大侠。驾船的人走南闯北，黄继榆在汉口的故事在江湖上早已传开了，加上刘坤这么一吹，更是越传越神，越传越远。九江城的一些富家子弟也闻讯纷纷前来拜师。黄继榆心想一个人是教，一群人也是教，就让他们跟着刘耀祖一起练习。就这样，九江城都知道了黄继榆，也壮大了刘坤的威名。

　　黄继榆在九江的日子过得惬意潇洒，直到有一天，二老板对他说，师弟八百带信来让他去一趟兴国。

　　九江的生意顺畅了，黄继榆正想让师弟也造一条船，来和自己一起赚钱。没想到多日不见，师弟竟然有了变化。

　　"师兄，你就别替我操这个心了，我就不是个驾船的料。在岸上，我是一脚一个坑，在船上，却是一步三摇，摇得我站都站不稳。那不是我做的事，我还是做捕快合适。"对师兄的盛情邀约，八百一口推辞了。"我也不跟老子搅在一个锅里了，做捕快快活得多，兴国街上谁人我不认识？我要找个人，谁也逃不脱。知府老爷看见我来了，说我早就应该来的，哈哈哈！"

　　八百请师兄来兴国，是要告诉他一个不幸的消息，他的师父高老五在云南遇害了。因为高老五是反清组织的头目，所以不敢给他带口信。

　　听到这个消息，黄继榆的脑子嗡了一下。虽然他早有这种预感，但是当亲耳听到这个消息时，他还是难以接受。

　　在黄继榆的人生当中，有三个人给了他深刻的影响：父亲是给他生命哺育他成长的人，果然是让他认识社会的启蒙老师，而高老五却是对他人生影响最大的人。传授他一身绝世的武功，告诉他做人的准则，教他立身处世之道，赠他巨额的财富，让他有了充足的底气。师父教他越墙，教他打拳，教他轻功乃至于那捋着胡须看他的笑容……过往的一幕幕浮现在他的眼前。

　　黄继榆不知道自己是怎样走回家的。母亲和两位夫人看他脸色不好，都以为他得了什么急症，要去请郎中，却被他阻止了。他的病在心里，是没有药可以医治的。

黄继榆牵着母亲的手，走上了阁楼，来到师父曾经睡过的房间。在窗口微弱的光线里，师父那卷铺盖还在床头。师父在这里的三个月，从不出门，平时就靠在那卷被子上，跷着脚和他说话。

黄继榆一屁股坐在床铺上，木板床在他的身下发出一声响，他拉着母亲的手，仰脸对母亲说："娘，我师父……没了。"说完，他把脸埋在娘的手上，哽咽起来，像童年时受了委屈一样。

母亲向前走上一步，搂住儿子的头，等他平静了，母亲才说："师父是个好人，是个好人哪，只可惜他身不由己！"

黄继榆明白母亲这话的意思。江湖，江湖，黄继榆在抽泣中思量着江湖二字。

黄昏，他把师父的铺盖挟在腰上，就像他每次挟着被窝上船一样，只是他这次在被子里裹着一把锄头。他走过坳上，走过蔡家湾，来到了狮子岩下。

狮子岩连着山顶垴，山顶垴连着后背山。从后背山上向湖心伸出五道小山脊，像五根长短不一的手指头。在手指头前方的湖对面，有一座小山，形似一顶乌纱帽。风水先生说，这叫五指抓帽。那条伸向曾家岭的山脊，就是食指。这食指和狮子岩组成了一个椅状，加上三面环山和面前的湖水，形成了一个天然的邨子，上巢人称这里为"邨上"。黄继榆就在这邨上的后山上挖了个坑，把师父的铺盖埋了，做了一个衣冠冢。他没有立碑，也不敢放鞭炮，他不能让人知道他有一个因造反而亡的师父。

第十六章　江边救人

一连三天，他都在傍晚时分来到师父坟前祭祀。随后，他便每天五更时分跑过师父的坟前，到无人的江边练拳。他想在师父的面前打拳练功，唯有把师父教给他的功夫练好了，他才对得起师父，才能减轻他心中的悲痛。只是没有想到，他因此救下了两条人命，也错放了一个恶人，让他留下终身的悔恨。

那天雾大，他正在江边打拳，忽然听到有人在喊救命。他循着声音跑过去，看到江边的柳树林下，停着一条船。那船离岸一丈多远，浓雾让他看不清楚船上的情形，只听到一个声音在恶狠狠地说："你喊也没有用，这里没有人救得了你。"

一个稚嫩的声音在说："我把这一船货都给你，还换不了我一条命吗？"

"换不了。你还是想好，是吃稀饭，还是吃干饭？"

"那……什么叫……吃稀饭？什么叫……吃干饭？"一个声音哆嗦着问道。

"吃稀饭，就是在水里死，吃干饭，就是在岸上死。"又一个声音传来。

"我……我可不能死啊！我……我们三家就我一个儿子。我死了，三家就……就绝了后。"那个稚嫩的声音已带着哭腔了。

"哈哈，你还没有说你家里有一个八十岁的老娘呢？"

"八十岁的娘没有，但我叔父三人……就我一个红丁。"

一个年老的声音接口说：

"是真的。不信你们到横立山去打听，刘家堡里就他三家共这一个儿子。你要是放过了他，他们家的钱财随你开口。"

"别废话了，让他吃稀饭去吧。"一个恶狠狠的声音发出了命令。

此刻，船上的人浑然不知，一个身影已经登上了船头，正手握腰带注视着他们的一举一动。

江面上的雾很大，船舱里高高地摞满了瓦缸，几个人在后舱没有注意到船头的黄继榆，但黄继榆却看清了船尾的五个人。当一个人伸手正要把一个年轻人推向船外的时候，黄继榆手中的腰带甩了出去，缠住了那人的手腕，随着他一收腰带，那人一下子摔倒在船舱。

突起的变故，让所有人一愣，这才发现船头上站着一个人。随即，有两个人从船舷两侧向船头扑来。

黄继榆又把腰带一甩，缠住了走在前面那个人的脖子，一把将他拖到面前，那人趴倒在地。黄继榆一脚踩住他的后背，让他动弹不得。另一个人见状，从怀里拔出一把尖刀，向他扑来。黄继榆不等他靠近，腰带一甩就缠住他的一只脚，轻轻一提，那人身体一歪，"扑通"一声掉进江里，身体从船头往船后流去。后舱摔倒的那个人立马趴上船舷，伸手去拉，黄继榆也不拦阻。

一见有了脱身的机会，后舱的两个人跑到了船头，躲在黄继榆的身后大喊救命。

这二人脸色煞白，特别是那个年轻人，仿佛已经失魂落魄了。黄继榆不用细问，早已知晓了一切。心中气愤，他脚下一用力，船板上的人就嗷嗷大叫起来。黄继榆学着那帮人的话问："你是想吃稀饭还是想吃干饭？"

脚下的人连喊饶命。刚从水里爬上船来的人也跪在后面叫喊饶命。

看着这三个人的样子，黄继榆想到那些流落江湖的强盗，想起师父的教诲，心里一软，踏人的脚便放了下来。

脚前的人连忙爬起身，跪在他的面前连连磕头。

黄继榆喝问他："说，为什么要杀人当强盗？"

那人低头说道："我们不是强盗，我们都是庄稼人，实在是没有活路了才走到这一步的。"

"怎么就没有活路了？不能好好种田种地吗？"

"哪里有什么田地？庄稼都遭了灾，不知道饿死多少人了，除了讨饭和做贼，就再也没有活路了。"说着，就呜呜地哭了起来。黄继榆看他脸庞黝黑，倒像是个庄户人。

跪在后面的落水者也跟着说：

"现……现在回去，还不知能……不能见到活口。"这人哆嗦得牙齿咯咯直响，江水从他的头上流到脸上，像一滴滴泪水。黄继榆这才想起已经入冬，天气已经很冷了。看到他这个样子，黄继榆心软了，喝问道："你们愿不愿意改过？"

"愿意，愿意。只求好汉饶命。"

"好，如果愿意改过，就跟我走。但是你们要保证，以后再也不能做强盗了，否则，下回遇到我，你们就会死。"

他又对身后的一老一少说："你们两个，等我一下，我去去就回。"说完，轻轻一纵，就跃到一丈开外的岸上。

年长的船家赶紧走到船后，紧划几桨，让船头抵了岸。三个歹徒低垂着头，一个跟一个，乖乖地下了船。

黄继榆对着大路一指："给我往前走。"

三个人便沿着大路往前走去，黄继榆跟在三人身后，一直走到他的家里。

黄继榆让三牛去拿套干衣服来，给落水的人换了，又让夫人烧火煮饭。等他们三人吃完，黄继榆拿出三十块银元，分给三人：

"这钱虽然不多，但是也够你们摆个渡船，做点小买卖养家糊口的了。你们回去之后，再也不能做伤天害理的事了，如果让我黄继榆碰上了，一定饶不了你们！"

那位年长的一听，拉着二人跪在地上，不停地磕头，额头磕在石板地上，咚咚直响，口里连声说："先生大恩大德，回去之后，我们一定规规矩矩，重新做人。"

那个落水的人一边磕头一边说："多谢好心人，你放了我，就是救了我们一家啊！回到屋里我要为你立下长生牌，为你祈福添寿。"

黄继榆知道，这个年纪的男人，都是家里的顶梁柱。他可不想什么回报，他只想让世间少三个破碎的家，让江湖少三个恶人。

送走了这三人，黄继榆又来到江边。那条船仍规规矩矩地停在岸边，二人伫立在船头，向大路不停地张望。见黄继榆来了，连忙迎他上船。

黄继榆刚一上船，二人就双双跪倒在他的面前，年轻人一边磕头一边说："多谢恩人搭救，我永生永世都不会忘记恩人的救命之恩！"

水面上的雾气已经散去不少，黄继榆这才看清楚，这年轻人大约十七八岁，脸上充满了稚气。这个年纪的人肯定是不懂世事，更没有行船的经验。黄继榆问那个年长的："你怎么让贼人上船了呢？"

年长者惊慌不已，生怕黄继榆怪罪他："我们是从蕲州装货开船的，走了这么多趟，从未遇到过什么麻烦。昨天雾大，不能行船了，我就隔岸停了船。哪知道被贼人盯上，也不知道他们是怎么上的船。"

黄继榆知道，船家既然是隔岸停船，一定是有所防备的。也许是夜里风向变了，把船吹到了岸边，也许是贼人抛了绳索，拉船靠了岸，趁机上了船。他想教训船家，以后不能在僻静的地方停船了？转而一想，这长长的河岸线，哪里不偏僻呢。他又问："还有什么需要帮忙的吗？"

船家说："没有，没有了。雾一散，我们就可以开船了，前面就是码头镇。"

黄继榆说："既然这样，雾也差不多散了，你们走吧。"说完转身就要下船。

一见他要走，年轻人一把抱住他的一只脚，央求道："恩人请留下姓名，容我日后来报。"

黄继榆说："不用了，举手之劳的事。"

年轻人却说："你一定要留下大名，否则我就跟到你家里去。"

黄继榆说："遇上了就是缘分，何须要知道姓名？"一边说，一边往后退去。

船家也帮着说："恩人，你就应了他吧，他刘家好歹也是大户人家，怎么会不知恩图报呢？"

黄继榆见不说不行了，为了让他们早点开船赶路，便对他说："就算交个朋友吧，我叫黄继榆。"说完，弯腰扶起年轻人，转身一跃，就上了岸，挥手向二人告别。

此刻，太阳在薄雾中露出粉红色的脸蛋，河面渐渐明朗了。

第十七章　山上做客

两天后的一个上午，一乘大轿出现在上巢湖。大轿直奔黄继榆的门口。三牛一见，赶忙进屋通报。

黄继榆听了，连忙走到堂屋。抬眼一看，屋外轿前站的，正是前天早上遇见的那个年轻人。他的身后跟着两位长者。

一见黄继榆出现，年轻人一步跨过门槛，双膝跪在地上，不容分说，就朝他咚咚咚地磕了三个响头。还没有等黄继榆去扶他，他立马起身，从轿子里捧出一匹黑绸布，身后的两位长者也抬出一个小红木箱。

年轻人对着黄继榆躬身说道："刘青山前来拜谢恩人。"

又转身介绍身后人："这是我的父亲，这是我三叔。"说完又向后面两位介绍，"这就是救了我的大恩人，黄继榆师傅。"

黄继榆说："何必这么多礼？"

刘青山的父亲走上前来，说："恩公不要推辞，这是风俗，一定要送套衣服给救命恩人穿的，要让恩人辟邪去灾，长命百岁。"说完，又把小红木箱呈上，"区区薄礼，略表谢意。"

黄继榆知道，箱子里装的一定是银元。便连连推阻："要不得，要不得。"

这时，母亲也走到了堂屋。二位长辈一见，不等她坐下，连忙把木箱往她脚前一放，倒头就跪在她的面前："晚辈给老人请安了。多谢黄继榆师傅搭救小儿性命，我刘家没齿不忘。"

母亲知道是被继榆搭救的人家来人了，她笑着说："都是你家孩子命大福大，也是合该他们有缘。"

刘青山把布匹放到堂屋的桌子上，赶忙也在陈氏面前跪下，连声说："再生之恩，永生难忘。"说完向陈氏磕了三个响头，又转过头来，要向黄继榆磕头。

黄继榆没容他跪下，一伸手就把他拎了起来："不用客气了。三牛，快去烧茶，备饭。"

三牛应了一声，就往里屋走去。

两位夫人在屋里侧耳听了半天，直到听见黄继榆吩咐备饭，才匆匆往灶房里走去。

刘青山的父亲一听，连忙说："哪里能让恩人备饭。今天我们来，就是来接恩人赴宴的。山儿，快请恩人上轿！"

黄继榆一听，连连摆手："这怎么行？怎么能跟你到山里去？家里一摊子事呢。"说完，他用乞求的眼光看着母亲，想母亲帮他证实，为他推脱。

母亲看着儿子，把头向上一昂，说："去吧，难得人家一番好意。"

黄继榆本来是想让母亲帮他推脱的，没想到母亲却替他答应了。他知道，母亲是想让他出去散散心，忘了失去师父的悲痛。

母亲的话一出口，青山一家人如同得了圣旨，三个人架的架，推的推，把黄继榆推进大轿。候在一旁的四个轿夫抬起轿子就跑。

轿子抬到了江边，那条为刘家装货的木船早已等候在那里了，船家笑吟吟地站在船头，手扶着跳板迎候黄继榆。

黄继榆下了轿，看到了熟悉的船家，嘴里还在推辞：

"真的不用这样。"

"应该的，应该的。你可是救了刘府满门的大恩人啊！"船家肯定地说，仿佛他是东道主。

"那也用不着又是轿子又是船的呀，翻个山不就到了？"

"哪里能这么简单？你是他们家的大恩人，你救了他们全家，花多少钱他们都是情愿的。回去更热闹呢，刘府上下计划大宴三天来庆贺呢。"

到了码头镇，一行人下了船，在饭馆里简单地吃了饭，又把轿子抬上一辆马车，一路直奔横立山刘家堡而去。

马车颠簸了一个多时辰，直到申时，蜿蜒走过几座大山，远远地看到山洼里有一方大水塘，慢慢地又看到一个四五十户人家的湾子，湾子的正中，是一间白墙黑瓦的祠堂。

马车在祠堂前停了下来。透过轿帘，黄继榆看到祠堂的门楣上刻着"刘氏宗祠"四个大字，一朵红布扎的大红花高高地挂在门头，大门两旁垂着长长的红布条。还没有等黄继榆下车，门口就响起了爆竹声，在爆竹的硝烟中，黄继榆像个出嫁的新娘子一样，被刘青山和他三叔一左一右地搀扶着下了马车，走上三级台阶，跨过门槛，进入祠堂。

祠堂是上下两重，中间是敞亮的天井，上下堂屋各摆了四张八仙桌。一群妇女在右侧的厢房里搭灶烧火，满屋是缭绕的柴烟和升腾的热气。听见爆竹声响，妇女们一边从门口伸出头来看黄继榆，一边低声地议论着。

坐了半天的车，黄继榆想去上茅房。刘青山便带着他往左侧的过道出去。祠堂的左侧是一间厢房，厢房少了一面墙壁，像是一间马房。一个十五六岁的少年，正弓身张腿在练石锁。他两手交替地抛接石锁，沉重的石锁让他的身体不停地晃动着，嘴里不时地发出沉闷的喘息声。他的脸颊绯红，额头上冒出汗珠，听到了鞭炮声，也没有像别人一样停下来看热闹。黄继榆是个练武之人，对这个孩子专心致志的练习，产生了好感。

黄继榆是被簇拥到首席坐下的，早有几个老人陪侍在一旁。当第二遍铜锣敲响的时候，八张桌子几乎全都坐满了人，清一色的都是男丁。开席的爆竹一响，年老的族长起身离席，他走到祠堂的香案前，向着堂上的祖宗牌位拜了三拜，从袖筒里拿一张红纸，转身对着堂下高声地诵读起来：

"刘氏先祖，兄弟叔侄，族晚青山，外出经商，路遇恶人，遭其挟持。贼心歹毒，劫财索命，千钧一发，幸遇恩人。恩人艺高，徒手擒贼，三房烟火，得以续延。青山重生，托恩公之大义，逢凶化吉，赖祖上之洪福。今设簿宴，以叩先祖之荫泽，以敬恩公之大义。薄酒一杯，同敬恩公！"

话音一落，只听见一片板凳声响，八桌人一齐起身举杯，面向黄继榆敬酒。黄继榆刚要起身站立，却被青山的父亲按住坐下，他只得坐着接受众人的敬酒。他喝过众人同敬的一杯酒之后，刘青山的父叔二人又向他连敬了两杯，刘青山则跪在地上陪敬。黄继榆放下酒杯，离席牵起青山。随后，同桌的陪客依次向他敬酒。

黄继榆见这么多人向他敬酒，连忙说吃不消。青山父叔便向族长说情。族长通融地说，后面的敬酒，恩公不用喝干，也不用站立，只需以手端杯，嘴唇沾酒即可。

黄继榆依照族长的意思，有人敬酒，便举杯示意。同桌敬过了，接着就是邻桌和堂下的人敬酒。敬酒的人有的离席，有的站在原地，黄继榆都一一接受。轮到那个练石锁的小伙子敬酒时，他却不依了，他见黄继榆没干杯，便喊道："我喝清了，你没清。"说完，举着空酒杯站在那里，杯口朝着黄继榆。

一旁的人连忙劝他，向他解释恩人吃不消。他却不理不睬，摇晃着脑袋，就是不肯坐下。

黄继榆见状，只好端起酒杯，一口把杯中酒干了，也将空酒杯朝向他，亮给他看。没想到他却又说：

"我是站着喝的，你是坐着喝的，不算数。"仍摆着一副固执的面孔，不肯落座。

这怎么可以？这不是要罚酒一杯？大家一看，纷纷拦的拦，劝的劝："蛮子，蛮子，你这么大个人了，懂点礼数啊！"

"人家是山外客，你要晓得讲理。"

"山外客？我又不是没去过山外。山外人和山里人的礼节都是一样的。"蛮子不听人劝。

"这孩子，这孩子又不讲理了。"

"我讲理了，不讲理的，是你们大人。"蛮子毫不示弱。

青山父亲一看不好，就走到黄继榆的身后，拿起酒壶点上几滴酒说："这杯酒，我代了吧。"说完端起酒杯就要喝。

蛮子却说："他又不是没有嘴，干吗要你喝啊？"

黄继榆一听，只得站了起来，一手端过酒杯，一手托着杯底，郑重地说："那我喝了啊。"说完，"吱"的一声喝干了酒，把空杯朝向蛮子。

蛮子一看，绷着的脸立马松了下来，高兴地说："哎，这还差不多，这还差不多！"

满屋的人见他坐下了，一个个都松了口气。

刘青山的父亲在黄继榆的后面连连道歉："对不住啊，实在对不住。"

黄继榆安慰他说："没事啊，他说得有道理。"

第十八章　收服莽徒

夜里，刘青山叔父三人陪着黄继榆在炉膛烤火。山里地势高，夜晚格外的冷；山上缺水，但是柴火却特别的多。地炉上的火苗蹿得很高，炉火映得大家的脸上红红的。青山父亲对酒席上的不快仍然耿耿于怀，不停地为蛮子的无理做解释。

原来这蛮子是青山同曾祖的兄弟，从小就死了父亲，是母亲守寡养大的。遭了这样的变故本该是令人同情的，但他的母亲内慈外凶，仗着刘家堡都是一个家族的人，她一个寡妇人家，不仅不谦卑行事，反而以此来要挟，张口闭口就说别人欺孤压寡，对儿子百般放纵，让蛮子养成了蛮不讲理的习性。族里请了教打的师傅来教武，别人是白天干活晚上学武，他却什么事也不做，整日里只顾练拳、打沙袋。师兄弟间比试，他说他人矮手短，对他不公平。族长和师父没有办法，就给他选了一对双铜做兵器。铜是无刃兵器，原本只想敷衍他一下，也没有教他几招，没想到他日日苦练，竟然练到无人能敌，在乡里称王称霸了。更兼他有一个就要进京做官的舅舅，大家就更不敢去招惹他。就这样，他越来越任性，越来越骄横了。

黄继榆听了直摇头，说："这样的孩子怎么能学武呢？这样会害了他的。"

青山三叔说："谁说不是呢，他原先左右脚都分不清。叫他动左脚，他偏偏把右脚伸出去，怎么教也教不会。后来只得在他的两只鞋上，一只系着棕绳，一只系着草绳，只能草绳、棕绳地叫，他才不会出错。"

青山父亲叹了一口长气，无奈地说：

"在家里还好，大家都让着他，不计较，出了门呢？碰上个吃生米的人呢？那怎么办？"

这句话说到了黄继榆的心里去了。是啊，江湖那么大，什么样的人都有，这是不可避免的。自己也是母亲守寡养大的，理解一个守寡母亲的心情，儿子就是母亲的一切。在家有乡亲们担待，可是出了门就没人让着你了，何况拳脚无眼，刀剑无情。

说到蛮子的这个舅舅，黄继榆是知道的，他是枫林漆坊的陈光亨。自己还在读书时就听说过此人，嘉庆三年生人，小自己七岁。陈光亨家境贫寒，却极勤恳好学，二十四岁中的举，又在备考进士。是他特别敬重的人，只是无缘相识。

连日的酒宴，整个刘家堡热闹非凡，刘青山一家人更是喜气洋洋。儿子捡了一条命回来，胜过新生，又结识了这位大名鼎鼎的黄继榆，更是觉得面上有光。按照刘家的意思，黄继榆救了青山性命，就是青山的再生父母，青山就是黄继榆的儿子，黄继榆就是刘青山的"亲爷"了。刘家还说，要请黄继榆每年都来刘家堡住上三个月，刘青山将来还要为他养老送终。这样说来，大家就是一家人了。刘家堡的人依着青山的辈分，对黄继榆的称呼也有了改变，喊叔的喊叔，喊爷的喊爷，更多的人是依着青山叫他亲爷，大家就不再拘谨了。只有蛮子不爱说笑，也没有大家那般热情。

黄继榆在刘家堡的第三天，蛮子突然找到他，问了他一句："我青山哥是你救的？"

黄继榆说："是的。"

"那你不是很厉害？"

"也不算厉害吧。"

"不厉害怎么救得了他？你打得赢我不？"

蛮子的话一出口，又引起了满堂的骚动。几个老人和蛮子身边的人都劝蛮子别胡乱说话。蛮子却不听："本来就是的，这么矮的人会打架？我就不信。"蛮子还是自顾自地说，也不看别人的脸色。

"你别看我亲爷个子不高，你要是看到我亲爷的本事了，吓死你！"青山鄙夷地说。

"有本事？敢跟我打不？"

还没有等别人劝阻，黄继榆回答他说："你要是输了怎么办？"

"输了？输了我就跳到门口塘里淹死。"

"我不跟你赌生死。如果谁赢了，就要听谁的话，你敢答应吗？"

蛮子大笑起来："那样太轻了，太轻了，谁赢了谁做师父，输了的磕头。"

"可以。"黄继榆一口应承。

"好，你等我，我回去拿铜。"

蛮子一溜烟地往家里跑去，好像他打架用铜是天经地义的事。

蛮子拎来双铜，站在黄继榆面前问："谁输了谁磕头，不许抵赖？"

黄继榆说："不抵赖。"

蛮子晃了晃手中的双铜说："你若打赢了我，我这对铜也不要了，输给你。"

"说话算数？"

"说话算数！"

黄继榆要的就是他这句话。

青山父亲生怕黄继榆有什么闪失，赶忙来劝阻。

黄继榆低声对他说："你放心，让我把他的铜收了，免得他日后生事。"

青山父亲心头一热，感激地说："那当然是再好不过了。只是亲爷要当心，这孩子力气有点莽。"停了停又说，"但没有心机。"

黄继榆当然清楚，这种初学武的孩子，才学了个三招两式，就以为武功了得，是不会用阴招的。

青山在外多时，早已听闻亲爷的功夫了得，便安慰父亲不用担心。

二人在众人的簇拥下，来到一侧的马房。蛮子抢先站在里间，算是占据了有利位置。他双手扬起，慢慢地向左右平举双铜，亮了一招二郎担山，又把双铜往头上一举，就势向下一劈，来了个力劈华山。接着平端双铜，一招直捣黄龙，捅向黄继榆的胸口。

黄继榆站在他的下方，面对面一动不动地盯着他，等他的双铜捅来，眼看就要击中胸口时，才急速地向左侧步闪身，避过双铜，随即趁势抓住他的右腕，来一个顺手牵羊。

蛮子的双铜各重八斤，他用了十成的力气，只想把这个矮个子的胸口捅出两个窟窿来，没想到却捅了个空。人没捅到，力气已出，重心已是不稳了。他正想迈腿收势，不承想被黄继榆往前一拨拉，更是站立不住。又要迈腿前蹿，脚下却被黄继榆给绊住了，一个趔趄身体直挺挺地向前扑去。还算他灵光，在身体倒地之前，他扔出双铜，用双掌撑向地面。

这马房的地势上高下低，蛮子虽然双手撑地，但面门还是重重地磕在了地上。等他抬头时，鼻孔里立马就流出血来。

随着蛮子的倒地，一旁的人"啊呀"一声惊叫起来。有人分了神，没看清蛮子是怎么被打倒的，连忙问旁人亲爷用的是什么招式。

青山的父亲赶忙扶起蛮子，一手搂着他的头，一手撩起衣襟给他擦去鼻子上的血。看见他的鼻孔里仍然流血不止，就叫青山快回去拿棉花来。黄继榆也蹲下身子来查看。

蛮子坐在地上，用衣袖一抹鼻孔，说："没事，亲爷躲得真快。我输了，我磕头。"说完翻身就跪，就要磕头。

黄继榆拉住他的胳膊说："认输就行，磕头就不用了。"

蛮子却说："要磕的，输了就要磕头。"刚一说完，一股殷红的鲜血又从鼻孔里流了出来。他用两根指头捏着鼻翼，用力擤了一把，连鼻涕带血往地上一甩，然后认真地说："一定要，一定要，说话算话，铜也归你了。"说完，就朝着黄继榆咚咚咚磕了三个响头。

不一会儿，祠堂门口响起一个女人的喊声：

"谁跟我崽打架，谁把我崽打了？老娘要和他拼命！"

青山父亲赶忙站了起来，赶到祠堂里去。

"他五姨，是蛮子要跟山儿亲爷比试。也没什么，就摔了一跤，没有大事。"

"摔了一跤？摔了一跤还没事？我崽要是有个好歹，老娘就不活了！他一个大人，凭什么欺负一个孩子？"

"他五姨可不能这么说啊，蛮子也不小了，是他逼着亲爷和他比武的，可不能怪咱亲爷啊！"

"亲爷？还亲老子呢！他姓什么？俺崽姓什么？你们都狗头向外呀？"

青山三叔一听，立即坐不住了。他从厢房走到祠堂："老五家的这话说得不在理，这比武过招受点伤是难免的，又不是打了他，是蛮子自己摔倒的。那往日蛮子下手打了那么多人，哪一个说话了？还不都是自己回去揉一揉，找人推一推？"

"仗你屋里人多是吧？欺负我孤儿寡母是吧？"

这时候青山来了，把棉花捏成两个小团，塞进蛮子的两个鼻孔里。

蛮子仰着脸说："不碍事，不碍事。"

青山二叔连忙扶起蛮子，也不管祠堂里的吵闹，拉着黄继榆的手就往侧门走去。

蛮子挣着手说："铜，铜，把铜给我，把铜给我。"

第十九章　初会陈光亨

晚上，黄继榆说，出来三天了，该回去了。

刘家人知道黄继榆的心情，他是怕听蛮子娘的难听话。客气地挽留了几句之后，便答应明天让青山送他回去。

黄继榆说："不用，我从这里走小路翻山过去，要不了两个时辰就到家了。"

"那哪能呢，让青山和老三一起送你回去。"

黄继榆知道推辞不过，只好应允。

第二天一早，刘家摆了一桌早酒，两代人陪着黄继榆喝过酒吃完饭，便让青山和他三叔一道送黄继榆回家。

离开刘家堡还不到一里地，身后传来了"山哥，山哥"的叫声，随即又传来沉重的脚步声。

青山一听，就说："亲爷，是蛮子来了。"

黄继榆笑了:"来了好啊,我正想他呢。"

三人站定回身,只见蛮子身背双铜,连走带跑地出现在身后,两个脸蛋红扑扑的:"哎呀,亲爷师父,亲爷师父,你走也不跟我说一声,差点让我遭人耻笑了。"

"你来干什么?"青山问他。

"送铜啊。"说完,就从背后取下铜袋。双铜在袋中碰撞着,发出沉闷的响声。他双手托着铜袋,送到黄继榆的面前。

黄继榆问:"真的说话算话?"

"当然算话,男子汉一言既出,驷马难追呢。"见黄继榆没伸手来接,蛮子就递给青山。

青山身上背着个包袱,那是父母让他送给亲爷的山货干菜。蛮子一看见包袱,问道:"山哥,你这是去山外吧,我也去。"说完,又把双铜背在身后。

青山三叔说:"你还是回去吧,怕你娘骂人呢。"

"哎呀,三叔,她骂她的人,反正咱又听不见。走吧,走吧。"说完,径自走到前面。

青山三叔看着黄继榆,黄继榆也没有反对的意思。走在前面的蛮子却独自说道:"这路我走过的,到我外婆家就是从这走的。"

"蛮子,你几时到外婆家的?"三叔问。

"几时去的我不记得了,反正吃饭的人一祠堂,好多。"

"那是吃什么饭哪,那多人。"

"娘说是状元宴。"

青山三叔纠正他说:"是喝秀才酒吧?"

"不知道,是娘带我去的。"

黄继榆明白,陈光亨是嘉庆十六年中的秀才,漆坊的邻里亲戚都去庆贺。考秀才中举人是天下学子梦寐以求的事,黄继榆一直遗憾无缘与陈光亨相见。听蛮子这么一说,正好回家又是要从枫林经过的,便有心一见。

黄继榆问道:"蛮子,舅舅家你找得到吗?"

"谁说我找不到?我都记得路。不信,我走给你看看。"说完,蛮子就加快了步伐。

陈光亨昨夜睡得晚，一大早，屋后的树上有只喜鹊在叫唤，把他吵醒了。他还纳闷呢，这不年不节的，喜鹊叫什么呢？没想到午时刘家外甥带着黄继榆来了。

蛮子不是陈光亨的亲外甥，蛮子妈是他的堂姐，两人从小一块长大的。童年正是人生最纯真最美好的时光，堂姐和他年龄相仿，两小无猜，感情笃深。堂姐嫁到刘家以及姐夫的早逝，让他特别挂念堂姐。寡居的生活让她的性格变得暴躁易怒，蛮子一天到晚地捶捶打打，更是让他担心不已。

黄继榆他是早有耳闻的，他比自己年长，是太学出身。听说在汉口三拳两脚打出了码头，灭了地痞的霸气，打出了兴国人的威风，他心里很是钦佩黄继榆的正义和胆识。也许因为大家都是读书人的缘故吧，他一直想结识这个文人中的壮士。今天黄继榆被外甥带来，更是让他喜出望外。他一听外甥的介绍，便抱拳过胸道："我说今天喜鹊怎么叫个不停呢，原来是瀚羽兄大驾光临，有失远迎。失敬，失敬了！"

"衡书兄客套了，不请自来，冒昧打扰，实在是仰慕至极。"陈光亨行礼相迎，黄继榆连忙还礼。

进屋坐定，蛮子把青山哥落难黄继榆搭救的经过大致对舅舅说了一遍。

黄继榆搭救刘青山的故事，陈光亨早已听人说过。听完蛮子的介绍，陈光亨又对黄继榆说道："瀚羽兄真是英雄大义，救人于危难，助人于危崖，实在是可敬可佩。要是大家都像瀚羽兄这样，那才是江湖之幸，天下之幸矣！"

黄继榆谦逊一笑，转而向陈光亨说了昨天和蛮子比武之事，说恐招蛮子娘的怪罪。

陈光亨手掌一扬，说道："无须多虑，家姐乃妇道之人，溺爱儿子，本就不该。过段时间，众人点拨后自会消气的。她是个明白事理的人，只是珏明这孩子，性格太顽劣，加之家姐纵容，养成了狂妄自大的性子，让他吃点苦头也好，也让他知道人外有人，天外有天。"

他又转头对蛮子说："珏明，这回你该服了吧。"

"我服了，亲爷厉害，我打不赢他，我把双铜输给他就是了。等我打赢他了，我再去取回来也不迟。"

"你还是不懂，亲爷收你的兵器，实在是为了你好。过些时日，等你明白事理了，你再去找亲爷。"说完，独自摇了摇头。

黄继榆也点头，说道："双铜我先替你保管，到该给你的时候，我自然会给你。"

陈光亨听完黄继榆的话，感激不已，一只手紧紧抓住黄继榆的手不放。

四人在陈家草草吃过午饭，便要告辞。陈光亨也不挽留。

青山叔侄三人走在前面，黄继榆和陈光亨并排漫步在后。陈光亨对黄继榆说："现在时局动荡，朝廷正是用人之际，瀚羽兄不打算为朝廷效力，为黎民造福吗？"

黄继榆摇摇头："我哪是那块料啊，我持家养母都手足无措。一屋不扫，何以扫天下？"

陈光亨的话，触碰到了黄继榆刚刚愈合的伤口，他的心刺痛了一下。

陈光亨不知道黄继榆的师父是谁，更不知道他是怎么死的，自然不理解他不能为朝廷效力的理由。

第二十章　刘珏明初到上巢湖

一行四人从枫林上山，经过仙人脚迹，走过女儿阶，走过柯家堂，站在半山的石板道上，上巢湖就尽收眼底了。

从山上往山下望去，三面环山的上巢湖，就像是一面巨大的镜子。湖水平静，倒映着青山和蔚蓝的天空，一只小船在湖上疾行，湖面便似一匹光滑的丝绸，被人用力拉了一把，扯出两行褶皱来。湖西的港外，湖水和江水交汇在一起，湖水绿，江水黄，形成一条泾渭分明的分界线。蜿蜒的黄龙洲下，几条撒罾船并排在洲尾，巨大的罾网不时地被人扳起，放下。江面上，一艘艘木船在鼓风扬帆，白鸥追着白帆在翱翔盘旋，不时发出"呜哇，呜哇"的鸣叫声。

蛮子是第一次看见这么大的湖，更是第一次看见长江。他两眼直勾勾地望着山下，禁不住大声地喊叫起来："哎呀！好大的塘呀！喔哟，好宽的港哟！怪不得你们都爱往山外跑，怪不得青山哥总不落屋，原来山外这么大。"

三个人听了，都笑了起来。

蛮子一边感叹，一边蹦跳着往山下走去，背后的双铜在袋内碰撞着，发出一阵阵清脆的响声。

四个人到了黄继榆的家里时，三牛和弟弟还没回家，母亲叫两个媳妇烧火做饭。

上巢湖别的不多，就是鱼多。每年的农历二月十五，就要在黄龙洲下去"种篓"。这种篓可能是上巢人的独创，先是用竹子编出一只大竹篓，在竹篓里装满石头，用船送到预定的地点，十几个人合力推下水去，掀起一股滔天巨浪。竹篓沉到江底，就是一尊巨锚了，可以系挂住几条撮罾船。

几条撮罾船一字齐头排开，船头上，撮箕一样架着一张大网，长江里的鱼群游到黄龙洲尾，在这片缓水区稍一停歇，就流入这一张张巨网中。此时只要一扳起罾网，就能扳起满网的鱼来。各式各样大小不一的鱼在网内蹦跳着，鱼肚上的鱼鳞，发出耀眼的光亮。

在上巢湖，鱼是一道最平常的菜，就像庄稼人的萝卜、白菜一样，这让蛮子惊讶不已。

山里人住在山上，连吃饭洗澡的水都不够，哪里还有水养鱼？逢年过节的席面上，因为没有鱼，就用木头雕刻成鲤鱼，装在盘子里，寓意年年有"余"。在黄继榆家的饭桌上，各式各样的鱼，各式各样的做法，让蛮子大开眼界。他一边挥舞着筷子，一边说个不停："这个没吃过，这个没吃过，这个也没有吃过的。"

继榆娘在一旁直笑："慢点吃，慢点吃，别让鱼刺卡住喉咙了。这算什么，等到年底罢湖的时候，那鱼才多呢。"

"罢湖？罢湖鱼还要多？"

"对，到年底湖水放干了，满湖的鱼任由大家去捉。那时候啊，什么样的鱼都有，那才叫热闹呢。"

老人的话，让蛮子伸到嘴里的筷子都忘了抽出来。他目光呆滞，仿佛看到满湖的鱼挤在一起，露着脊背扑腾着，等着他去抓。

吃过饭，老人给三人每人包了一包干鸡毛鱼，又另外给青山二叔包了一包，让青山带回去。

青山高兴地接下，把自己带来的山货交给亲婆。蛮子也双手抱起双铜，送到黄继榆的手上。

"亲爷真厉害，我明明看见捅上了的，却被你逃脱了，还把我绊倒了。"

黄继榆接过双铜，笑着说道："天下武功，唯快不破。你知道吗，有人能让手中的麻雀飞不起来，这就是功夫。有些功夫，是肉眼看不见的。"

蛮子似懂非懂地听着，张着口，说不出话来。

黄继榆知道他不懂，就劝慰他说："你还小，说了你也不懂，等你长大了，再跟你说。"

"那我什么时候才算长大？"蛮子歪着头问。

看着蛮子这个样子，青山和三叔耸耸肩膀，咧着嘴不说话。

黄继榆说："等你听得进大人的话了，你就算长大了，到那时你再来找我，好吗？"

"好，君子一言，驷马难追！"

"驷马难追。"

第二十一章　远航芜湖

才出门两三天，黄继榆看到坳上的坡地上，又摆上了船墩，有两条船在打造。

上巢人做船做多了，做出经验来了。在湖水上涨之前，在岸边的坡上架上船墩，就开始铺树板，穿榫，用铁钉穿连船壳。等船体做好了，打过桐油，湖水也涨了起来，船体就浮在水面上，省去了请人拉船下水的工夫。

现在，不用黄继榆动员了，大家都争着到山里去买树、锯板。过山的道路上，抬树人的号子声响彻山间，四邻八里的木匠都齐聚上巢。师傅下料，钉船板，不会做的人，经过师傅的指点，便在船壳外，一手锥子一手锤子地往船缝里抹石灰膏。从早到晚，整个坳上，都响着"叮叮咚咚"的锤子声。

黄老五也打了一条船，他在和黄继榆闹着，说要往下江去。

走出上巢，走出九江，走向江湖，这是师父对他的期待，也是黄继榆自己制定的目标。他觉得做好这件事情，就是对师父的回报，师父的在天之灵才能得到安慰。他的下一个目标，是芜湖。

黄继榆早已探明，芜湖是"天下大码头"，是全国最大的米油棉麻茶的集散地，又新兴了纺织和钢铁业。从富河放出去的木排、竹排，全都是发往芜湖的。汉口九江的市场虽然大，却远不及芜湖。黄继榆早有进军芜湖的打算，只是担心一时还不能被大家接受。如今这个时机终于来到了。现在，大家都知道驾船赚钱了，都纷纷造船。有钱的人家一家造一条船，没钱的就两三家合伙造一条船。反正一条船也不是一个人驾得了的，合伙造船共同行船，兄弟叔侄结伴航行，相互间也有个照应。只要挂上一对铜钩，船艄板上烫刻一对双铜，就能在江湖上畅通无阻，就能抱着白花花的银子回家，谁人不愿意？

黄继榆在心里默默一算，已经有了四十多条船了，可以去芜湖探路了。他来到普济寺，向果然师父说了自己的想法。

果然说："'仓廪实而知礼节，衣食足而知荣辱'，上巢湖人多地少，靠湖山生存终归是难以维持。这么多人挤在一起，早晚会为了寸土寸地起争执。从前你伯顺公三兄弟，玉杰和玉韬迁赴异地，也是因为地少，为了生存。那时候三兄弟是听从父母之言，迁居腾地，伯顺公迁到湖东来，才让你上巢庄繁荣生存至今。到如今，人增地不增，人涨湖不涨，谁去谁留，谁能定夺？唯有走出庄外，向江湖求生，才是出路，才能求得兄弟和气。你有此想法，实在是造福子孙，功在千秋。"

他停了停，又感叹地说道："继榆啊，你若能引领众人另辟蹊径，那真是善莫大焉，善莫大焉哪！我会在寺里日日诵经，为你祈福，助你如愿的。"

果然师父又告诉他一个秘密，听说军机大臣黄钺已经回芜湖归养了，他的品行和威望在当朝是负有盛名的。世上没有千百年的亲戚，只有千百年的家门，他可是你的本家呀，在芜湖如果有这样一个靠山，何愁大事不成。

黄继榆当然知道黄钺，这位老人历经乾隆、嘉庆、道光三朝，是个德高望重、权倾一时的人物。如果能得到他的关照，莫说是一个芜湖，就是大半个天下，都能畅通无阻。他原本就有这个想法，听果然师父这么一说，更加增强了信心。上巢湖唯有走出去，才能兴旺起来。

古人说，行船跑马三分险。这三分险，一是江上有险滩恶浪；二是驾船人远离家乡，难免遭人欺负排挤。三是江河盗匪的劫船掠财，甚至夺命。所以驾船人在外必须要抱团合力，才能排除险阻，力保安全。共同患过难的人，才是生死之交。即使是从前在家乡有些过节，也能冰释前嫌。从这一点来说，驾船还有利团结，让人心向一处。

既要往下游开疆扩土，还不能放弃现有的码头，黄继榆跟继洵说出了自己的想法。继洵说："你想怎么做你就怎么做去，汉口这边我已经玩活络了，现在别说是咱们上巢湖的船，就是兴国州和瑞昌码头的船，只要一报黄龙洲的号，都无人敢惹。这边你就交给我，九江那边有继隆相助，是不会有问题的。"

黄继榆点点头，想了想还是打算把二老板留在九江，这样更稳妥。于是，他又带上弟弟和二老板去了一趟九江。

继隆听说黄继榆要往芜湖去，便说道："汉口九江还不够你跑的？还要跑芜湖？"脸上露出一副不屑的神色。

刘坤听了却极是赞同："那好哇，凭老表的本事，哪里不能去？九江关这边的事包在我身上，上巢湖的船过关我来照应。"

黄继榆对继隆说："总不是船篷一扯，顺水行舟的事，能走远为何不走远呢。"

"我先把丑话说在前头，在九江我能保你，去了芜湖，我可保不了你。到时候有什么事，你可别怪我不照应啊。"

"照应了，照应了，你照应得还少吗？"黄继榆笑着安抚继隆，又回头对刘坤讲："我去了芜湖，九江这边的事务，要你二位多加操心了。"

刘坤一拍胸口说："老表你放心，在九江，有谁为难你，就是为难我，为难继隆。你说是吧，继隆。"

刘坤说完这话，他丝毫没有看到继隆脸上的不快。这是刘坤第一次叫他继隆，而不是叫他黄大人。继隆是个要面子的人，刘坤这样的口气，似乎是仗着他和黄继榆的关系。

一切准备就绪。临行前，黄继榆又来到邙上，在师父的坟前跪下，把自己要去芜湖的想法说了一遍，祈求师父保佑。

黄继榆和黄老五商量了，约上继展和几个武艺船艺好的人，又选了四条大一点的船，挑了一个吉日，往兴国州装货，准备开往芜湖。

南门口的几个船主，听说他们要往千里之外的芜湖发货，吓得咂舌，连连摇头。

一行四条船，每条船上都是一个船主带一个伙计，一色的兄弟叔侄。打虎亲兄弟，上阵父子兵，既强壮又团结。黄继榆又在首尾两船各加一个人，一共是十个人。这十个人当中，只有继展放排去过芜湖，其他人都是第一回去。继展的驾船技术好，黄继榆便让他和自己驾头船。

晓行夜宿，乘风破浪，路上并未遇上什么险阻，不多几日，就临近芜湖了。

这天夜里，船泊白茆洲，四条船绑在一起，十个人把饭菜都端到一起喝酒吃饭。黄继榆给大家鼓劲，明天到了芜湖，一定要铆足了劲儿，开一个好头。

一早起锚开船，还是继榆领头，四条船扯起船帆，向芜湖疾行。沿着白茆洲行驶不到一个时辰，一过山西嘴，就看见芜湖了。

芜湖在长江南岸，只见岸边樯橹林立，舟楫连片。这里的繁华远胜汉口和九江。黄继榆看在眼里，有点掩饰不住内心的激动。

临近岸边了，继展看到下游一望无边的船队，而上游却有一块空位。他也不与人商量，用大腿向左一拱舵杆，船头便摆向右侧，向岸边驶去。眼看离岸不远了，继展对着船头高喊一声："落帆！"

船头的伙计把帆绳一松，桅顶上的木葫芦便咯吱咯吱地响了起来。船帆落下，在桅杆下堆成一堆。脚下的船就像是被人从后面拉了一把，陡然慢了下来，摇晃着向岸边驶去。

岸边停满了船，只有上档口还有些空档，继展转舵向那里靠去，准备拢岸后与木船相帮。伙计手握撑篙站在船头，早已做好了靠岸的准备。

停靠在岸边的船只一看有船要靠过来，连忙跑到船边，阻拦伙计搭缆绳。自古以来，驾船人都有搭帮停靠的规矩，否则就是不讲规矩。继展见不让挂缆，在船尾一边撑着舵，一边高声与他理论。

芜湖离家上千里，方言差异较大，但驾船在外的人，总能说上几句江湖官话。继展的意思，隔壁的船家也听明白了，他等继展说完，指着岸上的锚桩说，锚桩太小，已经有好几条船系上了，再来船相绑，又是重载，怕会走锚。

继展往岸上一看，岸堤是石块垒成的，石块间都用灰砂勾了缝，铁锚肯定是打不成的，仅有的一个锚桩上，已经密密麻麻地系满了缆绳。人家说的是实情。正在犹豫间，船头没有牵绊，河道在这里拐了一道弯，上游的水冲到这里，又折回往下流去。他们所处的位置，正是水口，水流湍急，眼看着就要把船冲向下游。

黄老五的船跟得近，已经落帆紧跟过来了，正在高声叫喊着叫接缆绳。继展急得直跺脚，不知如何是好。

黄继榆一看，一条船都不让搭缆，两条船人家更是不让。眼看脚下的船已经溜出了大半个船位了，他赶忙拿起缆绳，纵身一跃，跳到一丈多远的岸上。

岸堤上仅有的一个铁桩系满了缆绳，那根铁桩承载太多了，正在不住地摇晃，好像随时都有拔桩的可能。黄继榆这才明白为什么这里没有船停靠了。

眼看就要横艄掉头了，继展在舱后急得大喊大叫。黄继榆无计可施，匆忙间把缆绳往腰间一系，张开脚步沉下身体，对着船上喊道：

"上绞关，绞！"

船上的伙计立即明白了，黄继榆这是要以身体作桩，连忙丢下船篙，拿起缆绳绕上绞车盘。继展也放下舵杆，跳到船头来，一边蹲在地下龇牙咧嘴地拉着缆绳，一边对着伙计大喊：

"快绞，快绞，要横艄了！"

二人合力绞车收缆，缆绳绞得笔直，岸上的继榆一动不动，像一根树桩似的稳稳地钉在地上。后退的船终于停了下来，慢慢地往岸边靠拢。

顷刻间，黄老五的船又靠了过来，两条船首尾相绑在一起，在绞车的绞动下，开始一点一点地向岸边靠拢。

眼见第三条船又跟着过来了，站在岸上的黄继榆急了，连忙高喊：

"继展，这样不行，快找地方系缆绳！"

继展看到黄继榆吃力的样子，知道他坚持不了多久，何况后面还有两条船。他连忙跑到黄老五的船上，抓起一根缆绳，跳上岸去。

当年筑堤时应该是没想到会有这么多的船，加之这个位置的水流又太急，根本就不适合停船。堤坡上光秃秃的，找不到任何可以挂缆的地方。堤坝上有一只高大的铁牛，那是镇水的神牛，铁牛面向上游，牛角本来是可以挂缆绳的，可是牛头向上就没法挂缆绳了。继展手握一个套圈的缆绳，却找不到可以挂缆的地方。

正在顾盼之间，第三条船已经落了帆，就要靠上来了，继展知道，就算黄继榆有再大的力气也拉不住三四条重载船。

江水仍然不停地从山西嘴疾驰而下，湍急的水流不断冲击着木船，此时船帆已经落下了，没有了前行的动力。驾船人知道，船一旦没有航行的动力，船舵就没有用，一个没有动力又没有方向的船如果被浪冲走，就会随波逐流，这是极其危险的。看到这里，继展的眼前浮现出一幅惨烈的幻象：

一条船在河面上随着风浪打着旋转，船体在不停地摇晃着，一个浪头打过来，便倾向一侧，满船的货物都滑向那一侧，随即整个船体向那一侧翻去……

继展不敢再往下想了。他的眼睛又落在铁牛的两只角上，眼神突然一亮，便跑到半人高的堤坝下，把缆绳往手臂上一套，双手一撑，抬脚就爬上江堤。他跑到铁牛身边，身体一弓，钻到铁牛的腹下，两手扶着膝盖，背驮牛肚，大喝一声："起……呀！"。

铁牛的脚离地了，他横迈步伐，把铁牛的身体掉了一个头，随即钻出牛肚，把缆绳重重地往牛角上一挂，朝着船上大吼一声："收缆绳！"他的话一喊出口，就一屁股跌坐在地上。

船上的人一看缆绳挂在牛角上了，连忙飞快地收揽绳。

继展坐在牛腹下，倒撑着双臂，大口地喘着粗气。忽然，他看到牛肚下铸着一行小字："壹千叁佰斤"，他有点不相信，又再看一眼，确认是一千三百斤时，他撑地的手臂突然一软，身体往后一仰，瘫倒在地上。

从小别人就说继展的身材怪异，腿短，上身长，又特别能吃。他五岁多了还在吃奶，吃饭从来就不知道饱，别人船上吃饭都有剩饭，他的船上从来就没有剩过饭。他总是等大家放下了碗筷，再往锅里浇上一瓢水，往灶里续一把柴，连米带汤地和着剩菜尽收肚腹。平日里有小船要移动，他让大家帮忙翻个面，钻到船肚子里去，一个人驮着走。自己到底有多大力气，还从来没有衡量过，像今天这样真斤实两的，还是第一次。一千三百斤，连他自己都吓到了。

四条船莽里莽撞地在这个从来无人停靠的地方停了船，靠了岸。从黄继榆一跃一丈多远上岸，又以身体为桩绞船，再到黄继展背驮铁牛，这一切虽然只是发生在短短的一瞬间，却被旁边的人看得清清楚楚。他们被这一伙人的举动惊呆了，后来才得知这是一帮初到芜湖的湖北人。真是初生牛犊不怕虎，他们不明就里地在这个不适合停船的地方停了船，遇到危险时一个个勇猛无比，他们的胆略和能力更是令人折服。"芜湖铁牛一千三，黄继展，一肩担"的传闻，就这样从芜湖传了出去，从长江两岸，传遍江湖上下。

第二十二章　寻求靠山

芜湖河洞巷的黄家大院，正是黄钺的私宅。这天一早，有一个人来到门前，叩响了门上的铜环。

黄继榆来到芜湖的第一件事，并不是急于去找码头卸货，也不是去找货主，而是先来拜访他的黄姓家门。

黄钺的祖先黄峭山，也是黄继榆的三十一世叔祖，初唐时官至工部侍郎，后居福建彰武，有三妻二十一子。在他八十岁生日的那天，这位老人做出了一个重大的决定，只让三房长子留下侍母，其余十八子均遣赴全国各地，让他们自谋出路。临行前他写了一首诗，赠予各位儿子：

> 骏马登程出故乡，任君随地立纲常。
> 年深外境如吾境，日久他乡是故乡。
> 早晚莫忘亲命语，晨昏勤敬祖先香。
> 天公若肯从吾愿，二九分居永世昌。

这是他给孩子们的"外八句"。他又让三位夫人和长子每人各吟两句，凑成"内八句"。并告诫子孙，日后若有人能诵出此诗，即为黄家血脉，应视为亲人，可登堂入室：

> 十郎峭老有三妻，官吴郑娘七子齐。
> 创业兴家离祖地，归来报命省亲闱。

吾思日久难相会，宗叶分枝为汝题。

若有富贵与贫贱，相逢须念共根蒂。

驾船人出门在外，就如一片漂在水上的浮萍，如果能攀上一点亲缘，寻得一点庇护，不说倚势，起码能保证不受欺凌。黄继榆想寻找的庇护，就是黄钺。黄钺身为一代鸿儒，历经三代皇帝的重臣，如果对他这个族晚念一点根蒂之情，那他在芜湖的处境就会大不一样。所以他早早地就准备了拜帖，并在拜帖的背后工整地誊上这首内八句诗。他敲开黄府大门，恭敬地呈上拜帖。

黄钺是在七十五岁时获准辞官归养的，今年安徽大灾，庄稼普遍无收，他正在谋划赈灾，门人送来了黄继榆的拜帖。

为官多年，经手的拜帖无数，或是同年，或是同师，或是乡党，或是故旧。但这张拜帖却与众不同，拜帖后誊写着祖先的内八句诗，他理解持帖人的良苦用心，他被打动了。

来人身材矮小，头发稀疏，一根瘦小的辫子拖在脑后。他的前额光秃，却精神饱满，身穿一件藏青色棉袍，足蹬蚌壳棉布鞋，腰间一条粗壮的白腰带，显得特别刺眼。依理，藏青色棉袍围上深色腰带才合适，但他系的是条白色腰带，那腰带又粗又显脏，很是不协调。黄钺看了，有点想笑，又有些怜悯。

来人一见黄钺，便抱拳躬身道："晚辈黄继榆拜见家门相爷。"黄继榆自知与黄钺不同谱不共序，但年龄上要相差一代，便以晚辈自称。

黄钺微微颔首，他伸出右手，往座椅上一指，示意他坐下说话。

黄继榆落座后，欠身说道：

"在下乃双井堂山谷公之后，与相爷同根同脉。只因家乡人多地少，难以生存，乡人只得以驾船为业，外出谋生。今日初到芜湖宝地，久仰家相盛名，特来拜见。"

一说是驾船的，黄钺就明白了，同样是以船载货，货价却各有不同。装载柴草的运价和装稻谷不同，装稻谷的运价和装食盐的不同。不同的航线，运价又有不同。还有官运与民运，也存在价格不同。他想黄继榆此番前来，无非是想得到他的关照，多获得些利大的生意做。自己在朝多年，对百姓的这种渴求是非常理解的。官家看似不紧要的一句话，能改变一家人的命运。

黄钺在乾隆年间担任户部主事，嘉庆年间担任礼部尚书，道光年间又担任军机大臣和户部尚书。一人历经三朝，深受皇帝恩宠，辞官归里后，已经不问朝政了。今日这位千里之外的族晚前来拜见，与从政无关，看来是想攀上族亲，在芜湖这地方立脚，不受人欺凌。他了解孤身在外的疾苦，深谙江湖的险恶，便有心帮他。他轻捋胡须，凝重地望着他说："我已辞官回乡，不再过问朝政了，你若有求，我未必能应。但遇有不平之事，我还是能说上话的。你可以拿上我的名帖，有了委屈尽可来找我，你是知道的，我向来都是赏罚分明的。"

黄继榆听出了他的一语双关，老人的话语里表明他既会帮他主持公道，又告诫自己不可胡作非为。他要的就是这句话，有了黄大人的帖子，就不怕官府欺负了，至于江湖之流，相信自己处置得了。

黄继榆毫不畏缩，迎着他的目光点头道谢。

讨得了名帖，黄继榆知道他繁忙，不敢叨扰，立马拜谢前辈，欢喜而去。

河洞巷多是官员的住宅，墙高院大，户门间隔遥远，除了偶尔有一两乘轿子经过，少有人出入，长长的巷子显得异常的冷清。黄继榆正满心欢喜地往回走去，突然一位少年迎面向他跑来，他的身后跟着两个蒙面人。

黄继榆一看少年穿着阔绰，立马明白了是怎么回事。他一把把少年拉到身后，拦住两位追赶者。

两位蒙面人一见有人阻拦，也不说话，挥拳就向黄继榆打来。

黄继榆先是挥臂格挡，并不还击。二人见他并无攻势，又欺他身材矮小，便步步紧逼，拳脚并用地向他打来。黄继榆以一抵二，轻松地招架二人的攻击，他的动作连贯流畅，如行云流水，仿佛老早看穿了对方的心思似的。蒙面人的拳头还没出来，黄继榆的手却早早等在那里，手掌拍打在对方的拳头上，发出啪啪的响声。这样抵挡过十几招之后，黄继榆见二人仍无收手之意，便弓身虚步，转守为攻。

黄继榆何等手段，他一旦出手攻击，岂是二人能敌？他身形一转，立马趋步上前，一手捏住一人的来拳，顺势拉直了手臂，用力向外一拧，脚下向另一人的膝盖踢去，几乎是在同一时刻，二人发出"哎哟"一声惨叫，双双歪倒在地上。黄继榆一撒手，二人便翻身爬起，后退几步，一个人探手入怀，随即一扬手，喊了一声"着！"黄继榆挟起少年，往后纵去五步开外。一股石灰在他刚刚站立的地方扬起。

看着二人逃去，黄继榆也不追赶，他放开怀里的少年，问少年家住哪里？少年脸色煞白地指了指不远处的大门。

黄继榆牵着少年的手，一直把他送到了门口，看着他进了屋，方才离去。

黄老五端着黄钺的名帖，像抱着一道圣旨，他跺脚喊道："哈哈，好，有了这帖子，俺还怕谁？不用回去了，芜湖这么大，生意肯定做不完。不用回去了，不用回去跟家里人争生意了。"

黄老五说得没错，明末清初以后，论交通位置，芜湖可以算是天下要冲。全国各地的木材、粮食、钢铁都在这里聚散，中药、棉麻、茶叶食盐、百货等也在这里无产而聚。因为中江古道经此而过，所以就有了由太湖到上海，由太湖到浙北再到宁波的两大出海口，使芜湖具备了承东启西连南贯北的功能。芜湖水运的空前繁荣，也为上巢人带来了一条新的生财途径。虽然离家远了一点，但还有运往上游的货物，想家的人可以装一趟上水货，回去看望老小。一时间芜湖成为上巢人的第二故乡。

从老尚书家回船不久，被黄继榆搭救的少年带着一个管家模样的人找到船上。黄继榆不知道他们是怎么找到自己的，他送少年回家的时候，少年并没有问他的名姓，更没有问他的住处。黄继榆无意与他们交往，所以也没请他们进后舱落座，就在船头站着迎接了他们。管家模样的人对黄继榆说，他是代表主人来的，主人没有空。主人除了感谢他搭救了少爷之外，还向黄继榆提出两个要求，一是请他查出追赶少年的歹徒，二是收少年为徒。

黄继榆想到那两个歹徒武功平平，肯定不是什么江洋大盗，顶多是想从少年身上抢夺点钱财。看来这家有势，如果被追查到了，那两人的结局一定是悲惨的。对管家的要求黄继榆自然不会答应，便微笑着摇了摇头。

那人见黄继榆不答应，便从怀里掏出两锭黄灿灿的金元宝，捧到黄继榆的面前。

黄继榆挡开他的手臂，说："这不是我做得了的事，请先生另请高明。"

管家立即露出一副威严的面孔："这么说，你是不给面子了。"

"在下初到贵地，人地生疏，帮不了这个忙。"

"你帮不了，那还有谁帮得了？"

"那就不是我的事了。"

"难道，难道你就不想我帮你的忙吗？"

听到这里，黄继榆心里一惊，暗暗猜测起此人的身份。

那人见他沉默了，又补充了一句说：

"你不打算在芜湖立足吗？"

黄继榆觉得他的话里有话，就说："我当然想。"

"那好，既然想，你就应该答应我。这样对你对我都好，也会让你身后的人满意。"

黄继榆这才想到，自己的行踪可能被人注意上了。他是来芜湖做生意的，自然是不能得罪江湖上的人。况且收个徒弟也不是什么难事。

黄继榆说："我初来芜湖，人生地不熟的，你要我去找两个蒙面人，无异于大海捞针。如果说我跟你家少爷有缘，只要他愿意习武，我倒是可以尽力而为。"

黄继榆的话刚一说完，那个少年立马接口说道："我愿意学武，我愿意跟你学武。"

管家见少爷说话了，便停了一下，随后说道：

"那你就一边教少爷武功，一边寻找歹徒。"

黄继榆对这话很不以为然，但他看眼前这位少年，脸色苍白，身体羸弱，一股怜悯之情涌上心头。他这副身板真的应该去习武强身，而不是靠山珍海味来滋补。况且，听这管家的意思，这户人家非富即贵，肯定是来头不小，兴许还能多寻求一个靠山。想到这里，他微微点了点头，算是应下了此事。

第二天一早，那少年身后跟着一帮年轻的公子哥，他们带着厚礼前来迎师，拜师。黄继榆这才知道，这位少爷是漕督的三公子，跟在他身后的，都是漕运官员的公子。全都是来找他拜师学武的。

看着这帮衣着光鲜的纨绔子弟，黄继榆一脸苦笑。这功夫岂是想学就能学的，除了天资悟性不说，光是这冬练三九、夏练三伏之苦，也不是他们承受得了的。但想到一头牛是放，一群牛也是放，就应承了下来。

这班人见黄继榆答应了，就帮他在街上找了住处和练武场，码头货务也不让他操心，想装什么货，自然有人帮助安排。这帮少爷的父亲都在漕运当差，平日里他们就跟着漕督的少公子一起四处浪荡，少公子突然要拜师学武了，他们都纷纷响应，他们的父母更是求之不得，巴不得有人管束他们。

既然货运不用管了，驾船就更不用操心了，船上有伙计，都是自己家里带来的兄弟。黄继榆就和黄老五搬到了街上住下，一边照应船务，一边教这些公子的武艺。还是和他在九江一样，先练基本功，然后是那一套云手。

黄继榆早已将云手教会了黄老五，又让黄老五去徒弟里选一个大师兄，让大师兄带着大家练习。随后，二人便接受弟子们的轮番吃请，整天茶馆酒馆里进出，安逸的生活，让两个人长得又白又胖。

第二十三章　勇闯南海

芜湖已成大市，各地的商人纷纷进入，一时间，芜湖栈铺遍地，商贾云集。但芜湖的商人们都抱怨芜湖缺燕窝。

燕窝是上等滋补品，是达官显贵和小姐、太太们不可缺少的。来芜湖做生意的客商多，在茶楼酒馆，柳街花巷里，各路商人都嘲讽芜湖商会无能。商会也是无奈，燕窝的需求量过大，正常进货供不应求，除非另辟蹊径。但芜湖远离南海，沿途有诸多江匪海盗，进货渠道不畅。一旦出航进货，可能赚不到钱不说，还会连船带货遭人劫持。

也有说话不客气的，怪会长胆小无能，天下岂有用钱办不成的事？会长也不服气，既然如此，那就张榜悬赏，寻求能人。一时间，芜湖的大街小巷贴满了去南海采购燕窝悬赏榜。

那一天，好几条船都回到了芜湖，兄弟叔侄们又在茶楼里喝茶相聚，黄老五对黄继榆说："老八，去南海的悬赏都贴满了，你看见了吗？"

黄继榆说："看见了，我们是内河船，从来没出过海，这不是我们该想的事。"

"这有什么？还不是一样的扯篷行船吗？去吧，南海咱们还没去过呢，晓得有多好玩？去吧！"说完，鼓动似的冲着大家笑了笑。

黄继榆说："我怕不稳当，大海和内河是不一样的，咱们还是在内河里稳当些。"

黄老五把身体一侧，从屁股下抽出一张折叠的白纸，往桌上一拍："稳当不了，我把榜揭了。"

众人吃了一惊，二老板伸手把白纸打开，一看正是满大街张贴的悬赏榜。几个人一边伸长脖子看，一边小声地嘀咕起来。

二老板自作主张地从九江来到芜湖，知道黄继榆不高兴，所以神情谨慎。他打开了榜文，也不说话，只伸着长长的脖子，静静地听大家在议论。

黄继榆说："老五啊，你真是莽撞，怎么不跟大家商量呢？"

"商量个屁！要去就去，哪来那么多商量的？一商量就搞不成了！"随即不管不顾地说："我不管，看榜的人在外面等着了，你说怎么办吧？"

"还能怎么办？榜都揭了，不去也得去啊。"众人附和起来。

黄继榆看着桌子上的悬榜，无奈地摇摇头。

在芜湖最热闹的太平路巷，一乘敞篷大轿从上街游到下街，轿前敲起了开道铜锣，轿后唢呐手鼓着腮帮子吹起了朝天曲，轿上坐着身披大红绶带的黄继榆。这两天，满大街都在游街庆贺，庆贺黄继榆揭了榜，庆贺不日芜湖就有燕窝了。

一些做水产生意的老板也趁机提出，何不趁此机会采购些墨鱼海参回来？他们也纷纷组织起来，在黄继榆出发前轮番请客，为黄继榆鼓劲饯行。

黄老五整天和黄继榆黏在一起，忙得不亦乐乎。好像自己立了个大功似的，日日陪着黄继榆吃酒席，天天喝得酩酊大醉。

商会定下了海船，选了黄道吉日，又派了两名采买跟随，黄继榆带上二老板和黄老五，连同伙夫船员一共八人，由太湖入杭州湾进东海，向南海驶去。

按照商会的意思，燕窝以采购爪哇国和苏禄国的为好，但考虑到海路遥远，便商定在厦门港接洽购买。海参墨鱼购买新鲜的不便携带，就只购干货。质量和数量，由采买定夺。行船有水手，采购有专人，黄继榆的责任是负责行宿的安全。黄继榆知道，这种事情不宜人多，所以他就只带了二老板和黄老五两个人。

走过京杭大运河，出了杭州湾，一望无际的大海便呈现在黄继榆的眼前。他努力往远处看去，想看到海的尽头，可是除了浑黄的江水，远处是茫茫一片，如烟似雾，再远就什么也看不到了。

黄继榆不禁感叹大海的博大，他只知道溪流汇成了湖泊，湖泊流向了江河，江河又流入了大海。却没想到大海是如此浩大，竟然一眼望不到尽头。海面上的风比内河的风也要大得多，就像三月三的风暴，不停地在耳边呼啸。海浪拍打着船头，打得船身一颤一抖的。海船的船头虽然高扬着，却仍然有海浪跃过船头，扑上甲板，海水带着白色的泡沫，从船舷两侧流回大海。

两个采买缩身在船舱里，船体的剧烈颠簸，让他们趴在床铺上呕吐不止。二老板和黄老五还好，长年生活在船上，虽说海上风大浪大，但二人还没有呕吐。两个人伸着脑袋鼓着双眼窥视大海，大海的浩瀚让他们充满了好奇。

看着他们兴奋的样子，黄继榆在想，回去后黄老五不知道又要吹嘘多久了。看着他那副开心的样子，黄继榆又好气又好笑。

黄昏时分，黄继榆跟掌舵的老大说，要早点宿夜，夜间不要行船。

船老大应了一声，说就到前面下锚过夜吧。

行不多时，就看见海边突出一座小山，山下，有一条大船已经停泊在那里了。船老大一推舵杆，船头就直向海湾驶去。

船老大对黄继榆说："就停在那里吧？"黄继榆点头同意。

驾船在外，特别是晚上，驾船人都愿意搭帮停在一起。江湖风险多，多一个伴就多一份照应。靠近大船边，黄继榆见那条船高大，不等水手上前，他就跃上了半人高的大船，准备接过水手递上来的缆绳。

看见有船靠上来了，大船的船舱里跑出一个穿着清军服装的士兵来，问黄继榆何事登船。

黄继榆说要停船夜宿，想借借大船的光。

士兵说这事他做不了主，要去请示管带大人。说完，就转身往船舱跑去。

说话间，船尾也贴拢大船了。黄老五在后舱大声地问黄继榆："怎么了，靠个船还不让啊？还是不是驾船的？"

此时，士兵身后跟着一个戴顶戴的人。听了黄老五的话，笑着问黄继榆：

"是湖北人吧？"

黄继榆一听，竟然是湖北武穴的口音，是隔河老乡。他赶忙抱拳拱手说道：

"我是湖北兴国人，兄台是江北的吧？"

"是呀，我是武穴人，姓郭。老乡是哪里人？"

"我是黄龙洲鲤鱼寮的，姓黄。"

"晓得，晓得，大姓人家。怎么跑到这里来了？离家十万八千里呢。"

"老乡有所不知，我们驾船到芜湖，没想到芜湖的朋友要我们跑趟南海，推辞不过，只好来了。"

"去南海？开玩笑吧。你看我，虽说是朝廷官船，一路有地方的照应，也是藏头露尾，只敢远走深海，还担惊受怕呢。"

"唉，开弓没有回头箭，也只能硬着头皮往前走了。今夜就托老乡大人的福，搭帮一夜了。"

郭大人说："好说，好说。"说完，对身后的士兵一挥手："接缆绳。"

一大一小的两条船相帮在一起，吃饭，睡觉，上半夜无话。约莫子时，值守的水手忽然大叫起来。原来是岸上出现了一队火把，随即，水边就鼎沸起来。

黄继榆连忙走出船舱查看。此刻，海水正在退潮，潮汐让两条船掉了头。黄继榆的船原本在外面的，经潮水一冲，就转到里帮了。郭管带也走出船舱来，用千里镜向岸上瞄看。

黄继榆跳上大船，走到他的身边问道："是土匪吗？"

郭管带一看黄继榆的身手矫健，来不及夸奖他，只说："这里离二龙寨不远，肯定是二龙寨的土匪下山了。只是不知道他从何处得知我饷银船到来的消息的。"

"二龙寨？饷银船？"黄继榆吃了一惊。当年他在临安时就经常听到兄弟们提起二龙寨，说那里有一帮人数不少的好汉在吃海上饭。没想到今天让自己遇上了，更没想到自己身边是一条送饷银的船只。怪不得士兵刚才不让他们停靠了。

郭管带冷冷一笑："没事，他们大概还不知道我船上有几门火炮吧，他们人越多越密集越好。"

火炮！黄继榆眼前立即出现了一个悲惨的场景：火炮在人群里爆炸，被炸的人抱着头拖着残腿在哭喊着。想到这里，他就想到了临安的兄弟们，他的心不禁紧了一下，后背也一阵瘙痒。他下意识地拉拉衣袖，耸动肩膀蹭了蹭后背，嘴里对郭管带说："兄台用不着大动干戈吧，大炮一响，天摇地动的，响动太大，对谁都不好。"

"那你说怎么办？我不能眼睁睁地让他们上船吧。"

"这个你就交给我，你暂且不动，由我来阻挡。万一我阻挡不了，你再出手行不？"

郭管带放下千里镜，惊疑地望着黄继榆："就你船上那几个人？"

"你放心，你只管待着不动，他们要来也是先上我的船，就让我来抵挡吧。"

郭管带上下打量着他，想到他上船时的身手，半信半疑地说："嗯，那好吧。"说完就往船舱里走去。

黄继榆知道他还是不放心，回船舱部署去了。他连忙跳回自己的船上，对甲板上的二老板和黄老五说：

"你们让大家待在舱里不要动，一切由我来应付。"二人明白了黄继榆的意思，转身走回了船舱。

没过一会儿，只见四只木筏向这边划来。黄继榆看得清楚，一条木筏六个人，他们划桨的划桨，吆喝的吆喝。临近船边，有人从箩筐里拿出烟幕弹，点燃了就往船上扔。

黄继榆早已解下了腰带，单手握住，把一头往船外一扫，腰带就沾上了海水。看见烟幕弹带着一道青烟飞来，便手挥腰带扫了过去，凌空一卷，烟幕弹落入海里，水面上冒出一股蓝烟。

来人似乎很有经验，四只木筏各有分工，一只木筏在远处投弹，三只木筏分别向船头船中和船尾靠拢。一转眼工夫，船舷外就露出了脑袋。黄继榆一见，挥起手中的腰带，只见白带翻滚，发出啪啪的响声，跟着就是一阵阵惊叫。有人刚爬上船弦，脚还没有站稳，就被腰带缠住脚踝，带翻在海里；有人刚伸出了脑袋，就被腰带击中面门，抱头落入水中。木筏下不停地发出慌乱的叫喊声。三只木筏，硬是没有一个人上得船来。

过不了一会儿，岸上忽然传来一声呼哨。随即就听见有人高喊"扯活了！"四只木筏随即回头向岸边划去。

第二十四章　二龙寨借旗

见四只木筏走远了，郭管带才走出船舱，他隔船对黄继榆说道：

"老乡好本事呀！一条腰带，击退了那么多人。"

黄继榆听了，连忙回答道：

"让大人见笑了，我只有一条腰带啊！"

"不简单哪，既阻挡了贼人，又没结下梁子。"

"大人说的极是，我这布带能阻敌，却是伤不了人。"

"可以看看你这腰带吗？"

黄继榆正在往腰上缠腰带，闻言，就把腰带取下，抛给了他。

郭管带接过腰带，用手捏了捏，那腰带又粗又厚，一端还是湿的，除了比普通的腰带长一些以外，并无异常，他的眼里露出惊叹的目光。

他把腰带抛给黄继榆，带着商量的口气问道：

"老乡，现在风停月明，我们打算赶路了，你要不要跟我结伴同行？"

黄继榆说："我们还是歇息一宿，明天再走吧。"

"也好，只怕那些人不会善罢甘休。敢问老乡尊姓大名？"

"敝姓黄，名继榆。"

"嗯嗯，黄继榆，我记住了。日后有空，一定去拜访你！"

郭管带的船起锚走了，黄继榆的船只得重新抛下铁锚，经过这番折腾，大家已经毫无睡意了。两位采买和水手们刚才躲在舱内不敢伸头，只听见外面一阵紧似一阵的呐喊声，直到声音渐渐平息了，才知道黄继榆把那些强盗全赶跑了，他们对黄继榆的功夫赞叹不已。二老板和黄老五的脸上也露出了得意的笑容，黄继榆却催促大家早点睡觉，明早还要赶路。

大家刚睡下不久，忽然听到岸边有人在喊话。

黄老五一骨碌爬了起来，嘴里叫嚷着说道："坏事了，坏事了，怕是强盗又来了。刚才跟官船一起走了多好！都是老八你，叫你走，偏不走。再打起来看你如何收场？"

黄继榆知道他还不清楚那是一条装饷银的船，是无论如何都跟不得的。就说："你睡你的觉，一切由我来。"

"你以为我睡得着啊？你和人打架，打赢了还好，打输了，我还不是一样陪你送命？"

"那还不是你揭榜惹的祸？"黄继榆一边穿衣服，一边回敬他。

"哎哟，我说不来的，非要我来。芜湖的暖被窝多舒服。"黄老五避而不答。

二老板插了一嘴："嘿嘿，怕是燕儿的身子舒服吧？"

黄老五横了他一眼："你老鸹莫说猪嘴黑。"

黄继榆顾不上他们俩的斗嘴，穿好衣服，走到船头，冲着岸上大喊了一声："灯笼扯高了，这可是个黄窑子！"在李家寨待了几个月，江湖上的切口黑话此刻倒是派上了用场。他告诉强盗，自己这里没有油水可捞。

岸上立马送一句话来："朋友，亮个盘子吧！是哪个码头的？是吃飘子钱的合子吗？"

黄继榆一听，他们误会自己也是打劫的了，赶忙回答道："兄弟岔眼了，我不是合子，我是金钩李的门下。敢问你是哪条道上的？"

对方立马回话过来："我是二龙寨的，瓢把子有请！"

黄继榆一听他们是二龙寨的，二龙寨的瓢把子二蚌壳，是师父的拜把兄弟，是个仗义的英雄。他便放心地应承："各位稍候，兄弟即刻就来！"

黄继榆回到后舱，叫黄老五划船送他上岸。黄老五叫嚷了起来："刚刚打了人家，你还敢送上门去？"

"你别管，你只管划船。"

"我不管？你走了，我们怎么办？"

黄继榆笑着说道："你把船划好了，就什么事没有，要是划不好，那就不好说了！"

黄老五虽然力气大，但是划船总是划不好，一手重一手轻的，小船总被他划得往一边跑，走不成一条直线。听黄继榆这么一说，黄老五立马闭嘴不说话了。他走到船尾，解下缆绳，跳上小船，手扒着船沿让黄继榆上了小船，然后低着头，一声不响向岸边划去。

二龙寨上，大游虾听说这么多兄弟不仅没登上船，还被人打下了水，回来连人家用的是什么兵器都弄不清。他憋了一肚子气，气呼呼地亲点了一班人马，就要下山。

二蚌壳听了喽啰们的讲述，连忙喝住儿子："你且慢动手，我看此人的手段有点像是你的师兄。"

"师兄？我哪个师兄？"

"我也没见过，只听你五叔说过，他收了一个徒弟，十八般武艺样样精通，拳脚功夫更是了得。你五叔怕他伤人性命，就只给他一条腰带做兵器。听他们说，那兵器像条腰带，你先去用切口对一下，看是不是他，如果是他，你一定要把他请上山来，让我见一见你五叔的关门弟子。"

黄继榆跟着众喽啰上了二龙寨。二龙寨的大厅里灯火通明，厅内的条桌两旁，早已坐满了人。有一个光着脑袋的人坐在上首，脖子后面的两坨肉，就像是刚掀开壳的蚌蛤肉一样，亮晃晃地堆叠在脖后。他面前的桌上放着一大钵腊腌膀，腌膀被刀划割得一块块的。他看见黄继榆进来，便用一把小刀叉上一块肉，手一扬，小刀带着肉块飞向黄继榆的面门。

黄继榆一看，也不出手，待飞刀逼近，侧首一摆，连肉带刀一口叼住，随即头一甩，飞刀插在长桌上，刀柄颤抖着，发出嗡嗡的声响。

黄继榆一边嘴嚼着肉，一边说：

"肉是好肉，就是有点硌牙。"

二蚌壳一见，一只手掌抚过头顶，落在脑后两坨积肉上：

"嗯，可以，老五的关门弟子还可以。"

黄继榆忙咽下嘴里的肉，问道："堂上可是二师伯？"

"知道了还不行礼？"

黄继榆连忙面朝二蚌壳，迈出左脚，右膝单腿一跪，左掌抱住右拳："师伯在上，请受侄儿一拜。"

一声师伯出口，黄继榆就想起了师父，想起了师父的惨死，不禁心潮澎湃，眼眶发热。

二蚌壳走了过来，单手搀起黄继榆，把他拉到身边坐下："你师父虽小我几岁，但是他的眼光和功夫一样独到，没有看错人。好，有情有义，有情有义。说说，刚才为什么不下杀手？"

"师伯，莫说是二龙寨的兄弟，我对任何人都不会下杀手的。师父教我时我这样，师父没教我时，我也是这样的。"

"我知道你的秉性，天生的板骨环牙，天生的厚道善良。知道你师父为什么不带你去临安吗？哈哈，你是聪明人，你师父对你是寄予厚望的。"

说到这里，黄继榆的喉咙一哽："我师父………"

"唉……人在江湖，身不由己啊。可惜了我的兄弟，从此江湖上再也没有金钩李了……你要继承你师父的衣钵，为你师父留下一个好名。"

黄继榆听到这里，对师父有了更深的理解。他暗自琢磨，只怕自己会辜负师父的期望，有负师父的重托了。

他跟师伯说了师父临行前的嘱咐，没能去临安收殓师父，只为师父修了一个衣冠冢，在家设立了一个灵位。

"外面的事你不用操心，江湖上的兄弟们早就安置好了，你牢记师父的话就行了。你说，你这是要去哪里？"

黄继榆就把去南海采购海参燕窝的事情说了一遍。

二蚌壳一拍桌子，脖子后的两坨肉也闪了一下："你把这事想得太简单了。从这里到南海，路途遥远不说，还有四十八道关卡，不是你想过就能过的。莫说是你……对了，你的标记呢？喽啰们说没有看见标记。"

"哪里有什么标记，这是商会临时租用的船。再说，我的标记到这里来，还能有用吗？"

"瞎说，江湖河海水相连，四海之内皆兄弟，怎么能说没用？有水的地方就有江湖，有江湖的地方就有规矩。江湖上的朋友都是你敬我一尺，我敬你一丈的。金钩李的账，兄弟们哪有不买的？"

听到这里，黄继榆心里又涌起一股暖流。他只听师父跟他说过，在江湖上混还是要靠自己的，师父一亡，自己在江湖上毫无建树，怎么会有人买自己的账？他没有想到，江湖上还买师父的账，江湖上的兄弟是这样仗义。

"别看大清征服了中原，却奈何不了江湖，征服不了人心。你看，这岛屿海岸还不是咱们兄弟的？"

黄继榆知道师伯说的是实话，就对二蚌壳说："师伯，那我该怎么办呢？"

"怎么办？你说怎么办？这一趟活你原本就不该接。"

"哪里是我呀，是我的一个兄弟莽里莽撞揭了榜，我被逼应允的。"

"原来是这样，我猜想这也不该是你这个读书人做的事。"

"那怎么办呢？既然揭了榜，就得兑现哪。做人总要讲规矩信义吧。"黄继榆有些无奈地说。

二蚌壳感慨道："这江湖信义啊，有时候真的是害人哪！"不知道他是说黄继榆，还是指其他。他停顿了一下，又对黄继榆说："还能如何？你既然到了师伯这里，师伯总不能让你回头吧，那不是让人笑话你？笑话师伯了？那以后咱们怎么在江湖上混？"他伸手摸了一下脖子，转头对大游虾说："你去把寨旗拿来。"

又对黄继榆说道："你挂上我的双龙旗，到南海就一路畅通了。"

辞别师伯，大游虾送黄继榆下山。大游虾告诉黄继榆，从这里到南海有四十八道关卡，经过关卡的商船，都是要层层交钱的。有些人得罪了江湖兄弟，不仅过不了关卡，连船带货都得被劫。这一路关卡实在是太多了，谁也不知道会冒犯哪一路神仙，想顺利通过，实在是太难了，所以少有行船往这里走。

黄继榆这才懂得海运的艰辛，也理解郭管带为什么连夜往深海里走了。

可能是等得太久了，黄继榆一踏上黄老五的小船，黄老五就不拢嘴："我的爷嘞，你总算是回来了，可把我担心死了。"黄继榆平时想不到黄老五叫他爷，这个时候黄老五倒乖巧了。

"我不是跟你说了吗，只要你把船划好了，就保证无事。"

"你是不知道，你一走，我有多担心哪。"随即像是怕人听见了似的，轻声地问，"怎么样，没人为难你吧？"

"怎么样？喝了酒，吃了肉。还拿到了比吃喝更要紧的东西。"

"什么东西？"

"通关过卡的令旗。喏！"说着，黄继榆从怀里掏出一面三角小黄旗来。

"我看看，是个什么东西。"黄老五丢下手中的桨，跑到船头来看小旗，听任小船在海上飘摇。

寨旗是黄布打底，绣着黑色的丝边，中间用白丝线绣着两条扭动的小龙。黄白黑三色相间，很是醒目。

黄老五紧捏着小旗说："有了这个咱们去南海可就畅通啦！八哥，你真是福将啊，到处都能遇到贵人。"黄老五又叫他八哥了。

天一亮，水手就拔锚起航了。黄老五把寨旗绑在帆绳上，随着船帆的缓缓升起，三角旗就升上了桅顶。海风吹拂着三角旗，像一条摇动尾巴的小鱼。

折腾了一夜，大家都没有睡好觉，更担忧前路受阻。听说这面小旗能保证他们一路畅通，一船人都仰脸盯着它，仿佛是在向它行注目礼。

黄继榆清楚，有了这面小旗，就不用躲躲闪闪的了，更不用往深海里绕行了，沿着岸边行走，遇上大风，往岸边一靠，就能及时停船躲避风浪。

连续航行几天，路上都无人打扰，很快就要到达厦门了。

黄继榆见一路顺利，路上也没有见到什么船只，便突发奇想，叫黄老五今天不挂旗试一试。没想到刚行不到一里远，从港汊的芦苇荡里冒出五只小船来，围住了他的船，有人高声呼喊："停船！落帆！落帆！停船！"

也有人手拿火把，做出再不停船就要往船上扔火把的样子。一船人惊得呆若木鸡。

第二十五章　刘珏明鲁莽送命

就在黄继榆前往南海之时，他的家乡发生了一起命案。他的磕头弟子蛮子被人打死了。

春天涨水冬天退，这是千古不变的规律。江水一退，上巢湖的湖水就跟着退去，湖水退尽，就是上巢湖的捕鱼季了。

上巢湖和长江相通。江水涨，湖水涨；江水退，湖水退；江和湖就这样连为一体，息息相关。大抵"江湖"就是因此而得名的。也因为江湖相通，就不用往湖里投放鱼苗鱼种了。湖水退去时，肥沃的湖滩上长满了青草，江水一涨，湖草就吸引来了无数觅食的游鱼。偏偏又有人杀了几只羊，在湖内江口洒上羊血，嗅到了腥味的鱼便成群结队地游进湖来。等到湖水涨满了，在湖口插上竹竿木棍，挂上拦网，就围了一湖的鱼。

到湖水退去时，就是上巢人捕鱼的时节了。捕鱼的场面很是壮观：一群青壮的汉子，手握竹编的篾罩，站成一排，从一边下水。嘴里"哟嗬"地吆喝着，手上的鱼罩不停地往水里罩去，从鱼罩口抓起鱼，用带了铁针的麻绳穿了鱼鳃，一长串地拖在身后。此刻，天上也许下着雨雪，湖面上的寒风，在呼呼地刮着，湖水冰凉彻骨，但是"鱼头三把火"，在山呼海啸般的吆喝声中，在和大鱼的较量中，大家丝毫不觉得寒冷。

这就是"靠山吃山，靠水吃水"吧。但是吃水的人也有讲究，并不把鱼捞光捕绝，在经过几轮的罩鱼之后，就会宣布"罢湖"。

"罢湖"意味着湖主捕鱼的结束，早已守候在湖边的四邻八乡就可以下湖捕鱼了。此时，几斤十几斤重的大鱼基本捕尽，小鱼小虾却是无数。站在岸边，把虾爬子往水里一搭，就能拉起半爬子的鱼虾，还有窝在泥里的泥鳅、甲鱼、黑鱼等等，都是谁捞谁得。罢湖之后，会捞的人能捞几筐几担，不会捞的也能捞上几提篮。只要是下了湖，人人都会有所收获，但这一定是要在主人宣布罢湖之后才能进行的。这规矩妇孺皆知，百年不变，却在这一天被人破了，最终闹出一场人命官司来。

蛮子跟着黄继榆来过一次上巢后，便老爱往武穴跑，还一定要从上巢坐船过渡。不知是因为上巢有他的磕头师父，有他心爱的双铜，还是因为这神奇的湖水和美味的鱼吸引了他。这天，他经过上巢的时候，正好遇到湖里在捕鱼。他看着湖里惊天动地的捕鱼场面，看着那被惊得乱窜乱蹦的鱼，就兴奋地跑到湖边，脱了鞋袜，裤脚一卷，就要到湖里去捉鱼。

同行的伙伴见他要下湖，忙劝他不要去，这是人家的湖。可是蛮子哪里听得进，这么大的湖，这么多人捉得，凭什么我捉不得？

上巢人看到一个十六七岁的外地人来捉鱼，就叫他走开。哪知蛮子只是不理，仍是捉一条往岸上扔一条，忙得不亦乐乎。起初大家只当他是闹着玩，没想到他竟然折了柳树枝穿了鱼鳃，提起就走。看鱼的人上前去接他的鱼，蛮子一掌便把人推倒在地。

一个外地人跑到家门口来抢鱼，竟然还动手打人，这还得了？大家鱼也不捕了，向蛮子围了过来。

蛮子不讲道理，不只是他不懂规矩，还因为他自恃有一身神力。当年有两头牯牛斗角，都斗红了眼，有人用竹篙点了火把去烧都驱赶不开。他走上前去，一手掰住一只牛角，硬是把两头牛给扯开了。他就是凭着这身力气和一对双铜打遍方圆数里无敌手的，只是败在了黄继榆的手下。即使是这样，他空着双手寻常人也不是他的对手。在他的眼里，他要做的事，别人就不能阻拦，几个捉鱼的人，他岂会害怕？

蛮子见有人向他围来，随即拉开了架势，系棕绳的左脚在前，系草绳的右脚在后，端着双掌虚步以待。

上巢湖是千人之湾，以驾船为生，常年在外闯荡的人，谁不会个三招五式？出门在外都不曾吃过亏，何况是在屋门口，还是这么一个毛头小伙子，怎么能让他在这里逞凶撒野。可惜蛮子不识好歹，一场悲剧就这样发生了。

蛮子一见人多，想到先下手为强。随即按照师父教他的招式，嘴里念念有词地："草……棕……草……"指挥着步法，挥拳向围着他的人打去。

岸边的同伴见他要动手，急得直喊：

"蛮子，打不得！打不得！鱼给他们，咱们回去算了！"

"老子抓的鱼，凭什么要给他？"蛮子哪里肯听，大开大合地向人挥拳踢腿。两个最先靠近他的人接连被他打倒在地，滚了一身泥水。

大家没想到这个年轻人这么不讲道理，抢了鱼还敢动手打人，大家齐声叫喊："哪里来的东西！跑到人家屋门口来抢鱼打人？打！打他个王八蛋！"

大家一边喊，一边围拢了过来，最先靠近他的几个人，见这小子有点手段，也不敢近身，就抽起挂网的木桩，向蛮子没头没脑地打去。

面对众人，蛮子开始还能游刃有余，到后来，那棍子打的打，捅的捅，他就渐渐招架不住了。他想往后躲闪，双脚却陷在泥里拔不出来，身体不停地扭动，脚下越陷越深，一个分神，头上便连挨了几棍，竟直挺挺地倒了下去。

原本只想教训教训他，谁也不想闹出人命来。一见他躺着不动了，几个人就上去拉他，把他抬到岸边，掐人中的掐人中，泼冷水的泼冷水，可不论是怎样呼他，摇他，蛮子却是没有反应。

蛮子的同伴一见，就飞快地跑回家报信去了。

刘家堡听说蛮子被人打死了，一时群情激愤，大家操起刀棍拥到了祠堂，准备去上巢打架，复仇。

族老们问了报信的人，知晓了事情的经过。大家都了解蛮子，知道是蛮子无理在先，理智告诉他们，再去打架更是不能，上巢湖是个大湾子，你去多少人也打不过。大家商量了两个方案：一是见官，清律规定，打死人的就要坐牢杀头。但是这样一来就得罪上巢湖了，两庄就会结下世仇，从此不再通婚往来。二是私下了结，由上巢湖赔礼道歉，厚葬蛮子，并为其寡母养老送终。这两个主意由青山的父亲转告了蛮子娘。

蛮子娘一听，又号啕大哭起来："没有这么便宜的事，我要告官！我要让打我儿子的人全都人头落地！为我儿垫棺材底！"

第二十六章　黄继隆顶罪过堂审

出了人命官司，又牵扯到这么多人，上巢湖一时间也惊慌起来。要知道，杀人偿命，这是天理王法，平日里打架回来都是吹嘘自己厉害，这回却没有人吹了，反而你赖我，我怪你。一时间父母亲戚都在担忧，纷纷打探消息，唯恐家人遭受牵连。

继隆近在九江，听说家里出了人命案，也得知自己的侄儿也打了人。大哥老实，嫂嫂吓得直哭，带信要他这个做过官的兄弟回来，想办法应对祸事。

继隆回到家里，连夜赶到宓芬堂的议事厅。此时，族长和一些有见识的族人都齐聚在这里了，议事的人虽然多，可就是商量不出一个好办法来。到底是谁打死人的又不知道。总不能让这么多人共同去承担罪责，让七八条命去抵一条命吧，那以后谁还为家族出力？传出去也是笑话。

有人说只有出钱买人抵命。买什么人呢？好手好脚的人肯定要价高，有人就说去买聋子买瞎子。

继隆在一旁听了直摇头。这些人真的是把当官的当傻子了，蛮子的功夫远近闻名，哪是一般人能打死的？可是以继隆的辈分和年纪，在这个场合里说话是没有分量的，像他这个年纪能说话的，只有继榆。想到这里，继隆不免愤愤不平，自己不管怎么说也是做过官的，是懂得过堂的规矩的，却没人来征询他的意见。偏偏这个时候有人说："要是继榆在家里就好了，他见得多，有主意。"

继隆听后更是不舒服，自己的见识恐怕在全上巢都找不出第二个人来，站在眼前都没有人理他，心中的怒火终是没忍住，他破口而出："真不知道你们这些人是怎么想的，一个好端端的人怎么会被一个残疾人打死？你们又没有升过堂判过案，知道升堂判案是怎么回事吗？再说了，那瘸子、聋子、瞎子不也是一条性命吗？你们于心何忍去夺人性命呢？"

继隆的一席话让众人醍醐灌顶。大家在这个时候才注意了他，仿佛刚刚发现他的存在，刚刚想起他曾经做过四品官。

那主张买人的人回过头来质问他："你做过官升过堂，你说怎么办？我也知道说不过去，但是好手好脚的人谁会去顶罪？你会去吗？"

一席话顶得继隆既语塞又气愤。当年白莲教得势的时候，自己是何等的威风，包括眼前说这话的人，是如何巴结讨好他的？现在世道一变，白莲教垮了，自己落魄了，他竟然对自己这么不客气。继隆想到自己终究是要回家的，不可能在外面躲一辈子，只有树立了威信，才能在乡里立住脚。想到这里，他心里一横，牙齿一咬，大声地说："我去！我去就我去！"

族长叔公们只当他是说气话，纷纷劝解道："哎呀呀，别生气，别生气了，大家再想办法嘛。"

继隆却坚定地说："不用想了，就是我去。我有堂审的经验，知道怎么回话，怎么开脱。我又是一个人，上无老下无小的，万一我死了，也不会有什么牵挂。明天我辞了祖宗就去归案。"

大家一听，又把他的话细想了一遍，觉得他的话说得有理，才知道他是当真的，大家就不再说话了。

第二天一早，继隆洗了澡，换了衣服，在哥哥的陪同下来到了祠堂，向祖宗行了三跪九叩的大礼。族里早已杀了猪，一户一个红丁，在祠堂里陪继隆喝了告别酒。酒席一散，继隆背上被窝就和哥哥一起去兴国州自首去了。

在兴国州的公堂上，刘寡妇哭诉儿子被上巢人打死，致其老无所依，要求老爷严惩杀人凶手，以儆效尤。

继隆没有请讼师，轮到他说话时，他不慌不忙地问刘寡妇："你家儿子，怎么到湖里去的？"

刘寡妇说："我儿路过上巢，在湖里捉鱼。怎么，捉鱼犯法吗？"

继隆反问她："那湖是你家的吗？"

刘寡妇说："湖不是我家的。但是自古有言，树倒抢桠，湖干抢虾，这有何过错？"

继隆转向堂上答辩道："启禀老爷，刘寡妇在这公堂之上，竟然是一句话里两个抢。你说，在我乡落之中，他抢还是不抢？"

堂上的老爷沉吟了一下，刘珏明在这样的母亲教育下，怎会有礼义可言？遭人殴打绝非偶然。转而问继隆："你是如何打人的，是长棍所伤还是短棍所伤？所持之棍是松树棍还是栗树棍？"

继隆明白，老爷的问话是有奥妙的。假如说是长棍所伤，说明是有备而来，属于故意伤人。松树棍子软，一棍是打不死人的，如果是松树棍所伤，那定是多人多棍所致，是故意杀人。明白了这一点，他可不会落入他的圈套。他淡定地说：

"有人在抢鱼，我恰好在旁，上前和他说理，不想那人蛮横，出手就打。小人被打站立不稳，后退几步，手扶地上的一根栗树桩才算站稳。小人见此人凶猛，扶着树桩正要走开，不想他又追了上来，当胸一拳，打得小人仰面倒地，手中的木棍恰巧就磕到了他的头上。老爷，小人可是属实没有动手打他啊，我也不知道怎么就这么凑巧。他倒地不起时，小人又慌忙施救。无冤无仇的，小人实在是无半点害人之意啊！"

知府早已听说过施救之事，看了继隆一眼，见他一脸斯文，知道他也是个读书之人，心里已然有数。

堂审已过，双方画押。继隆穿上红袍，被囚入死牢。

刘寡妇见了，满意而去，只待秋后问斩，为儿子复仇。

转眼，就是秋后问斩之时了，七名待宰囚徒跪在堂下。继隆跪在居中，他身材修长，面相端庄，目光有神。知府第一个问他，问他是否还有话要说。

继隆向堂上知府拱拱手，口齿清晰地说道："老爷若是让小人说，小人还有几句话要说。我上巢湖乃乡落之所，湖泊之地，每天日食四十八担水米。千人之村，没有田地，全赖打鱼来交纳钱粮赋税。我阻止他人抢鱼，也是为了自己的口粮和朝廷的赋税。没想到反遭恶人毒打，误伤性命也是他自己所致。老爷今日杀了小人事小，只怕日后的钱粮赋税，再也收不齐了。"

知府觉得继隆说得有理。国有国法，村有村规，刘珏明从江西来到湖北，去抢人家赖以生存的湖鱼，已是无理至极。他在坊间蛮横，早有恶名，双方打斗，一方为抢鱼，一方为守业，守了业才能养家，才缴得出钱粮赋税。一个日食四十八担水米的地方，该有多少人烟？一旦这里不缴赋税了，其他地方势必效行，抢夺事件也必将因此而泛滥。如此一来，那将是后患无穷。看来，此人不能治罪，否则，必将引起大乱，到时候朝廷也会追究自己的责任的。想毕他把惊堂木一拍，当场宣判黄继隆无罪。

且说家里一看继隆被关日久，并未放人，心想是凶多吉少了。自古以来，杀人偿命，欠债还钱，这是天理，既然承认了杀人，当是必斩无疑了。便在问斩之日，族人抬了竹床，去兴国收尸。

到了下午时分，还不见人回来，等待不及的大人便让孩童到堡嘴上去望，看人到哪里了，以便早做安排，准备后事。

一会儿，几个小孩气喘吁吁地跑来报信，说是看见人到了湖西，竹床是背在背上的。大人只是不信，跟着跑去一看，果然竹床并未抬人，这才知道，继隆活着回来了。

第二十七章　继榆返乡

黄继榆购回了燕窝海参，芜湖的商家无不欢欣鼓舞。满芜湖街上都在传颂着他的神话，说他能借着腰带飞檐走壁，说他腰带一挥，就能放出一道闪电，让强盗眼花缭乱，站立不稳，一个个地栽倒在海里。他咳嗽一声，满山的土匪都不敢抬头。但是事实怎样，只有他自己清楚。

黄继榆借用了二师伯的寨旗，觉得是欠下了二龙寨的人情，但见一路风平浪静，并未遇上恶人，以为路途太平，便想着撤旗一试。没想到寨旗刚撤，就引来了众多强盗的围攻。他赶忙跑上船头，对着小船喊道："转子头上的米，给我筛两筛！"

这是临行前大游虾告诉他的，万一晚上或是雨雾天人家看不清龙旗，就用这个切口。

听到黄继榆的喊话，那些桨手立马就放下船桨，拿着火把的人也不再比画了，几条小船都停了下来，在水面摇晃。有人在喊："是并肩子！"

也有人在吼："搞什么鬼，并肩子也不亮个盘子，青天白日的。"

黄继榆这才明白了，这看似平静的海上，实际隐藏着诸多的杀机。先前的一帆风顺，全赖二师伯的寨旗庇护，并不是自己侥幸，也不是江湖安宁。真是不是圈中人，不知圈中事。

大家经历了一场惊吓后，船老大和黄老五对寨旗更是膜拜了。

这个时候，黄继榆突然想起曾祖黄世映来，想到他盐贩为业，也是吃江湖饭的，他能赚下那么多的钱财，不知道经历了多少艰辛和风险。他却把辛苦赚来的钱，用来修造宓芬堂，用在家乡的公益和教育上。想到这里，他对祖上的义举又多生出一重敬意。

这趟南海之行黄继榆是十分满意的，该采买的都按计划采买回来了，他个人的收获也不小。他看到了广阔的大海，领略了大海的力量，见识了大海的气魄。在琼涯海边，他还赤脚下到海里，捡回了一只大海螺。他把海螺装在一只木盆里，用海水养着。这只海螺早晚都发出呜呜的鸣唱声，仿佛在眷恋着大海，呼唤着它的亲人。这也勾起了他对家乡的怀想，勾起了他对母亲的思念。

从大海进入杭州湾后，他亲手把那面双龙旗从帆绳上解了下来，认真折好，藏在自己的怀里。黄老五说想再看一眼他都不拿出来。船老大说这旗真灵验，让黄继榆留给他。黄继榆不答应，他知道，这是二师伯的情面，他不想让二师伯欠江湖上的人情，他要归还给二龙寨的。

回到芜湖，他从家乡人的口中，听到蛮子丧命和继隆收监的消息，便赶忙搭乘一条上水船，火急火燎地往家里赶去。

朝廷加强了漕运管理，九江关卡比从前守得更紧了，水栅栏都拦到了江心，日夜都有人看守。上巢湖人是这样来形容九江关的："麻蝇(苍蝇)飞不过九江关。"

一只苍蝇都飞不出去，可见九江关之严。只有在大年三十的这一天，官兵要吃年饭了，江上的行船才可以免费过关。为了节省一趟厘金，上巢人就提前一天吃年饭，算是让男人在家过了个年。上巢湖一年吃两顿年饭的习俗，就这样延续了下来。

九江关把守严密，这对黄继榆来说并无影响。因为他从来就没有想过要逃避关厘，他也没有讨好关兵的意思，但是关兵并不因此而放弃对他的盘剥。当他们看到黄继榆的船上有一只稀奇的大海螺时，就向他索要，说要献给漕督。

这只海螺黄继榆是要带回家去的，他想让家乡人看一看海里的稀罕物，让母亲听一听海螺的声音。他当然不愿意。蛮横的士兵却说，这是海里的东西，不是你地里种的庄稼，应当充公。说完，伸手就来抢夺。

黄继榆一见，提身一纵挡在海螺面前，伸出粗壮的臂膀，拦住士兵。双方互不相让，眼看就要动手。

关上的士兵"吃拿卡要"惯了，没有要不到的东西，没想到今天却遇上了一个硬茬。见黄继榆一步纵出这么远，两个士兵吓得一个后退，随手拔出腰刀来。

面对二人，黄继榆冷笑一声道："别说你是两人两刀，你再来几个也不是我的对手。"接着又鄙夷地说："充公？给你就是充公了？好，既然是海里的东西，那就让它回到大海里去吧。"说完，抱起木盆，把海螺倒出船外。浑浊的江水立马就吞噬了海螺，转眼就不见了。

两个士兵气极了，想要发怒，可一想到刚才黄继榆的身手，却又不敢轻举妄动。

黄继榆不等他俩开口，怒视二人道："回去告诉你们大人，我黄继榆的东西，不是谁想要就要得了的。"

二人一听他是黄继榆，掉头就爬上了栅栏。他们都听说过黄继榆，知道他的武功高强，就他们这几个人，真的不够他打的。

在黄继榆看来，自己遵守了规矩，又有一身过硬的功夫，是无惧一切邪恶的。

第二十八章　再行山里

回到家里，听了蛮子被打死的经过，黄继榆的心里无比难过，继而又担忧起来。

蛮子被人打死，他娘不愿意接受和解，不要钱财，那是想为儿子报仇。现在继隆被释放，既没有为儿子报仇，又没有得到补偿，她心里会怎么想？会做出什么样的举动？是继续设计报复，还是伤心欲绝？

她的堂弟陈光亨只待会试之后，就有望成为进士。黄继榆知道，以他的才学，是大有希望的。如果得中进士，过了殿试，就能得到实缺，就会做官。到那时，蛮子娘会不会利用堂弟的权势来报复？这些上巢人想不到，黄继榆不能不想。这个年代，没有什么力量是可以和权力抗衡的。正如继隆所言，武官杀人一把刀，文官杀人一支笔，权力杀人是不见血的。眼前上巢的暂时获胜，是否为日后的悲剧种下祸根，是谁都意料不到的。怕是到时候案子一翻，此案又涉及多人，那将会毁灭多少家庭，给上巢带来多大的灾难？

冤家宜解不宜结。如果双方互不让步，继续争斗下去，无论输赢，都是黄继榆不愿意看到的。他有一种紧迫感，他要早日平息怒怨，既不让蛮子家仇恨，也不能让自己的家族惨遭涂炭。

黄继榆回到家里时，继隆在家已经有些时日了，一庄子人都沉浸在节日般的喜悦之中。继隆回来了，意味着官司打赢了，大家都不用承担杀人的责任了，也不会因为继隆顶罪赴死而遭受良心的谴责。所有参与打人的人，都放下担忧和愧疚，乃至开始了一场庆贺。

打死人而不用偿命，自古以来恐怕是闻所未闻。大家钦佩继隆的勇敢和智慧，把继隆当作英雄一般对待。随即，打人的真实情节也出现了，大家争着描述当时的情形，争着说是自己怎样的果断，怎样地施以巧手棍打蛮子。大家开始争当杀人的英雄了，就连先前讳莫如深的父母也来替儿子吹上几句，以表示儿子的英勇，与先前的推诿和抵赖形成了鲜明的对比。

继隆一出狱，族里就摆了压惊宴，随后是继隆的哥哥，继隆的亲房，轮流摆酒设宴。现在，轮到现场参加打人的人摆酒席了。各家打酒剁肉，一天一家，争相宴请继隆和当时参与围殴的人，一个不漏地轮流做东。好像不这样，就会被人看不起。酒宴上大家有声有色地讲述当时的经过，毫不厌倦。

黄继榆一回到家里，就被请来喝酒。他嘴里吃着，耳朵听着，心里想的却是蛮子惨死的样子和蛮子娘的悲伤情景，心中是又难过又着急。

继隆看在眼里，以为他嫉妒自己出了风头，便向继榆问道："老八，你有什么不高兴的？"

黄继榆说道："祸兮福所倚，福兮祸所伏啊！"

他的话音刚落，继隆雪白的脸一下就拉得老长："你这话我就不爱听了，难道非要割了我的脑袋才是福？"

黄继榆一时不好说出深情底理，只好说："你想过蛮子他娘没有，人家孤儿寡母，本来就遭遇了不幸，现在又失去了唯一的儿子，这世上她还有什么盼头，还有什么活路？"

"那是她自找的，怪不得别人吧？难道咱们在屋门口受人欺负了，还要忍气吞声？"

他的这句话引起了大家的共鸣，一桌人纷纷向黄继榆描述蛮子的狂妄，说他该打的理由。

黄继榆等大家平静之后说道："我不是说她的儿子没有过错，我是在想她失去儿子又输了官司之后，会不会对我们有什么不利的举动？"

"还想得了那么多？她学了武的儿子我们都不怕，还怕她一个寡妇？再说了，这案子是官府断的，她还能怎么样？"

"刘家堡的人想怎么样就怎么样，咱们还怕他不成？"

"把外面驾船的人都叫回来，咱们这么大的湾子，还打不过他们吗？"

大家七嘴八舌，各有说法。

继隆突然若有所思地说道："哦，你是刘家堡的亲爷，蛮子跟你磕了头的，还来过你家，在你家里吃过饭的。"

继隆这么一说，让大家觉得黄继榆是在向着刘家堡，向着蛮子。黄继榆感到委屈，却又无言以对。

黄继榆救过刘青山，也被接到刘家堡受过谢礼，被刘青山认作亲爷。蛮子和刘青山一起来过黄继榆的家，大家都是清楚的。经继隆这么一点，众人都不作声了。

也有人不管不顾地说：

"他凭什么敢在咱门口动手打人？咱上巢建庄这么多年，还从来都没有过这种事。"

黄继榆不想再解释了，有些话确实说不清楚的。此时的继隆却异常兴奋，主动和身边的兄弟碰杯喝酒。

黄继榆看着他，在心里暗想，将来可能发生的事，别人想不到，你继隆还想不到吗？

这顿饭黄继榆吃得味同嚼蜡。

散席之前，明天请客的人家预约了，原班人马，一齐到家喝酒。

回到家里，黄继榆郁郁寡欢，一夜辗转。第二天一早，他就只身去了刘家堡。

在刘青山家里，黄继榆向刘家父子说了自己对蛮子娘的担心。

青山父亲说："亲爷你真是细心，谁说不是啊？现在我那弟媳整天都不出门，我们都不知道怎么去劝她。"

自从青山遭了那一次打劫之后，刘家就不再让青山出门了。黄继榆说想去蛮子家看一看，青山父子就陪着他来到蛮子家。

还没进蛮子的家门，远远就看见蛮子娘头挽发髻，身穿素服，侧坐在堂屋的八仙桌前。她一手托腮侧目凝望着堂前的条桌，高高的条桌上，摆放着一尺多高的黑色灵牌，灵牌上用白字书写着"亡儿刘珏明之灵位"。明明知道有人进屋来了，也不回头，仍然一动不动地呆坐在那里。

黄继榆有些胆怯地走在最后，他见识过蛮子娘的蛮横，他担心她见了他会耍横撒泼。

见屋里来了客人，从灶间走出一位十七八岁的姑娘，用托盘端上三碗茶来。

蛮子出事后，蛮子娘家来了不少人，最后只留下这个堂妹陪她。这个姑娘白天烧火做饭，晚上陪她睡觉。也许是刚刚洗好碗筷，她腰上的围兜还没有解下来，围兜带勒在腰间，把她的胸脯绷得鼓鼓囊囊的。

青山父亲从托盘上端起茶碗，先递给黄继榆，然后自己也端了一碗，趁着把茶碗放到桌子上的机会，他挨近蛮子娘说："他五姨，青山亲爷来看你了。"

蛮子娘的头轻轻地摆了一下，冷冷地说："看我做什么？要不是他把我崽的铜收了，我崽也不会死。"

黄继榆坐在一旁的矮凳子上，听她这样说话，心里有些宽慰。虽然说她的话里带着埋怨，却没有出现自己担心的一幕。黄继榆的心稍稍放了下来。看来，一个人争强斗狠，也是要看情形的。狠得过去就寸步不让，一旦狠不过了，反倒冷静了。像她这样失去丈夫，又失去了儿子的女人，面对比她强大的对手，又能怎么样呢？在彻痛之后，一定会反思自己。她十分清楚是儿子过错在先，被人打死，也并非故意。她原想借官府之手为儿子报仇，但官司输了，儿子的大仇未报，她还能怎么样？去拼命吗？刘家的家族都帮不了她，她一个妇道人家又能怎么样？随儿子一同去吗？自己和儿子、丈夫的坟前从此就没有香火了，丈夫这一脉在她手上就彻底断了。

青山父亲见她这样说话，便劝解她道：

"哎呀，他五姨，我不是跟你说过了吗？亲爷收他的铜，是为了收他的性子，是为他好啊，连蛮子自己都知道。"

黄继榆在一旁轻叹道："这事真不该出，也怪我出门在外，否则，也不会有这件事。"

"人是在你上巢死的，官司你也赢了，还有什么话说？"蛮子娘仍然不正眼看黄继榆。

"我出门在外，是听到信后赶回来的。这种事……这种事谁也没想到。"

"那是我崽短命，我崽该死？"

"哪能这么说？出了这种事，谁的心里都不好过。谁不是父母所生？谁人没有儿女？你看，一些乡亲托我来看你，还凑了点钱。"

蛮子娘抬起手，用手背搓揉眼睛，喉咙一哽一哽地抽泣起来。

站在她身后的姑娘立即贴近她，递一块布巾给她，又用手轻轻地抚着她的后背，低声地说：

"不哭，不哭了，你不是说再不哭了的嘛。"

"我不要你的钱，收了你的钱，我崽会不高兴的。"

"人死了，又不能复生，你的日子还要过。你过苦了，蛮子才会不高兴呢。这钱我还能带回去吗？"黄继榆说完，就站立起来，把钱袋放在高高的条桌上，对她身后的姑娘点了点头。

那姑娘看着黄继榆的眼睛，像是要从他的眼神里探出虚实来。

黄继榆一脸真诚地看着姑娘，见蛮子娘没有反应，就转身走向门外。

第二天一早，黄继榆让青山备了香纸鞭炮，去给蛮子上了坟。刚回到家里，青山父亲就对他说，蛮子娘请大家去她家吃午饭。

黄继榆说："不去，怎么吃得下她的饭。"

"你不去她反而更加难过，她知道你上蛮子的坟了。你就让她尽尽心意吧，毕竟蛮子给你磕了头，她这是替儿子还情呢。"

黄继榆觉得有理，便和青山父子二人一道去了。到了蛮子家里，才看到青山的两位叔叔也在。

中午的菜不是很多，但是每一道菜都做得很有特色。除了腊肉干虾子和串豆腐外，还有一道继榆从未吃过的豆子，麻灰色的，圆圆的，吃在嘴里粉粉的，就是不知道是什么菜。

蛮子娘没有上桌，青山父亲做主，让大家动筷子。刚好那姑娘又端菜出来了，黄继榆用筷子指着那盘菜，问这是什么菜。

那姑娘不好意思地说：

"是山药籽，不知道好吃不好吃？"

黄继榆见过山药藤上结的籽，只是不知道这种籽还能当菜吃，更没想到还这么好吃。他又夹了一颗放在嘴里，眼睛却怔怔地看着姑娘，仿佛有点不相信。那姑娘被他望得不好意思了。

青山父亲用胳膊碰了他一下，说道："我也是第一次吃，好吃亲爷就多吃点。"

黄继榆的眼光这才从姑娘的身上收了回来。

酒过几巡之后，菜也上齐了，蛮子娘端着一只酒杯从后堂走了出来。她站在黄继榆的身边，用微弱的声音对他说："亲爷，山里人家，没什么好招待的，就让我敬你一杯酒吧。"

此刻的蛮子娘显得很平静，她的声音细若游丝，仿佛风一吹，就会断掉似的，与从前的大嗓门，判若两人。这让黄继榆对她产生了怜悯，他的心在微微颤抖。见她要敬酒，就连忙站了起来，"你不用客气，我在喝呢。"

蛮子娘一手握着铜酒壶，一手握着酒杯，她先在黄继榆的酒杯里斟满酒，又把自己的酒杯斟满，然后放下铜壶，双手端杯，一口干了。

连敬两杯酒后，她对黄继榆说："我知道，这些钱，是你拿出来的。是你的，我收了。是别人的，我还不得要。你是什么样的人，我心里清楚。"

她的这句话一出，青山父亲愣住了，连他都相信了黄继榆的话，以为是大家凑的。

黄继榆也没想到，蛮子娘会猜到这钱是他自己拿出来的。他觉得这是一个聪明的女人，不该遭此劫难的。看着这个穿着干净，脸色苍白的女人，他突然想到了自己的妹妹。他在想，如果是自己的妹妹遭此变故，她会怎么办？

蛮子娘放下酒杯，又朝里屋喊了一声："秋莲，你也来敬杯酒。"

里屋的秋莲应了一声，来到了堂姐的身边。

蛮子娘又把两人的酒杯斟满，她端起自己的酒杯，递给堂妹。堂妹似乎有些慌张，接过酒杯，什么话没说，就一饮而尽，也不管黄继榆喝没喝，红着脸就到后堂去了。

黄继榆端着酒杯，看着秋莲的背影，对蛮子娘说："你妹子的手艺真好。"

从蛮子家出来时，黄继榆已经喝了不少酒。他突然想到了母亲，他想到了母亲对自己的爱，他想如果母亲没有了自己，将会是何等的难受，何等的悲伤？他咽下一口口水，对青山父亲说："亲家，她这个样子，不是长久之计呀。你寻寻看，看能不能给她过继一个孩子，让她日后有个依靠。"

"亲爷，你这话说到我心里去了。我早就有这个想法，就是没有说出口，其实人家我也寻到了，东头有一家，儿子生得多，多得都养不起了。我想把他家的老幺抱过来。"

"有多大？"黄继榆迫切地问。

"不大，不大，两岁多三岁不到，刚刚隔了奶。"

"那正好，正好，谋都谋不到。给那家一点钱，我来出。"

"哪能总让亲爷你出钱呢？咱兄弟生意做得还顺趄，我说话老二老三还听。只是出钱的事，不能让蛮子娘知情。再说两家都是本湾本族的，又没有出门，应该会答应，还是我来说合适。"

黄继榆一想，觉得有道理。孩子既不用改姓，又都在一个湾子里，早晚也见得着，人家父母也放心。

命运对人真的是不公平，有人想生孩子，却怎么也生不了。有人不想要孩子了，却一个接一个地生，不过这样也好，这样才让蛮子娘有领养的机会。

第二十九章　蛮子娘谢恩搭红线

过继的事情比预想的还要顺利，那家人密密麻麻地连生了五个儿子，家里人多地少，正打算找个合适的人家送出去呢。青山父亲上门一说，人家就满口答应了。大家都同情蛮子娘，也不谈钱的话，怕人家说他卖子。只要求结个干亲，让孩子喊他们亲爷亲娘，逢年过节两家相互行走。这是人之常情，蛮子娘二话不说，就满口答应了。两家选了一个日子，趁着孩子早上还没醒，就抱了过来。

中午，蛮子娘摆了一桌酒，孩子的父亲，加上青山叔父和黄继榆，还请了族长做公人，喝了过继酒。

事情总算是完满了，黄继榆松了一口气。他想，喝过这顿酒，就要回家了。趁着大家不注意，他离席来到房间，在孩子摇窝的枕头边放了八块银元，刚要离开，却被进房的秋莲撞见了。她拿起银元赶到房门口，抓住黄继榆的手腕，就要还给他。

黄继榆说："这是给孩子的，不是给你的。"一句话说得秋莲满脸绯红。

知道先前的银元是黄继榆给的，秋莲非要把银元退给黄继榆，两个人在房里推搡着，又怕吵醒了孩子，于是都压低了声音，两人就像在说悄悄话一样。

蛮子娘走进房内，看见两个人挨在一起，手拉着手，一时不知出了什么事。

秋莲见堂姐来了，连忙走到堂姐身边，红着脸跟堂姐说明了原委。

黄继榆解释说："孩子进门是件喜事，做长辈的想尽一点心意，你若是把我当做外人，你就不收。"

蛮子娘说："当然不能把亲爷当外人。"

"不把我当外人，你就收下。别吵着孩子了。"说完，转身就走出房门。

秋莲没有追赶，手里捧着八块雪白的银元，眼看着堂姐，站在那里一动不动。

这天夜里，青山跟黄继榆说，五姨请他和他爷明天去她屋里一趟，有事相商。

青山父亲说，自从听到打死蛮子的人放出来之后，蛮子娘就像变了一个人似的，变得温顺、通情理了，什么事都来找他这个堂兄商量，这在从前是没有过的。

黄继榆若有所思地点点头。

吃过早饭，黄继榆和青山父亲一道来到蛮子家。一进屋，只见堂屋的八仙桌上，摆着四副酒盅碗筷，还有花生米、猪耳朵、猪头肉和一盘山药籽。

黄继榆和青山父亲对视了一下，这早饭刚吃，中饭又没到点，不知道是什么意思？

蛮子娘正等候在堂屋里，见二人到来，便请二人入座。

二人把黄继榆请到了上座，黄继榆疑惑地坐了下来。蛮子娘给三个杯子斟上酒，说："我屋里的事，让大哥和亲爷费心了，我一个妇道人家，也不会说感谢话。怕亲爷要走，所以才赶紧请亲爷来喝个茶。"

山上人把中午饭叫喝茶。吃糕点凉盘叫吃糕饼茶，算是午饭前垫肚子的零食，这是对待娘家人或是贵客才有的招待。

黄继榆暗暗钦佩她的判断，自己本来是打算今天回去的，只是因为她有请在先，他才没有跟青山说。否则，这个时候，他已经走出很远了。

"我崽没有福分，和亲爷的缘短。但我觉得亲爷和我家的缘分还未了，我还想和亲爷走下去。"

黄继榆连忙说："当然，当然，有青山在，咱们就是一家人。"

"我说的不是这个缘。亲爷，我先敬你一杯酒吧。"蛮子娘纠正了黄继榆的话，却又不说明白，这让黄继榆和青山父亲很纳闷。

青山父亲接口道："你莫不是想要给孩子结一个干亲？"乡下人常常为新生的孩子认一个干爹，这样孩子不容易生病，好养大。

蛮子娘微微一笑，也不回答。她端起酒杯，连敬了黄继榆两杯酒之后，然后才慢慢地说："我听说亲爷的二位夫人，都没有生养。像亲爷这样家大业大还好心肠的人，应该多有子嗣的。我就明说了吧，我想给秋莲说一个媒，让秋莲跟了亲爷。大哥你看怎么样啊？"

按理说，她给黄继榆保媒，应该去征求黄继榆的意见。此刻，她没有看黄继榆的脸色，而是去征求大哥的意见，好像她和黄继榆已经商量过了似的。

"那好啊，好啊，这样就亲上加亲了。"青山父亲一听，禁不住失声叫好。

黄继榆却一脸茫然，他不解地说："怎说起这个来了？我什么时候托你说媒了？"

"你是没有说，是我想攀个亲。我妹子今年十七了，还没有说人家。人，你也见过，长相就那样，但能干会持家，保证能为你生一屋的崽。"

她的话刚一说完，黄继榆的脸就红了。青山父亲一看，便笑着说："亲爷，善有善报啊！这是缘分，缘分呐！缘分来了，是推都推不掉的，你就应了吧。秋莲可是个好姑娘啊。"

黄继榆用手摸着光秃的额头，低头讪笑着，没有说话。

青山父亲好像突然想起什么来，问道："不知道秋莲妹子是怎么想的？愿不愿意这门亲事？"

"这你就不用操心了，只要亲爷答应，她的主我来做。"蛮子娘胸有成竹地说。

也许是有了养子之喜，蛮子娘今天的精神饱满了很多，声音也响亮了。

青山父亲转过头来，问黄继榆："亲爷，你有什么想法？"

黄继榆有些腼腆地说："这事，总要跟娘说一声吧。"

"那是，有上人在，当然要跟上人说一声。"青山父亲连连应和。

蛮子娘提高了声调："好，那就这样说定了，我们就等着亲爷来认亲！"

她的话音刚落，堂屋后传来一声响，像是什么东西掉在地上了。

第三十章　兄弟相讥八百不快

不见黄继榆来喝酒，继隆和一帮兄弟连猜带打听，才知道黄继榆去了刘家堡。

黄继榆刚从刘家堡回来，师弟全八百来了，不知道他怎么打听到师兄回来了，趁着来富池办差的机会，到上巢湖来看望师兄。

兄弟相见，格外亲热，黄继榆非要留他喝酒吃饭。想到继隆在兴国州囚禁时，受过师弟的照顾，便请继隆来作陪。

继隆见了全八百，自然是十分高兴。当初在囚室里，八百得知他是师兄的兄长，自然是上下打点，悉心照应，让继隆尽享优待。二人相见，碰杯喝酒，自不必说。几杯酒过后，继隆突然把话题一转，问黄继榆："你去刘家堡做什么？一打一呵，头上做窝，你又不是不懂。好不容易打赢了官司，你又去跟人家低头，那不是长他人志气，灭自己威风？"

黄继榆解释道："她教子不当，是她的不是。但她遭遇这么大的打击，从此就孤苦伶仃，再无依靠了。咱们也要替别人想一想，安抚一下，也是应该。"

全八百敬重师兄，不只是敬重师兄的武功，他更敬重师兄的善良和师兄那一颗悲悯的心。他在衙门当差多年，早已能看清是非曲直，知州断案也是这样顾全大局的。他正想要夸赞师兄几句，继隆却抢先责备了起来："你这样一做，我们原先的努力不是白费了？好像我们怕了她似的。"

自从兴国回来之后，继隆受到了英雄般的待遇，他仿佛又回到了当年那个风光的时期，说话正襟危坐，言辞拿腔拿调。他说的这句话与八百的想法大相径庭，八百觉得继隆的话很是逆耳，甚至无理。师兄助贫扶困有什么不对，侠义心肠正是江湖人该有的品德，否则何以立足于江湖。他想到继隆在牢房里的时候，是那样的谦逊卑下，通情达理，而此刻却判若两人，不仅没有一点同情心，反而谴责别人的善举，还不把他尊敬的师兄放在眼里。

八百对继隆说出的这一番话，产生了强烈的反感。他狠狠地把嘴里的鱼刺吐在地上，连同喉咙里的痰。

在自己的家里吃饭，又当着师弟的面，黄继榆不想和继隆争论。争什么呢？一个人说什么样的话做什么样的事，总是有他的理由，这个理由是由他的观念决定的。观点不同，说出来的理就不同。两个观点不同的人，是谁也说服不了谁的，即使是表面上赢了，那也是有一个人在让步。黄继榆十分清楚这一点，在继隆面前，他选择了让步。

黄继榆把山里之行跟娘说了。娘听后说："儿呀，你做得对，你做得好。咱们做人做事，就要对得起天地良心，很多事不是说官老爷判了就了了的，理在各人心中。钱这个东西，生不带来死不带去的，能成全别人的，尽量成全别人，好心是有好报的！"

黄继榆又把蛮子娘提亲的事告诉了娘，娘更是感叹道："唉，寡儿孤母的，可怜呐！一棵草，一颗露水养。这门亲事，怎么说咱们也要应了，等秋莲进门后，咱们把蛮子娘当亲戚走，过时过节多加接济。你和秋莲的喜事，也要办得热热闹闹的，这样她才有脸面。就是有一点，咱这屋子窄了点。"

"那好办，兄弟大了，总是要分家的。我到别处去做屋，这屋留给继斐。"

"那就好，那就先把亲订了让人家安心，做了新屋就办喜事。"

黄继榆带着三牛过了一趟河，在武穴置办了认亲的礼品。选了个吉日，和三牛一道去山里送了认亲礼，随后就开始择基盖新房了。

新房的位置他已经想好了，就在江边的邺上。他早就看上了这个地方，这里一面朝湖，三面临山，形如一张太师椅。山上树高林密，还有一片毛竹林，毛竹林下是一片平坦的场地，在这里建房，舒适幽静，虽说偏僻一点，但这正是黄继榆所需要的。

他把到邺上做新屋的想法跟继洵说了，并约他一起过来做屋。继洵家兄弟众多，房屋也不够住了。他跟黄继榆一起也赚了不少钱，也正想出去做房子呢。听了黄继榆的邀约，就一口答应了。

知道他就要搬走了，堂侄亭群整天就赖在他家里，十多岁的孩子已经懂事了，他也听到了很多江湖故事，觉得新鲜有趣，缠着八叔，要八叔教他学艺，态度很是坚决。

这个眉清目秀的侄儿，黄继榆十分喜爱，但教他习武，心里又有所不忍。这练功辛苦不说，有了功夫，走在这险恶的江湖上，还有性命之忧。他父亲继芳是个教私塾的太学生，没有武学功底，却是支持儿子学武的。七个儿子，总要有个把人学武吧，一个家庭里有武没文不行，有文没武更不行。临江靠湖的上巢湖，一直是重武轻文的，还是有了宓芬堂之后，才重视了教育，让上巢湖出了一批太学生和秀才。

黄继榆已经了解到，现在外面有了火枪火炮。人还没有近身，几里开外火枪就能打到身上来，光凭一身皮肉功夫已经不行了，要学就学点远战的本领。他想到了飞刀和射箭，飞刀属于暗器，太阴了，他不喜欢。射箭比较好，既是传统武器，又光明磊落。射箭的技巧性强，练习起来也不伤害身体。想到这里，他对亭群说：

"我教你射箭吧。"

亭群一听八叔答应教他，不管学什么，他都高兴。小孩子哪懂别的，只要是武艺就行。从此，他就听从八叔的指点，清晨望日出，夜晚瞄香头，勤练眼力臂力，弓箭不离身。

第三十一章　意外得皇赏

到邮上做什么样的房子，黄继榆早已想好了，首先，他想到房间要多。要能住下母亲、两位夫人、两个女儿、儿子鹤群、还有三牛，加上随后要迎娶的陈秋莲，房间少了可不行。他计划做一个一进两重的大八间。房子既要大，又不能张扬。屋子的内墙用青砖，外墙却用泥砖，为的就是既要房屋结实，又不露财。

屋基选在毛竹林下，黄继榆的房子在左，旁边有一条小溪。继洵的房子和他家隔有两间屋子的距离，屋门口有一口水塘，能洗菜、洗衣服。

就在黄继榆忙着建房的时候，兴国的衙役来到邮上，说是知州要传见他，还要即刻入州。

黄继榆在心里暗想，自己有什么事情能惊动知州大人呢？细细思量，也想不出缘由来。管他呢，自己又没做亏心事，是福不是祸，是祸也躲不过，去了再说。

知道两个衙役是先到了老屋的，他害怕母亲担心，就回屋换了身干净衣服，向母亲和夫人告辞。

兴国知州苏昶是得了武昌府转来的廷寄，说兴教里上巢庄有一个侠士，姓黄名继榆，皇上有意招入内务府，特令他查询传讯。当知州向黄继榆转达了皇上的旨意后，黄继榆感到云里雾里。入皇宫效力，那是多少人梦寐的事情？但是自己既无去意，更无托请，为何这等好事落在自己身上？再说了，自己怎么能去呢？不说高堂老母离不开，师父的遗嘱他怎能不听？恩师丧命清廷之手，自己怎么能去为杀害师父的朝廷效力？黄继榆苦笑地摇了摇头，说道："承蒙皇上垂爱，只是在下不才，登不了大雅之堂。谢过，谢过了！"

知州不解地问道："这等好事，你为何要推却？"

黄继榆说道："在下老母年迈，需人照料，家里儿女家眷成群，更是寸步难离。再说，在下常年混迹于江湖乡野，驾船打鱼闲散惯了，怕是受不了宫中管束，我还是做一个平民百姓比较自在。"

朝廷的廷寄里没有说非要黄继榆进京，他一个不食朝廷俸禄的平民百姓，不愿进京食俸，也不犯清律。苏昶见黄继榆敦厚朴实，猜想他是恋家，也不好力劝，只得如实上报。

湖北巡抚杨懋恬读了苏昶的呈报，虽然心有不快，却也无能为力。他并不知道朝廷何故传召黄继榆，猜不出他在朝中有何背景，也只得原文上奏。

道光皇帝旻宁这天正在御书房批阅奏折，听到太监读报湖北的折子，言黄继榆不愿离家赴京，只想在家过他的自在日子，不禁微微一笑。

他是听到押送饷银官员的回报，才知道黄继榆的。押送饷银的官员说，这个民间侠客武功高深莫测，只用一条软腰带就击退了海盗。皇帝听后，想收为己用，没想到他竟然不应，还说只想在家过自在日子，不禁暗自发笑。看来无论是官还是民，都是希望安稳自在的。可没有我朝廷的自在，哪来你的自在？你要自在，也只算是个小自在。御笔在手，皇帝在御报上信手写下"小自在"三个字。顿了一顿，又想，你在长江上讨生意，不愿来辅佐朝廷，江湖上鱼龙混杂，你又有这一身武艺，可不能被他人利用，更不能掣肘朝廷。于是又提笔书上："八百里长江应无虞。"

御前太监把御批折了起来，放入湖北的折报之中，明发湖北巡抚。

杨懋恬一看到这个御批，立马明白了皇上的意思。便命人依字做了一块御匾，又另制了一块"贰尹"牌匾。皇上要黄继榆保八百里长江不乱，我不给你封个衔，倒显得我不识才。我也给你挂个闲职，让你辅佐地方，确保地方平安。两块牌匾一做好，随即让布政使送往兴国州。

黄继榆再度来到兴国州的时候，已是一个月之后了。师弟全八百得知皇上给师兄赐了金匾，就赶到上巢湖来，接师兄去领旨受匾。

黄继榆听说皇上给自己题字赐匾，心里却又翻江倒海起来。皇上给自己赐匾，看起来是光宗耀祖，实则是皇上的别有用心。对朝廷的忠，对师父的仁，交替出现在他的脑海里。受了皇帝的金匾，与朝廷作对的师兄弟们怎么看自己？视朝廷为外夷的绿林好汉如何看待自己？此刻，他的思绪就像一条无舵之船，飘忽不定，六神无主。

来到兴国州，黄继榆先去拜见了全彦桢师父，说出了自己的顾虑和担忧。

师父说道："此事你也不要有顾虑。皇上给你赐匾，那是皇恩，普天之下，谁敢悖逆皇命？依我说，你照收无妨。至于江湖上的言论，你日后再去应对。"

黄继榆感到为难，他的后背一阵瘙痒，他绷着两只衣袖，耸动双肩蹭痒，一边面带愁容地说："师父当年亲口嘱咐我，叫我不做朝廷的鹰犬，如今我收了这块匾，那不是有违师命？"

"师父当初不让你为朝廷做事，那是怕你在江湖上与师兄弟不好相见，是为你安身立命着想。如今已是时过境迁，你就要重做打算，只有先安身，才能后立命。如果你不接受皇上的恩赐，你就是藐视朝廷，你就无法生存。毕竟这是朝廷的天下，顺之则昌，逆之则亡这个道理你应该懂。你师父若活在世上，他也会这样说的。"

是的，事已至此，还能怎样？师父当年叫他不要做朝廷的鹰犬，也叫他不入江湖的帮会，就是希望他能明哲保身。想到这里，黄继榆心里坦然了，他应该像常人一样，把它当作一种至高的荣誉来对待。

两块牌匾一送到兴国，知州苏昶好一阵子慌张。黄继榆一到，便请布政使告诉他两块牌匾应该悬挂的顺序和位置，又向其道明"贰尹"的意思，要他多多辅佐武昌兴国两地的政务。等黄继榆弄懂弄明白了，就让衙役用官轿把两块匾额抬到上巢湖。

黄继榆没有想到，原本计划用来娶亲的新房，最先迎来的竟然是皇帝的御匾。他遵意把"贰尹"牌匾挂在前厅的房梁上，把皇上的"小自在"金匾，挂在堂屋的横梁上。

新屋刚刚盖好，挂上这两幅牌匾，着实让新房增色不少。"小自在"三个金黄色的大字在厅堂上闪闪发亮，四邻五乡的人都结伴前来观看。有位老者对着金匾倒头就拜，说这是人生难得的幸事，见字如见人，有生之年能目睹真龙天子的手迹，算是不枉此生了。

新居落成不久，黄继榆就迎娶了秋莲。新房娶新人，又有两块金匾的增色，让婚事热闹无比。

母亲一见到秋莲，就格外欢喜，连初次见媳妇婆婆要回避洗脸的规矩都忘了。知道是她的同姓本家，就如同见了亲侄女一般，因此她更不让儿子出门，要他安心在家，陪侍儿媳，静候儿媳落怀。

让母亲始料不及的是，秋莲进门几年，竟然也未能怀孕。直到道光戊戌年，黄继榆四十七岁时，才生下鹭群，这是后话了。只是母亲抱孙子的愿望，到死都没有实现。

第三十二章　亭群武考涉事

道光十年，英国鸦片开始进入中国，直到道光十六年，道光皇帝才终于发现了鸦片的危害。鸦片在中国已如洪水猛兽，危害了国人的健康不说，还掠去了大量的白银。城乡烟馆遍布，田地无人耕种，国库也已空虚。道光皇帝一看不好，便暗下决心，要全面禁烟。他一方面筹划禁烟，另一方面广罗人才以备战事，他提前了一年举行武考。

这年秋天，兴国、蕲州和黄州三地的武举考场设在黄州。

亭群这时已经年满十四，黄继榆有心让他去见识一下世面，便带他去参加武考。此时，亭群的箭法已经练成，有百步穿杨之功。

考场上，马场的百步之外立起了人身草靶，应考者骑马射箭，每人可射两箭，只要两箭射中靶胸者，监靶人就要击鼓上报，监考官就把应考者的名字记录在册。

三地人相聚一处，一时间靶场上马蹄疾走，鼓声不断，场内场外呼声四起，好不热闹。轮到亭群上场时，只见他打马狂奔，侧身抱弓，第一箭便射中了草靶的左眼。考试只要求中靶即过，并无此要求，人们正在惊愕他是不是失手之时，第二圈他打马又到，又是一箭，射中了右眼。众人这才明白他是艺高胆大，选射了双眼。考场内外立时响起了一片叫好声，却未听到监靶人击鼓。等亭群跑过一圈掉头回来时，看到打鼓佬的鼓槌丢在一边，人却在场外。

手上的两支箭已经射出，报鼓没击响，登记簿上就不能登记。黄亭群怒火中烧，他跳下马来，照着打鼓佬的胸口就是一拳，口中喊道：

"为何不打鼓？"

这一拳把打鼓佬打得仰面朝天，打鼓佬在地上翻滚撒起泼来。

见有人打架，守场的士兵赶了过来，就要带二人去见官。

黄继榆连忙跑进场来劝阻。士兵不由分说，把三人带去见主考官。

在主考帐前，黄继榆一眼就认出了主考官，他正是南海押送饷银的郭大人。主考官也认出了黄继榆，二人还没来得及寒暄，打鼓佬便向主考申诉：

"冤枉啊大人，我平白被这小子打了，请主考大人替我做主。"说完，抚着胸口，露出一副痛苦的样子。

郭大人没理打鼓佬，从座位上站了起来，问黄继榆："你怎么在这里？"

"我带小侄来应考。"黄继榆回答道。

"怎么没到宫中报到？我向朝廷举荐过你了。"

"原来是大人举荐。承蒙大人抬爱，只因在下家有老母羁绊，实在脱不开身，有负皇恩，有负兄台了。"

一旁的兴国守备凑上前去，告知主考："黄大人已得皇上御赐金匾，获封武昌兴国府尹了。"

"那就好，终于可以为国效力了。"转而问道，"这是何人？"

"是在下的侄儿。"

打鼓佬趁机挤上前来，指着黄亭群说："就是他打的我。"

"他为何要打你？"

"我看别人都射胸口，他却射到两只眼睛上去了。好生奇怪，就跑到靶前去看究竟，他却不问情理，照我就打。"

主考官回头望着黄亭群，见他面如满月，眉若弯弓，正一脸羞愧地静立一旁。便低声问他："你为何打他？"

亭群低下头，启唇慢语道：

"我看别人射中了都打鼓报册，偏偏我射中了，他却不打，那不是欺负我？"

"少年鲁莽，少年鲁莽啊！"主考笑了，转头对打鼓佬说：

"一个小孩打一下，用不着当真吧。"

"怎么不当真？他是真打，你看。"说完，扒开胸衣，给考官验看。果然，他的胸口上有一个红红的拳印。

亭群见了，羞愧地低下了头。

黄继榆连忙说："对不住，实在对不住，年轻人性急，性急了。"

主考又问亭群："你何时练习射箭的？"

黄继榆代为回答："六岁启蒙，八岁持弓，至今从未间断。"

"得高人指点？"考官说完，抬眼望着黄继榆。

黄继榆说："哪里？我不善骑射，我只说要领，全是他自己磨砺的。"

"孺子可教,孺子可教啊!"主考点头,又对亭群说道:"还不向人家道歉?"一边侧过头去,示意把亭群的名字登录入册。

黄继榆趁机塞了几两碎银给打鼓佬,让他喝茶消火,又让亭群向打鼓佬赔了不是,打鼓佬这才离去。

第三十三章　误上强盗船

亭群过考入了花名册,但考试还未结束,还要在黄州逗留。黄继榆见有兴国守备带领,也有心让亭群适应独立,便嘱咐他一些事项,自己就从黄州乘车到蕲州,准备从蕲州过江到黄颡口,再从富池口回家。

黄颡口的渡船还未到,黄继榆站在江边候船。这时正值秋季,气候宜人,江上风平浪静。码头上停靠了很多船只,装货的装货,卸货的卸货,搬运工们肩挑背扛,吆喝不断,一片繁忙的景象。

在距离码头不远处的凤凰山下,黄继榆看到有一条船孤零零地停在那里,既未装货,也未见人影。这样大好的天气,正是驾船人忙碌的时候,这条船的与众不同,让黄继榆心中生疑。他便信步向那条船走去。

黄继榆在船边又观察了一会,见这条船在微浪中轻轻摇晃,船上十分安静,像是无人一般。他好奇地向船上走去,一踏上跳板就大声叫喊:"老大,船老大。"

船后艄屋的布帘掀开了,一位姑娘探出头来,见有人上了船,就问道:"什么事?"

黄继榆说想要找条船装货。

那姑娘却说:"不装,你到别处寻吧。"

黄继榆又说:"你这个老板真是的,送上门的生意都不做。"

"我做不了主,你走吧。"

黄继榆觉得很怪，平常驾船的人家，一见有生意来，都是热情得不得了，最起码也要问一问装什么货，送到哪里，是什么运价。可这姑娘却什么也不问，似乎对装货毫无兴趣。他不由得重新打量起这条船来。

这条船大约能装一万多斤货，船板被桐油漆得发亮，货舱隔板也是干干净净，丝毫没有被货物压损的痕迹。黄继榆心想，这么大一条船，居然不装货，不知道靠什么为生？

见他还不走，那姑娘催促道：

"你快些走吧，待会我哥哥回来了。"

姑娘这话一出，黄继榆更加疑惑了。驾船人风里来浪里去，有诸多风险，所以规矩也格外多。其中一条，女人是不能上船的。除了视女人不洁外，船上空间狭小，男女混居，起居不便。即使是有女眷上船，也是夫妻关系。看这姑娘的年纪，早已过了嫁人的年龄，竟然是提及哥哥而不是丈夫，这就让黄继榆产生了怀疑。莫非这是一条黑船？只有黑船才不以装货为营生，以妇女为诱饵，坑人害人。或者是强盗船，白天踩点，夜里作案。

也是他艺高人胆大，寻常之人想到这里，怕是吓得老早就下船了。而他偏偏不管不顾，还想一探究竟。

他用挑衅的口气对姑娘说："你哥哥来了又怎样？我是来请你装货的，又不是到你船上来打劫的。"他一边说，一边盯着姑娘，看她的反应。

那姑娘身材结实，一头又黑又浓的长发披在脑后，手上拿着一把黄梨木梳，正紧抿嘴唇，神色冷漠地看着黄继榆。

姑娘没有立即回答黄继榆，脚下的船在风浪中轻轻地摇晃着，黄继榆一边等着她回话，一边观察姑娘的神色。他看见她的双脚并不是左右分开，而是前后站立，脚下的船在左右不停地摇晃，她的身体竟然稳稳当当的。他心里一惊，随后又暗暗地张开两腿，然后用力地左右蹬船。

船身在他的脚下摇晃起来。黄继榆原本以为姑娘会站立不稳，换个姿势。没想到她仍然保持原样，双脚像钉子钉在船上一样，一动不动。

这下可让黄继榆吃惊不小。这姑娘脚不动，手不抬，身体依然保持平稳，这不是常人能做得到的，只有轻功非常高的人才有这种本事。

姑娘见自家的船无风自摇起来，知道是这个人在使坏，也明白这个人是个练家子。但一看他那不起眼的身材，除了腰间系了一条粗大的腰带外，并无异样。心想，这么一个俗人，看我是个女人，就来欺负我是吧，好，今天就让本姑娘来教训教训你。

姑娘装得像个没事人一样，一步一步地向船头走去，在走近黄继榆的时候，装着没站稳，身体一歪，一肩膀向他撞去。

习武之人的手、足、肩、肘、膝都能伤人，姑娘用了十足的力气，存心要把这个男人撞下水去。没想到自己的肩膀撞到他的身上，竟如同撞上一块磐石，不仅没有撞倒他，还因为自身用力过猛，身体一滑，从他的胸口向船外跌去。姑娘身子一歪，一时慌了手脚，随手一把搂住了黄继榆。黄继榆也伸手搂住了她，两个人腰抱腰面对面地搂在了一起。

本来是想教训一下这个男人的，没想到不仅没有撞倒他，反而被他搂在了怀里。姑娘气得怒瞪凤目之时，却看见男人的眼睛也正看着自己，他的瞳孔清澈明亮，像有一泓清泉，从她的眼睛流进她的心田，扑灭了她愤怒的火苗。

姑娘从二人的对视中猛地惊醒过来，赶忙挣出他的怀抱，一股热流却涌上心头，让她感到脸颊在发烫。

虽说只是短暂的一抱，却让她感受到男人臂膀的力量。幸亏他搂住了自己，否则她已经掉入河水中了。此刻，她的胸口怦怦直跳，她还从来没有被外人拥抱过，虽然她也梦想过，有一个宽厚的胸膛，能让她有所依靠。但当她被这个素不相识的陌生男人拥抱在怀时，蛮横的天性让她嗔怒起来。他怪罪这个男人，明明看出了自己的意图，却偏偏不躲闪，让自己蒙羞。她把双手缩在胸前，仿佛在按住慌张的心跳，她愠怒道：

"你，你敢欺负我？等下我哥哥回来了，看你怎么办？"姑娘嘴里说着，手上的木梳在微微地颤抖着，眼里满带委屈地看着黄继榆。

黄继榆看着她这副样子，感到既天真又好笑。

"我怎么欺负你了？是你自己撞过来的，我不怪你，你还怪我？你哥哥回来了又怎么样？你不是也没有把我怎么样吗？"黄继榆一边说，一边用手轻揉被她撞到的地方，装出一副痛苦的神色，"真看不出来，一个姑娘家，这么凶。"

依着姑娘的性子，被人占了便宜，她一定会毫不留情大打出手。可是不知为什么，眼前的这个男人，却让她恨不起来。是自己先出招的，这个男人明明看出了她的意图，却没有躲闪，反而出手保护了她。初次和男人亲密接触，让她的心小鹿一样地乱撞。看见他委屈的样子，她不仅没有动手打他的意思，反而有些开心。

"我凶吗？"姑娘的脸色温和了下来，她歪着脑袋，仿佛为自己阴谋的失败扳回了一点颜面。

"还不凶？不声不响地偷袭人，还要怪罪别人，当心找不到婆家。"

"还不是你？还不是你害的，上了人家的船，就赖着不走。找不到婆家，就要怪你！"

黄继榆的话似乎触碰了姑娘的痛处，见姑娘又生气了，他咧嘴笑着逗她：

"说得有味，找不到婆家，怪我？又不是我叫你不找婆家的。"

"就要怪你！你都对人家这样了，让人家怎么找婆家吗？"

听到这里，黄继榆想起刚才抱在怀里的身体。是啊，男女授受不亲，青天白日的，一个姑娘被自己这样搂抱过了，还怎么找婆家？不知道是在回味那个温软的身体，还是担心姑娘的责怪，黄继榆沉闷着，一时没有回答。

姑娘见他没话说了，立即追问他："你说，怎么办吧？平白无故地上人家的船，又玷污了我的身子……"

"我……我可是有家室的人。"黄继榆似乎是感到了问题的严重，赶忙向她解释。

"有家室你还敢这样？"

黄继榆不知道怎么说了。姑娘说得没错，是自己上了人家的船，自己搂抱了姑娘也是事实。若是遇上烈性的女子，说不定现在就投江闹出人命了。正在他惶惶不安的时候，姑娘却笑了起来："还男人呢，媳妇落到怀里了，都不知道要。"

"哪个媳妇落到怀里了？"黄继榆的话刚一出口，就意识到自己的笨拙了。

"一个黄花大闺女，你敢要吗？"

"……谁不敢要……谁不要是傻子。"黄继榆明白了她的意思，眼睛一下子亮了起来。

"那好，等下我两个哥哥回来了，我守船尾，你守船头，你守住了船头，我就跟你走。要是守不住，哼哼，你知道是什么下场。"说完，抿紧了嘴唇，眼睛往水里一瞟。

黄继榆假装没看见，他明白，下水的人肯定不是他。

第三十四章　佘姑订终身

姑娘告诉黄继榆，自己姓佘，今年二十一岁，父母已经不在了，只因为家乡贫穷，兄妹三人才出来讨生活。

黄继榆很理解佘姑娘的心情，随着两个哥哥漂泊在外，同龄的姐妹都已经出嫁生子了，而她却整天困在船上，守着这狭小的天地，不与外界接触，婚事至今仍无着落。今天和黄继榆过了一招，看他的功夫在自己之上，又和他有了亲密的接触，再看他为人厚道，就想趁机托了终身，上岸去过安稳日子。

黄继榆又观察了一下这条船。船尾处搭了个烧火的艄屋，往前有三间隔舱，算是兄妹三人的睡舱。哥哥从前舱出入，妹妹从后舱出入。这船船身不大，船舱自然也窄小，人睡下去脚都伸不直，又加男女有别，起居洗漱很是不便。两位哥哥经常登岸离船，只是苦了妹妹，不能离船一步，日夜蹲守在船上。

看到这情形，黄继榆不禁同情起佘姑娘来。他暗想，成婚之后一定要善待她，以弥补她这些年吃的苦。想到这里，他不由得多看了她几眼。

姑娘中等身材，也许是长年练功的缘故，她的身材匀称，一头长发又黑又浓，圆圆的脸庞，被江风吹得黝黑，却透着健康的光泽。此刻，她无言地坐在船尾的隔梁上，眼睛盯着远方的岸堤。两支船桨早已被她放下了，在水中随着波浪一起一伏地晃动着。她两手一左一右地撑在隔梁上，双脚垂在隔板前，像个天真的孩子，不时地晃荡几下，鞋后跟敲得船板"咚咚"直响。

她脸上是一副严肃的表情，不知是为就要离开相依多年的船而依依不舍，还是对即将到来的新生活陷入沉思。她已经把长发盘在了脑后，用一根玉簪插着，一缕黑发从耳边滑落下来，被江风吹拂着，在她的鼻尖上不停地飘动。她让黄继榆守在船头，是想等两位哥哥来了，让两位哥哥和他过过招，试试他的武艺，好决定自己的终身大事。

当两位哥哥的身影出现在岸堤上时，黄继榆不等姑娘吩咐，便走上岸去，拎起铁锚上了船，又拉起了跳板。

姑娘在船后倒划两桨，船头便离了河岸。

二位哥哥先是看见船头上多了一个男人，随后又看到自家的船离了岸，不知道发生了什么事。二人快步跑到船边，还没有等他们开口，妹妹轻点一下船桨，稳住后退的船，隔空对二位哥哥说：

"大哥二哥，我已经不小了，你们总不能让我就这样漂泊一辈子吧。我早晚是要有个归宿的，你们就遂了我的心愿吧。"

看着船头上的男人，两位哥哥明白了妹妹的意思。

"小妹别犯傻，你怎么知道他值得托付呢？"

"大哥，你试一下不就知道了。"

"这么远，叫我怎么试？老二，你来。"

姑娘的二哥一听，掀开衣襟，从腰里掏出一支亮晃晃的飞镖。黄继榆见状，连忙拉下腰带，严阵以待。但那支镖没有向他射来，而是扎在一丈多高的桅杆上。接着又听到一声："看镖！"

随即三支飞镖分左中右三路向黄继榆的胸口飞来。黄继榆一见，赶忙向左侧身，右手一甩腰带，只听见"咚咚咚"三声响，三支飞镖被扫落在船板上。

刚刚见识过黄继榆的内功，现在又看见了他敏捷的身手，姑娘心里一阵暗喜，不等两位哥哥开口，就忍不住兴奋地问道："怎么样？"

大哥高声回应说："好！小妹有眼光，你跟他去吧，哥没意见。"

姑娘听后，连忙划动双桨，向岸边靠去。

黄继榆一纵身，把插在桅顶上的飞镖取了下来，把四支飞镖合在一起，交给二哥。

二哥接过飞镖，对黄继榆说："好好待我妹妹。"

黄继榆点了点头。

大哥走到尾舱，揭开他床下的铺板，拿出一个包袱，分出一些金银，用布包好，递给姑娘：

"爹娘不在了，哥哥不能耽误你，你寻得一个好人家，哥哥也放心了。你过得好就好，过得不好就回来找哥哥。"他又回头对黄继榆说："江湖中人，没有那么多繁文缛节，你带着小妹好好过日子去吧。"

姑娘接过包袱，轻声对大哥说："大哥保重，你们也要早日上岸。"说完，就默默地去她的卧舱里收拾衣物。

大哥走到船尾，划动双桨，让船头转向江南。二哥扯起篷帆，兄弟二人送妹妹过江。

船到黄颡口时，姑娘早已斜挎包袱，向两位哥哥躬身行礼后，就和黄继榆一道下了船。

站在船头的二哥忽然喊道：

"还不知妹夫大名呢。"

"我叫黄继榆！"

黄继榆和佘姑娘在河边走着，佘姑娘突然问道：

"你是黄继榆？"

"嗯。"

"你不早说。"

"早说什么？"

"说你是威震江湖的黄继榆呀。"

"说了干吗？说了你就跟着我走了吗？"

"哼，得了便宜卖乖。"

"谁得了便宜呀？是你占我便宜的。"佘姑娘的性情与前三位夫人完全不一样，她带给黄继榆从未有过的新鲜和愉悦。他一高兴，就又来揶揄她。

"你……"佘姑娘一时语塞，脸上一红，抡起拳头就捶向黄继榆的肩膀。

黄继榆摸着肩膀说："还打，还没过门就打两回了。"

佘姑娘扑哧一下笑出声来，这笑声是发自内心的。她没有想到，她选择的人竟然是驾船人的英雄，黄继榆在江湖上的故事她早有耳闻，怪不得刚才自己的阴谋不能得逞。此刻，她的心里既甜蜜又兴奋，她突然一纵，趴上了黄继榆的后背，两手搂着他的脖子说："背我。"

黄继榆没想到佘姑娘这么快活顽皮，他虽然有些不好意思，但还是双手反搂着她的双腿说：

"这样不雅吧？"

"有什么不雅的？便宜都被你占了。"说完，便俯身紧贴在黄继榆的背上。黄继榆感到背上一沉，似有几百斤重的担子压在身上。他知道，这是佘姑娘在使用千斤坠。

黄继榆佯装体力不支地说道："哎呦，哎呦，还未过门呢，就要累坏亲夫啊。"

"就是要累你，谁让你使坏的，看你以后还敢不！"

"是我使坏吗？我要是使坏，你早就掉到河里洗澡去了。"

"好哇，原来你早就知道了。你，你是存心让我落在你的怀里的？"

"那我怎么办？总不能让你把我撞到水里去。"

"还不是赖你？谁叫你上人家船的。"

"我不上你的船，你怎么上我的背呢？"

"好啊，我算是上了你的贼船了。"佘姑娘佯装发怒，一边说，一边将手从黄继榆的领口伸向他的胸脯：

"让我看看你起的什么心？"

黄继榆胸前一痒，双手一松，佘姑娘就从他的背上滑了下来。黄继榆说："你帮我抓抓背吧，我背痒。"

"到屋再抓。"

"不，现在就抓。我背了你，你也该替我抓抓痒。"说着，就弓下身去。

佘姑娘就把一只手伸进他的衣服里，一下一下地挠着。黄继榆咧着嘴说：

"哎呦，舒服，舒服，真舒服！"

佘姑娘问他："这么舒服？"

"嗯，舒服，舒服死了。你以后要多帮我抓抓背。"

"只要你对我好，我就帮你抓。你要不好，哼，想都别想。哎，日后怎么叫你？总不能叫黄继榆吧？"

"叫官人，叫相公。"

"那是唱戏，酸死了，我才不叫呢。"

"哎呦，舒服，舒服……我在家里排行老八。"

"那就叫八哥？"

"嗯，嗯。还有，我家里还有三房。"

"那我不管，我只要你对我好。你若对我不好，我就跟你闹。闹不过你，我就寻死，就死给你看。"

"不要瞎说，还没过门呢。"

"我才不管呢。谁叫你对我不好的？"

"好，好，对你好，保证对你好。这该行了吧？哎……中间，中间一点，快抓，抓重一点。"

佘姑娘口无遮拦，也不知道哪些话该说，哪些话不该说，人还没有进门，就说些不吉利的话。没想到她后来真的不得善终，这是谁都没想到的。

第三十五章　荷花习武

黄继榆的新屋叫"大八间"，分上下两重，中间是一条廊道。上下重之间是三间天井，天井既排雨水又采光。天井下有阴沟通向屋外。堂屋的正门有两间耳房，左侧有两间房子，右侧有四间房。右侧挨着堂屋的那间是生母陈氏生前的住房，自从母亲去世之后，那间房子就空在那里。也许是因为这间房子紧挨堂屋，出入方便，也许是对母亲的眷恋，黄继榆特别喜欢这间房子，母亲去世之后，就经常一个人睡在这里。

他问佘姑娘："这是母亲睡过的房间，怕不？"

佘姑娘冷笑一声说："我怕什么？在七里矶那个乱坟岗上，我一个人在船上待了三天三夜，在屋里还怕什么？"

黄继榆就让王夫人收拾了一下房间，换上干净的铺盖，把这间房当他和佘姑娘的新房。

吃晚饭的时候，他向家人介绍了佘姑娘。

三牛听说她姓"蛇"，着实吓了一跳。他在港里捉鱼的时候，手指头被水蛇咬过一次，又痛又痒地折磨了他好几天。他听人说，幸亏是水蛇，要是山上的蛇咬了，恐怕他的坟头上早就长草了。因此，他一听到"蛇"字，就头皮发麻。他心里想不通，这么个年轻好看的女人，为啥要姓"蛇"？第一次见佘姑娘，他的心里就充满了恐惧。

黄继榆的小女儿荷花十二岁了，一见到佘姑娘，就亲热地拉着她的手，一口一声地喊姑姑，好像早已熟悉了似的。黄继榆教她叫姨，却是不肯改口，黄继榆听着虽然不顺耳，但看见佘姑娘高兴，也不制止她，随她叫去。

当天夜里，二人就在母亲的房间里圆了房。没有媒人，没选日子，没有花轿，没有红盖头。但佘姑娘让黄继榆见了红，她火一样的激情，让黄继榆体验了从未有过的猛浪，他也像女儿荷花一样，甜嘴甜舌地叫了一夜的"佘姑"。

两天后，亭群回来了，见过八叔黄继榆，又拜见了新婶子。

听说婶子是一个练家子，亭群高兴得不得了。他告八叔的状，说八叔不教他武功。

佘姑笑着说："他不教你我教你。说起来你还是我的媒人呢。"

荷花在一旁听了，吵着说："我也要学，我也要学，我爹也不教我。"

黄继榆一听，忙说："一个女娃子，学什么武？"

"我就要学，我都会打好几路拳了。"

黄继榆吃了一惊，问道："你什么时候学武了？"他可是从来没教过女儿的。

"是我自己看的。"荷花有些得意地说。

"你自己看的？打一路给我看看。"黄继榆不敢相信这是真的。

他的话音刚落，荷花就在厅前打了一路他常练习的拳路。

大概是有了父亲的遗传，荷花的招式有模有样，打起拳来虎虎生风。打完后，她红着脸问两位大人："怎么样？我打得好吧？"

确实打得好。黄继榆又喜又惊，喜的是没想到她的拳打得这么好，惊的是自己打拳时，一直是提防别人偷看的，除了母亲和幼小的孩子。但那时她只有三四岁啊，没想到竟然就让她记住了，还打得有模有样。

他走下座位，蹲下身子牵着女儿的手说："快把它忘了，女孩子不能学武的。"

"佘姑……"荷花没得到父亲的夸奖，反而还不要她打拳了，她挣脱父亲的手，委屈地向佘姑走去。

"别听他的。女孩子怎么不能学武？学武能防身，能不受人欺负，有了本事还能除暴安良。学！他不教你，我教你！"佘姑把荷花拉到怀里，用手臂环抱着，好像怕被黄继榆拉走了似的。

她又对亭群说："以后你们两个，就跟着我学。"

"你，你不能不讲规矩吧？"

"什么规矩？有什么规矩？打得赢为上，打不赢上当！"

"艺只传男不传女，这是千年古训，难道你不知道？"

"谁说的？我不是女人吗？我爹从小就教我练武，从来就没有把我和哥哥两样对待。难道你想你的女儿出去受人欺负？从你黄继榆家里出去的人，不会功夫，谁信？"

"咳……"

两个孩子高兴了。荷花在佘姑的怀里转了个身，对着父亲做了个怪脸。

黄继榆无奈地摇了摇头。事已至此，他也不打算阻止了。

第三十六章　佘姑堂前献技

清政府的禁烟行为，极大地损害了英国的利益。林则徐在虎门焚烧鸦片，不仅没有杜绝鸦片的进入，反而招来了四十多艘英国军舰。这些军舰停泊在中国的南海，对中国货物进行封锁。清政府对英国大量出口丝绸、茶叶、瓷器，使英国政府产生了贸易逆差。英国对中国出口的鸦片，又被加征了高额的赋税，英政府正一肚子火。现在，竟然还要彻底禁止，更是让英国人忍无可忍。你赚了我的钱，我就该赚你的钱，也不管这钱该不该赚，这就是列强的强盗逻辑。

英军的军舰封锁了南海，还以保护英国商人的安全为借口，强行登上了海岸，和中国百姓发生了冲突，并打死了一名中国百姓，第一次鸦片战争由此爆发。

大清王朝多年潜心打造的经济壁垒，经不起洋枪洋炮的攻击，战火由沿海蔓延到了内陆。镇江、南京、芜湖等城市的商业秩序，一下子被打乱了。钢铁、纺织、茶叶、丝绸等企业，受战火的影响，纷纷关停。众多的企业，就像树林里的一群鸟，被突然响起的枪声所惊扰，吓得纷纷离枝，四处逃散了。工厂和贸易的停止，也让运输业大受影响，无货可运的船只，都纷纷回港，以躲避战火。

二老板和黄老五刚一到家，就带着众人来到黄继榆的家里。他们老早就听说黄继榆得了皇帝赏赐的金匾，又新娶了年轻的四房，回家的第一餐酒，非要在他家里喝。一来说他人不上船，钱却照赚；二来庆贺他纳了新夫人。听说新夫人还是江湖中人，非要新夫人出来亮个相，补闹个洞房。

余姑的新房紧挨着堂屋，堂屋里的一举一动，她都听得明明白白。不等人叫她，自己就走了出来。亮相就亮相，喝酒就喝酒，有什么了不起的。她端着酒杯，大方地敬酒，毫不胆怯。

一轮酒敬下来，并没有一丝醉意，大家都夸她好看有酒量。一大桌男人兴奋万分，酣畅不已。忽然，一只不知名的大鸟落在堂屋的天井上，正探头探脑地望着屋内，仿佛也要来争一口食一样。大家一看，都停止了吵闹，敛声息气地盯着那只大鸟。

黄老五站起身来，一边勒衣袖一边说："别动，让我找块石头把它打下来，正好加一道菜。"

那只大鸟看着一屋子人，竟然毫不畏惧，还抬起两爪，一步一步地往屋檐走来。

黄老五从后房寻到了一块石头，扬手就要砸鸟。

黄继榆一把拦住他："别打，到屋的鸟打不得的。"

"那有什么打不得？还不是人间一道菜。"黄老五挣扎着要打，黄继榆却不松手，那鸟受了惊，一展翅膀飞走了。

见鸟飞走了，一桌人都在叹息。有人眼尖，看见檐边的瓦被鸟踩松了，有几块歪歪斜斜地滑出屋檐，差点就掉下来了。

黄老五抱怨地说：

"唉，我说你呀，让我打下来蛮好，现在好了，把瓦也踩落了。"

黄继榆说："那有什么？把它取下来就是了。"

说完，他走到天井下，纵身一跃，就拔下边沿的三块瓦。他把瓦放在墙边，拍拍手上的尘灰说：

"等下让三牛搬个梯子盖上去。"

黄老五却说：

"冤枉一百年，鸟肉没吃到，还掉了三块瓦，还要三牛搬楼梯。你呀，做一世的善人，找一生的麻烦！"

"这有什么麻烦的？插上去就是了呗。"余姑在一旁接了嘴，边向墙边走去。

她弯腰拿起瓦，把三块瓦摞在一起，走到檐下，身体一弓一纵，就跃过屋檐。她一手掀起上沿的压瓦，一手把三块瓦插了进去，身体像一只猫一样，轻巧地落到地上。

众人一看，纷纷拍手叫喊："好！厉害！佘姑厉害！嫂子厉害！"

黄继榆的轻功大家是有目共睹的，一丈多高的船桅，他不止一次地蹿上蹿下。但那是借助了外力的，而天井下空无一物，无法借力，纵上一丈多高，全凭实打实的功夫。佘姑是插瓦，要用双手，这就需要跃得更高才做得到，外行人都看得出来。

堂屋里更加兴奋热闹了，酒兴又进入了一个新的高潮。端菜的三牛看到这一切，端着托盘跑到秋莲的房里，向三夫人传话去了。

这三牛是黄继榆母亲的娘家侄儿，父母去世得早，他从小就跟着姑姑来到黄继榆家里。山外的世界比山里有趣得多，他在家里见事做事，农田犁耙，各种农活，样样都会。闲来无事了，就到湖边港汊去捕鱼捞虾。他虽然不会游水，也不会钓鱼，但他却做了一个捕鱼神器，他把一截渔网织成圆筒状，筒口用竹子张开，放在港里。又用竹棍做成一个三角形的赶鱼棍，伸在水底赶鱼，他把它叫作"催命鬼"。这催命鬼一放，每回都不落空，每天家里都有新鲜鱼吃。

三牛不只是心直口快，还有些缺心眼。大年初一，姑姑怕他胡乱说话，就把他的捕鱼家计藏了起来。没想到他一早起来，就要去捕鱼，找不到他的捕鱼家计，就四处叫喊着："我的催命鬼呢？我的催命鬼呢？"吓得大家都不敢接嘴。二十多岁了，也不肯回山里去。黄继榆说男大当婚，想帮他娶一房媳妇，可他死活都不答应，说表兄如果嫌弃他，他每天就少吃一顿饭，就是不愿意娶亲成家。黄继榆纳闷了，请了中医给他把了脉。医生说，他以后就是这个样子了。可能是遗传，也可能是在冷水里泡多了，他不把自己当男人，他也做不成男人了。

此刻，三牛像个女人一样，低声敛气地向表嫂说了堂前的事，说新表嫂的不是。一个女人怎么能和男人抢风头呢？按说，房门都不该出。堂客，堂客，到了堂屋就是客了，还和男人一起喝酒，一点都不知道避嫌。

秋莲坐在床上，抱着女儿听着，不住地点头。直到灶房在喊三牛端菜，他才拿着托盘跑出去。

秋莲本来是个压房夫人，都怪自己那些年没生育，上面又有两位姐姐，该受的恩宠也没受到。没想到自己生下一儿一女后，刚刚可以抬头了，黄继榆却又从外面带了个四房回来，让自己刚刚得到的宠爱又失去了，心里自然是有一团火。但是一想到人家正在新婚头上，正是情浓似火的时候，就隐忍着不发作。纵使佘姑有什么不是，也不言语。

第三十七章　荷花命丧丈夫棍下

外面战火不断，上巢湖偏安一隅，没有遭殃，但是不能外出。船开不出去，人也不敢走远路，大家就在家里种地、打鱼、摆渡，平静地渡过了两次鸦片战争。

一天，码头的董茂枣来上巢湖了。身材魁梧的他一见黄继榆，老远就弓下身子，向他道喜："一祝黄兄，华厦落成；二祝黄兄，喜得皇恩；三祝黄兄，得遇红颜。人生有此三喜，足矣！"董茂枣不请自来，一见面就是一通客套恭维。

"董兄谬赞了，做屋是人多屋小，迫不得已。其他都是机缘巧合。你知道，我是个无欲之人，不值得庆贺。"

"上巢湖驰骋江湖，双铜到处，红黑两道，无人问津，羡煞我码头人了。"董茂枣所指的，是黄沙码头的船和上巢湖的船停靠在一起，码头的船都遭强盗抢了，上巢湖的船却无人敢动。黄继榆谦虚地说道：

"都是江湖朋友承让，更是让人心存愧疚。"

"哎呀！你我两庄，虽是近邻，却有天壤之别，茂枣很是仰慕啊。弟子们听了刘坤之言，个个敬慕大侠威名，渴望一睹尊容。怎么样，得空移驾去我家做做客，也抚慰一下弟子们？"

"董兄，你是知道的，我是不传徒，不图名的。我教刘坤老表的兄弟是什么功夫，别人不知，难道董兄你还不清楚？你要我到你那里去，不是为难我吗？"

黄继榆教给九江弟子的那些功夫，都是一些常用的护体功。他不带徒弟，连儿子都不教，这是众人皆知的。可他越是这样，越让人感到他的神秘和高深莫测。董茂枣的邀请被拒，也无话可说。

就在这时，佘姑带着荷花回来了。荷花脸色红润，腰扎布带，一副蓬勃的样子。

董茂枣问："这二位是……"

"这是贱内佘氏，这是小女荷花。"

"哎呀，幸会，幸会二位巾帼。想必是练功回来了？"

黄继榆说："不是，他们在老屋下玩耍。"

自从插瓦事件之后，屋里的兄弟就来请佘姑，希望她带几个孩子学习武艺，也好有个防身之技。黄继榆不说行，也不说不行，让找佘姑去。反正都是亲房的子弟，又是在屋内练习，就说随佘姑的意思。没想到佘姑一口应承了下来。她也不让人叫她师父，只让大家叫她佘姑。孩子们不敢，都依辈分喊她佘婆。

荷花整天黏着佘姑，大妈王夫人见佘夫人喜欢她，便不去管束她。生母马氏老实，什么事都看王夫人的脸色，见王夫人不阻止，便也缄口不言。乐得荷花像只初春的蝴蝶，跟着佘姑，老屋下新屋下的满处飞。

董茂枣早已听说佘夫人一身好功夫，轻功更胜过黄继榆。两个女人的装束，他岂能不懂？听了黄继榆的解释，也不深问，假装相信。

荷花已经出落成一个大姑娘了。几个月前，蛮子娘和青山来送秋莲女儿满月礼的时候，就笑眯眯地对荷花说，帮她在山里找个好人家。荷花却嘟着嘴说，我才不嫁到山里去呢，山里水都没有，没有鱼吃。

黄继榆也觉得女儿长大了，要是母亲在世，恐怕早就托人说媒了。大女儿在这个年纪，已经生孩子了。他暗暗地想，该给女儿找个婆家了。夜里他睡到王夫人房里，跟大夫人商量。

王夫人知道荷花不愿意嫁到山里去。她跟她父亲一样喜欢吃鱼，一顿没有鱼、没有鱼汤就吃不下饭。心想要嫁到有湖的人家去，近处只有湖西合适，但是上巢湖和湖西却是不通婚的。

上巢湖和湖西不通婚，已经有很多年历史了，那是发生在二十七世祖仁智公身上的事。女儿出嫁湖西张湾王姓，因为张湾田地少，仁智公就把年产三百担的良田做了陪嫁。女儿却说，湖西没有鱼吃，仁智公又将自己名下的湖面给了她三分之一。临上轿时姑娘还是哭闹，说没有渡口过渡，仁智公又答应把鲤鱼山的渡口每月给她八天，她这才答应出嫁。临上轿前，女儿竟暗自将黄龙洲的地契带走了。若干年后，王家的后人拿出这份地契来上巢湖讨要黄龙洲，并为此打起了官司，导致两姓不和，互不通婚。

上巢湖和湖西的宿怨未解，黄继榆宁可再养女儿几年，也不去开这个先河。

没过几天，有媒人上门来提亲了。来人是瑞昌夏畈三眼桥陈家的。那年轻人身体健壮，面相丰满。荷花从廊道向堂屋偷看了一眼，便满脸通红地跑了。

马氏问女儿可看清楚了，荷花点点头。问她中意不？荷花点点头。马氏心想这下好了，一块石头总算是落地了。

黄继榆在邨上盖了新房，秋莲为他生了一儿一女，他又新娶了佘姑娘，可谓是喜事不断。加上女儿荷花的婚事，更是让他有锦上添花之感。

陈家家境殷实，女婿又读书又习武，长相更是一表人才，这让他十分满意。荷花出嫁那天，他除了在他的家里摆满了酒席，还摆到继洵的家里去了。远近来客一边惊艳他的新家，一边观赏堂上的两副金匾，一边赞叹新郎的貌才。

在黄继榆高兴的时候，另一个人比他更高兴。这个人就是董茂枣。

黄继榆的新婚习武，他的师父正是董茂枣的弟子，这是黄继榆没料到的。也许是急于嫁女儿的缘故，黄继榆没有打探女婿太多的底细。黄继榆拒绝了董茂枣的邀请，董茂枣就更不奢望黄继榆会到码头去交流武学了。当他看到了荷花，知道她尚未出阁时，灵机一动，有了想法，他想把荷花娶到瑞昌去。回家之后，他就四处为荷花物色未婚夫，还必须在他的徒子徒孙中物色。终于，他如愿以偿了。

黄继榆的武功高，这是众人皆知的。董茂枣想学习黄继榆的功夫，想了解黄继榆的拳法，他也知道有很多人想去偷学黄继榆的功夫，却从来没有人如愿。黄继榆要不在自己的家里打拳，要不就是天不亮跑到野外去练，也没有一个固定的地方。有人曾在他打过拳的地方，看到地上的土像被犁耙犁过一样，可想而知他的下盘功夫有多深，功力有多强。随着他在江湖上声名鹊起，他的威名越传越远，功夫越传越神。现如今江湖上只要是看到双铜的标志，土匪强盗都不敢招惹。越是这样，就越想学他的武功。你黄继榆不教，但是你女儿总要嫁人吧？只要你的功夫传给了你的女儿，就有办法套出你的功夫来。

荷花刚一进陈家，丈夫就迫不及待地找荷花讨教功夫。

荷花跟着余姑学了不少的拳法。出嫁前，父亲又亲自指点了女儿，教给她一些绝技，并一再叮嘱女儿，武功只能用来强身健体，不能伤人，也不能传给外人，否则就是害人害己，还会连累娘家人。

荷花很听父亲的话，从她记事时起，就看到别人对父亲的尊重。她从小就崇拜父亲，知道父亲都是为她好。嫁到陈家，她就只想做一个好媳妇、好母亲。丈夫向她提出学武，她当然不会答应。她先是敷衍丈夫说自己不会，说父亲的功夫从不传人，包括儿女。但是丈夫说，有人亲眼看过她练武，她这才知道是怎么回事了，她仿佛明白了这场婚事的目的。这让她很难受，内心对丈夫也产生了鄙视。

丈夫一计不成，又生一计。凡是有功夫的人，在被人突然袭击的时候，都会下意识地出手还击。他就在荷花不备的时候，冷不防地对她出手，要不就是一掌，要不就是一拳，逼她亮出招式。荷花最初在遭到偷袭后也是本能地格挡、还击，但当她看到丈夫在一旁模仿她的动作招式时，立马明白了丈夫的意图。荷花先是把丈夫的行为告诉公婆，想让他们阻止丈夫的劣行。可是婆婆却向着儿子，她说，你嫁到陈家来了，生是陈家的人，死是陈家的鬼，你的一切都是陈家的，你还有什么可披披藏藏的？挨打？挨打你活该！

荷花只有依靠自己了，在丈夫再度出手的时候，她就给丈夫一点教训，让丈夫吃一点苦头。尽管丈夫学了九年功夫，但在荷花面前却占不了半点便宜，甚至被荷花耻笑他的招式像是狗伸懒腰。直到她怀孕生子，丈夫才停止了对她的紧逼。

江湖英雄黄继榆的女儿嫁到了陈家，瑞昌无人不知，丈夫的师兄弟们，翘首期盼他带来黄继榆的拳法。他自己也曾自信满满地向兄弟们保证，让兄弟们等他的好消息。没想到过去了这么久，竟然没有学到一招一式。兄弟们不耐烦了，抱怨和挖苦便潮水一般地向他涌来，让他万分羞愧。一个大男人，连自己老婆都管不了，在外面还有什么脸面？他就把怒气发泄到荷花身上。

深夜回家，他趁荷花双手开门之际，一脚向荷花踢去，不想他不仅没有踢到荷花，自己的脚踝骨反而一阵生痛。荷花气愤地训斥他，不要使什么阴招了，他这些招式根本就没有用。这话既贬低了丈夫，也侮辱了他的师父，让丈夫又羞又恼。

丈夫的师父听说后，也是心有不服，便寻一个机会来会荷花。荷花听说丈夫的师父要来，安顿好了孩子后，就坐在晒场的石碾上，一边绣花一边等他。荷花跟着余姑除了学会了武术，也学会了绣花，她绣的花鸟栩栩如生，活灵活现。她也特别爱绣花，一闲下来，就拿出她的绣花箦绷子。

丈夫的师父老远就看见荷花坐在石碾上，不等她下地，便用言语来激她。荷花知道，丈夫是在他的怂恿下为难自己的，也知道他是欺负自己在石碾上，手脚施展不开，于是她有意要教训他。

荷花说:"我就在这石磙上,你有什么招式,就出什么招式,你想怎么来,就怎么来。"师父一听,也不回话,飞身一脚就向荷花踹了过去。荷花从石磙上凌空躲过,顺势一脚踢向师父,将他踢出晒场之外,让他在众人面前出了一个大洋相。

丈夫的师父知道,自己无论是硬功还是轻功,都不是荷花的对手。师徒几人便又商议,说只有趁她两手不空的时候下手,才可能取胜。

第二天巳时,荷花正抱着儿子,在天井前撒尿。丈夫见状,从门后拿起一根顶门杠,向荷花的后腰扫去。荷花双手抱儿,顾及孩子的安危,被丈夫打了个正着。

荷花放下孩子,喘着粗气对丈夫说:

"你又听别人挑唆,我要不是怕对不住天地日月,对不住生养的父母,对不住孩子,我现在就要了你的性命!"

丈夫看到荷花的下身都湿透了,知道自己闯了祸,赶忙来扶荷花。

荷花拿条布带缠在腰上,吃力地对丈夫说:"你拎个马桶给我坐下,快到我家里去,给我爷娘报信。"

丈夫依照荷花的吩咐,骑马赶到了上巢湖,对岳父说了荷花被他打伤的经过。

黄继榆问:"你是哪个时辰打的?用了几分力气?"

女婿结结巴巴地说:"巳时打的,用了七分力气。"

"你说你只用了七分力气,你起码用了八九分力气,以你的力道,又是这个时辰,这人,我救不了了⋯⋯"

一听人没救了,荷花就要死了,女婿吓得瞪大了双眼。

黄继榆用手抹了一下光亮的额头,声音沙哑地说:"你⋯⋯你回去,回去办棺材吧。"

"什么?你把荷花打坏了?"一旁的继洵听了,扑了过来,抬手就要打他。

黄继榆连忙伸出右手,挡住了他。他的手碰到了继洵插在腰带上的烟袋了,就顺手抽了出来。

继洵在黄继榆的身后叫骂着:"姓陈的,你个王八蛋,你个狗东西，你是说你学了几天功夫是吧？告诉你，咱这里只要是个人，就能要得了你的狗命！"

黄继榆挡在继洵面前，一言不发。他把烟袋锅探到烟丝袋里，挖了一锅烟丝，却不知道抽出来。他不停地搅动烟袋杆，烟袋杆像是一把烫手的火钳，烫得他的手不停地抖动着。看着眼前这个不知所措的男人，他仿佛看到了嗷嗷待哺的外孙，看到了又一个破碎的家庭。黄继榆的喉结动了一下，又动了一下，他艰难地咽了两口口水。他的嘴唇也在上下抖动，嘴角积着白白的唾沫，他用手在嘴角抹了一把，对继洵说了一句："让他去吧，荷花没了，你再伤了他，荷花的孩子怎么办？我再也没有女儿给他了……"

荷花没有等来父亲。她把腰带一松，人就倒了。

听说荷花被女婿害了，房头上的和驾船的兄弟们都来到黄继榆的家里，商量怎么去找陈家算账。

黄老五说："商量个什么？要他们偿命，十六岁以上的红丁，统统跟我走。到陈家见人就打，见猪就杀，见牛就牵。老子走南闯北的都没有吃过亏，在屋门口还让人欺负了不成！"

二老板说："一把火把陈家点了，烧他个家如水洗。"

黄继榆握着继洵的烟袋，默默坐在椅子上吸烟。他是不会吸烟的，烟丝的辛辣呛得他不停地咳嗽，从他嘴里一口一口喷出来的烟，掠过他的眼睛，刺激得他不停地揉眼睛。他不停地吸烟，不停地咳嗽，不停地揉眼睛。

大家吵闹过一阵后，屋里安静了，黄继榆才闷着头说了一句："什么人都不要去，让鹤群去，送他妹上山。"

夜里，余姑在床上一边替黄继榆挠背，一边说："八哥，咱俩去，翻了他的窑子？"

"唉……"黄继榆翻过身来，仰面朝天地长叹了一口气。他抓住余姑的手，放在自己的胸口上，压住，喃喃地说："江湖……害人哪！"

第三十八章　惊退访武人

荷花的死，让一家人先是悲，后是愤，最后是怨。

马夫人整天哭哭啼啼，关在房里不出来，也不吃喝。王夫人在灶房里摔盆砸钵。秋莲却毫不客气地说："千错万错，学武是第一错。女儿家的，学点什么不好？偏要跟男人一样，去学个什么武？"

佘姑听了一脸茫然，她不知道三姐在说谁，她只知道她进门时，荷花就会功夫了。

黄继榆一言不发，抱着烟袋在一旁吸烟。

自从那天吸过继洵的旱烟之后，他就叫继洵帮他买一杆旱烟袋。继洵从武穴给他带回了一杆，烟袋是老竹根做的，烟袋锅包着黄铜，烟杆上吊着一个装烟丝的小布袋，那是秋莲缝的，烟嘴是一截翡翠烟管。白色的翡翠烟嘴含在嘴里冰凉凉的，吸出来的烟却火辣辣的，堵喉咙，怎么也咽不下去。

脱了棉衣，就进入了早春，门口塘的水面上，浮出几片碧绿的小荷叶。黄继榆蹲在塘边，望着水面，一动不动。继洵见了，也走到水塘边来，他看见水面上冒出几片碧绿的荷叶，就问继榆："你种的？"

黄继榆没有吱声，他的烟袋锅里已经没有火了，继洵的到来惊动了他，他连吸了两口，也没有吸出烟来。就把烟袋从嘴里拔了出来，在鞋底上梆梆地敲了两下，一坨黑乎乎的烟屎便滚了出来。他含着烟嘴吹了吹烟袋，烟袋里发出哔哔的响声。他把烟袋锅伸进烟丝袋里，扭动烟杆装了一锅烟丝，把夹在手指下的火绳送到嘴边，鼓起腮帮子，呼地吹了一口。火绳亮了一下，他用火绳抵着烟袋锅吸了两口，一股青烟从他的嘴里喷了出来，烟围着他的额头萦绕，上升。

继洵看他还是没有学会吸烟，那么好的烟都被他喷了出去，替他感到可惜。他想再去教他，见他拉长着脸，就没有说话。蹲在他的身旁，把烟袋头含在嘴里，猛力地吸一口，烟袋锅里的烟丝便红红地亮了起来。他把烟吸到了嘴里,立起舌尖,深吸到喉咙,让烟经过他的舌尖,嘴里却发出咝咝的声音。等烟都吸进了喉管,他才抿着嘴唇,"咕噜"一声吞下去。他闭着嘴深吸了一口气,慢慢地从他的鼻孔里喷出两股淡淡的白气来。

就在他们两个人默默吸烟的时候,一个三十多岁的汉子向他们走来。那人肩挎包袱,胸脯高挺,一副风尘仆仆的样子,一看就知道是个走远路的。

一走近他们两人,那汉子就向他们打听黄继榆。

继洵问他:"你找黄继榆有事?"

那人说:"听说他是八百里长江第一拳师,想会一会他,以武会友嘛。"说到这里,那人自信地笑了笑。

黄继榆站了起来,把烟袋从嘴里拔了出来,说:"会了他又怎么样呢?"

"以武会友啊!我师父说了,要会友,就会有名气的,这样才能学艺扬名。"

"学艺是假,扬名是真的吧?有了名气又怎么样呢?能保得了几天?世界上从来只有第七,没有第一的。"

"怎么会没有第一呢?赢了不就是第一了吗?"

"第一的人在哪?在那里!"黄继榆把手上的烟袋往山上一挥,往他师父的衣冠冢一指。

那人顺着他的手势往山上望去,却什么都没看见。就问:"第一的人在哪里?"

"在土里。"黄继榆没好气地说。

"怎么会……在土里?"

黄继榆没回答他,转头对他说:"你现在比我高吧?"

"比你高,比你俩都高。"那人得意地说。

"那你现在再看看呢?"

那人再看黄继榆,一转头的工夫,原本比他矮了半个头的黄继榆,竟比他高出了半个头。再一看他的脚下,他那一尺多长的烟袋,不知什么时候被他踩在地下,他竟然单腿站在烟袋上,细小的烟袋杆,犹如钉在地上的一根木桩,稳稳地驮着他的身体，不摇不晃。

他哪里见过这样的功夫，恐怕他的师父也未曾见过。知道遇上高人了，赶忙弓身作揖：

"是我有眼不识泰山，有眼不识泰山。"

黄继榆又站回了地上，一边用手擦着烟袋一边说道："刚才你比我高，现在，我比你高。你说，还有永久的第一吗？"

"没有，没有。"

"你家里一定有父母子女，你学了点功夫，能强身壮体，不受人欺负就可以了，何必非要找人比个高低？岂不知刀枪无眼，拳脚无情？万一有个好歹，你家里的老人孩子谁来替你照顾？要那个虚名干什么？就算你得了个第一，又保得了几年？长江后浪推前浪，又有人来找你比，比过来比过去，要伤多少人？是伤了你还是伤了别人，谁说得清楚？好比现在，你敢说你赢得了我吗？"

"赢不了，赢不了。我这就回去。"壮年嘴里唯唯诺诺地回答，脚步在往后退缩。

自从荷花死后，黄继榆的脾气就大了不少。他意识到了自己的粗暴，立即又好声好气地说："还是在家好好过日子实在呀。我就是黄继榆，要不到我家吃了饭再走？"

"不去了，不去了。多谢前辈教诲，我还是早点回去吧，父母在家望着呢，早一点到家，他们就少一刻的担忧。"

"这就对了，记住，世上只有第七，没有第一。"

第三十九章　智斗群妇

大房王氏是在荷花死后的第二年走的，得的是离奇古怪的头痛病，没一会儿人就没了。二房马氏老实，家就让三房秋莲当了。

外面的战火愈演愈烈，英国人的军舰都开到镇江了，美国和法国也要动手，家里的民船更是不敢出门，在门口停了一大排。驾船的人无事可做，要么就摆渡过河，要么就做点农活，还有人整天抹牌赌博。

黄继榆想到很久没有去看果然师父了，最近心里有些堵，就想去普济寺走一趟。

果然师父不再像从前一样对黄继榆说教了。黄继榆的行事作为，正是他所期望的。荷花的惨死，黄继榆没有像乡人一样打上门去，也没有逼迫陈府道歉赔偿，只让大儿子鹤群代表家人去送了丧。

果然没有再提荷花的事，他只和黄继榆探讨当下的时局。他不愧是做过县令的，针对当前的局势，他做出了分析，认为外敌入侵之时，可能会爆发内乱。

"内乱？还有内乱？"黄继榆感到很意外，也很恐慌，这样一来生意不是更难做了？老百姓靠什么生存？

果然说，各地的反清组织，一直都没有肃清。白莲教残部尚有余威，反清复明的势力，仍在活动。从前全凭清兵的弹压才有所收敛，如果朝廷分兵御外，这些势力必将反弹。

"上巢湖这么多民船，该怎么办啊？"

"水满则溢，月满则亏，所以万事都不可至极。"

果然师父的话又让黄继榆长了见识。任何事情都不能只想到好的一面，也要想到有不利的时候，因此不能做到极致。好在这些人的船本基本上都赚回来了，要是负债造船，现在停船在家，那将是何等的压力？黄继榆想，既然不能出门赚钱，那就保护好船产，等待天下太平了再出去赚钱。他还没有把自己的想法说出来，就被山下的争吵声给吸引了。

二人走出寺外，只见山下的湖边，有两拨人在争吵对峙。看得出双方互不让步，大有一触即发的势头。黄继榆知道，肯定有上巢湖的人。他连忙对果然师父说，下去看一下。

果然师父说："你去，我就不去了。记住，要息事宁人。"

在湖边，上巢人和黄沙人为打湖草吵得正凶。

湖水退去后，肥沃的湖滩就长满了湖草，这湖草鲜嫩，是牛羊的好饲料，也是水田里上好的肥料。西南岸是上巢湖的土地，湖草一直归上巢人打。可是今天黄沙来了一群妇女，要打这里的湖草，理由是这湖是大家的，湖草当然也是大家的，你打得我就打得。

黄继榆看出了一种苗头，觉得这事绝对不是打点湖草这么简单。大事件总是由小事件引发，湖草虽然小，却有可能是蚕食的开始。湖草既然能打，草地下的土地，土地后的山场，就会接踵而来，一个大的争端就会爆发。这和荷花的被害不同，一个是个人私怨，一个是土地主权。

这是明显的挑衅。黄沙人让妇女们来打湖草，打湖草是件小事，妇女又是弱者，上巢人总不能和女人一般见识，更不会去打妇女吧？有了这样的动机和想法，一个要执意打，一个偏偏不让，几十张嘴就在湖边吵开了。

黄继榆走近人群，只听见一个为首的女人说："你说这湖草是你的，你叫得应吗？你叫应了，我们就不打了。"

这种吵架总是毫无章法可言的，找一个说不清的歪理，然后比谁的嗓门大，比谁的言语快，其实，比的还是背后的实力。

黄继榆决定要处理好这件事，既不能让别人的阴谋得逞，又不能留下欺负女人的恶名，授人以柄。荷花的屈死是陈家的过错，他没有去兴师问罪，人人知道是他大度。但这种事一定不能让步，如果退了步，会为后续的争端，埋下祸根。

黄继榆今天穿了一件灰色的长袍，腰上仍然扎着他从不离身的腰带。他想要上前插话，但双方的吵闹声，就像是一堵高墙，让人水泼不进。他只得站立在一旁，静静观看。

上巢湖的女人在山下翻红薯藤，看到有人来打湖草，便赶来制止。黄沙庄的女人却是有备而来，老早占据了有利的位置，手上拿着镰刀扁担，似乎占了上风。领头的女人看见黄继榆穿着讲究，站在一旁久不说话，以为他是路过的，便揶揄他说："过路的，还不快点走，当心溅你一身泥。"

黄继榆终于有了说话的机会，忙说："你要是溅不到我身上来呢？"

"我要溅你一身泥，还有什么溅不到的？快点走，当心回家跪搓衣板，哈哈哈！"女人就是这样，人一多，反倒逗弄起男人来。

黄继榆灵机一动："那咱们就打个赌，要是你溅不到我身上来，你就不打湖草了，怎么样？"

"要是溅到你身上了呢？"

"湖草你尽管打。"

"好！好！你说话算得了数的不？"女人们以为胜券在握。

这边的人异口同声地说："算得了数！他说话算得了数！"

"那好，咱们说话算数，不能反悔。"转而又说，"咱们可不是一个人。"女人的机智一点都不亚于男人。

黄继榆说："三个四个都可以，只要你们站得下。我不躲也不跑，就用这条腰带隔挡。只要我身上没有泥水渍，就算我赢了。"

女人们信心满满地说：

"行行行，只要你不跑，随你用什么。"

说罢，四个女人站成一排。镰刀是没有用的，就拿着扁担锄头，在水滩边站好，让黄继榆靠近跟前。

黄继榆双手握着腰带，在女人指定的地方站定。领头的女人说了一声开始，四个人便一齐动手，拿锄头的从水凼里往黄继榆这边磕，拿扁担地向他身上拍。立时，污水四溅，大部分向黄继榆身上溅去。

黄继榆就像闹着玩似的，双手晃动腰带，一时左，一时右，一时上，一时下。妇女们一边用农具拍打湖水，一边嘻嘻哈哈地大笑，似乎占尽了便宜。渐渐的，黄继榆的腰带变了颜色，妇女们也累了，心想该差不多了，领头的一喊好了，大家就停了下来。

黄继榆双手拎着腰带走到岸边，让妇女们验看。

早已笑得身体发软的妇女们，快活地跟了上去，大家准备来看黄继榆的笑话。可是令他们意想不到的是，黄继榆的衣服上竟然没有水渍。按说这灰色的衣服沾水是很明显的，可是翻来覆去地找，就是没有找到一滴水渍。相反，她们自己的脸上身上满是污水，这让她们吃惊不小。几个人面面相觑，不知道是怎么回事。明明看见污水飞到他身上去了，可在他的身上，竟然找不到一点。

黄继榆仍然张开双臂不停地转圈，嘴里不住地问道："有吗？这边有吗？"

女人们看着他干净的衣服，不停地摇头："没有，没有。"

"怪事，真的一滴都没有，怪事了。"

"那怎么办？认输不？"黄继榆笑着问她们。

"认输，认输。"

"这个人真厉害，怕是有什么鬼哟？"

"哪里有什么鬼？都到他的腰带上去了。你没看到，他的腰带都是湿的？"

"这个人真怪，他这不是帮了上巢湖的忙吗？"

"莫不是上巢湖的人？莫不是黄继榆哟？"

她们在议论，上巢湖的妇女们听到了，一齐哄笑起来。这群女人才恍然大悟："怪不得呢，他是黄继榆。"

"是黄继榆？那咱们输了也不冤枉。回去算了，回去算了，这怪不得咱们。"

第四十章　佘姑显技退敌

相对于国家大事，上巢湖和黄沙庄的争端实在是不算什么。局势正如果然师父说的那样，各地的乱象纷纷出现了。

虎门销烟不仅让英国军舰封锁了南海，英军还把军舰开到了天津港，一副要登陆天津攻打北京的样子。道光帝吓坏了，赶忙向英军求和，和英国人签订了《南京条约》，允许鸦片进入中国，并降低鸦片的关税。力主禁烟的林则徐做了替死鬼，被革职发配到了新疆。随后，法国和美国也趁机勒索，像英国一样，向中国提出了降低进口关税的要求。道光怕挨打，只得一一应许。

轰轰烈烈的禁烟运动，不仅没有阻止鸦片对国人的毒害，反而向西方列强敌开了更大的门户。英国人在印度种植鸦片，就在船上稍做加工后运到中国，在中国换取大量的白银，再一船一船地送回国内。

从道光二十年开始的鸦片战争，把中国拖向了一个更深的泥潭。清政府的国库被掏空，老百姓受到了极大的伤害。政府为了弥补国家的支出，只得提高捐税。如此一来，百姓民不聊生，各地纷纷爆发了农民起义。

在广西青田，有一个叫洪秀全的生员，由于屡考不中，便对清廷的科举制度产生不满。加上他又得了一本《劝世良言》，信奉了基督教，于是在道光二十三年，约上几个志同道合的兄弟，创立了"拜天地会"，开始在全国各地联络反清势力，准备造反。

一天，黄继榆的大师兄于江突然来到了上巢。

当年师父回云南起事的时候，带走了众徒弟，唯独把于江留在临安。当得知师父起事失败后，于江痛不欲生，他立誓要为师父报仇，便效仿师父，广收门徒，暗中蓄势。当洪秀全派人联络到他，要他一同推翻朝廷的时候，双方一拍即合，认为替师父报仇的时机到了。为了扩大自己的势力，他又联络了二龙寨及沿海的各路兄弟，共同参加太平军。二龙寨二蚌壳已经去世，由大游虾当家了。于江又想到了师哥黄继榆，这才来千里相邀。

黄继榆在痛失荷花的几年之后，又失去了马氏，佘姑还未怀上孩子。儿子鹤群已经成家，鹭群也渐渐长大。黄继榆每天在家伴妇教子，安静度日。闲来就去普济寺听听经，给附近的乡民看看病，帮三牛种种地，对亭群的文武做些指导。家务事全由秋莲打理，遇上有人上门比武，一概避而不见，任由佘姑去搪塞，自己图个悠闲自在。

面对师兄的邀约，黄继榆当然不会答应，但也不好直言拒绝。他向师兄说了师父不让他归附朝廷，不入流江湖的嘱咐。

"师哥，你就忍心置师父的大仇不报吗？"黄继榆比于江年长不少，于江尊他为师哥。

"师兄，江湖上风浪不平，变化多端。今天这里造反，明日那边起事，冲来杀去，难成气候。况且我已年过五十，四十七岁再添幼子，我若离去，一家十几口托付给谁？"

当年师父远赴云南，没带黄继榆同行，于江是清楚的。师父暗中授艺，又提前让他出师，这都是师父对他的钟爱。师父举事之前还专程来到上巢，传授他武艺，证明师父另有打算。师哥的武学天赋和武学境界，已是出神入化了，他是非常希望师哥能参加太平军，助他一臂之力的。但师哥执意不从，于江也不好勉强。

黄昏时分，师兄弟二人带了冥纸香火，来到师父的坟前烧香跪拜。于江在坟前喃喃有词，祈求师父保佑他早日剿灭清妖，为师父报仇雪恨。

第二天一早，于江辞行要走，黄继榆早让秋莲备好了干粮和银两，他把包袱放在于江手上："师兄，我虽不能前往，但心随兄去。往后若有用我之处，师兄尽管吩咐，只求隐蔽，不必张扬。"

于江当然知晓其意，师哥并不像自己一样了无牵挂，况且他的堂上还挂着皇帝的御匾呢。二人四手相握，暗自会意。继榆又说："遇上大游虾兄弟，代我问候致谢！"

于江笑着说："何须代劳，兄弟相会，指日可待！"说完，拱手辞别而去。

没过几日，师弟八百来富池办差，又来看望黄继榆。

师弟叮嘱师兄说："当下各处战事不断，朝廷已是自顾不暇，师兄要小心提防，自我保护才是。"

佘姑说："战事与我们何干？"

"师嫂有所不知，内患未除，外乱又起，各地流匪借机四出，应早做防备。"

"流匪？我打不死他！"佘姑不屑地说道。

黄继榆说："乱世之秋，咱不要惹事。小股流匪，我上巢庄人多，组团把哨自卫，应该不难，就怕大股流匪。"

"师兄，能防则防，不能防则避，好汉不吃眼前亏。"

佘姑又插口说："避什么避？躲过初一，躲不过十五，开打就是了！"

黄继榆打趣她说："你呀，就知道打。"

三个人一齐笑了起来。

八百走后没几天，一艘船停靠在了江边，从船上走下五个人来。继洵和继榆看到了，也不知是下来买菜补给的，还是来找黄继榆访武的。二人和佘姑商议，管他是什么人，不见为好。留下佘姑应对，几个男人钻进屋后的毛竹林。

船上的来人走过了继洵的门口，径直踏入黄继榆的大门。

这群人一进门，只见堂上站着一位妇人，头上搭着一条头巾，手里端着一只簸箕，正对着天井在簸米。看见有人进门，这位妇人忽然蛾眉紧蹙，疾言厉色地喝道：

"哪来这么多毛虫？簸都簸不掉！"说完，愤怒地把簸箕向堂下抛去。

簸箕打着旋转，沿着墙边绕着天井划了一道弧线，直落到堂下来人的脚下。几个人吓了一跳，只见米粒仿佛被粘在簸箕上一样，一粒都没有洒出去，几只红头米虫还在米中蠕动。再一看堂上的妇人，正怒目圆睁地盯着他们，一副冷峻的面孔不怒自威。几个人吓得往后退去，掉头就逃出大门。

当佘姑嘻嘻哈哈地说给回家的男人听时，黄继榆的心里还是一沉。心想，小股江盗土匪好对付，如果是大队人马呢？老屋下的老人小孩又多，要是进了大队土匪，怎么躲避得及？看来，还是要早做防备。

当天夜晚，他就找来二老板和黄老五，商量组建民团的意见，再向族长提议。

黄老五说："那还不好说？就把十六岁以上五十岁以下的红丁组织起来，日夜巡哨就是了。"

二老板说:"用什么兵器呢?"

"各用各的拿手家伙呗。"

黄继榆却不赞同黄老五的意见:

"各用各的虽是顺手,但显得参差不齐,站在一起也不好看。"

"算了吧,你就别说什么好不好看了,你怕伤人性命是真的。"黄老五一语中的地说。

"是啊,要是见了谁就拿个大刀片子比画,不怕出事吗?特别是那些年轻人,管不住自己怎么办?还是用棍子好,既能防卫,还不会置人于死地。"

"那就用棍子呗。"

"对,用棍子,还要一色的。这个就由我来操办。老二你就带队操练,安排人在高处布哨瞭望,见到歹人来了,就敲铜锣,铜锣一响,大家就往禁林里躲。"这些事让二老板去办,黄继榆是放心的。

"老五呢,你就挑些精壮灵活的人,躲难时帮助照顾老人小孩,战时就要一马当先了。"

"这些好说。那些后生敢不听我的话?怕我的栗子壳不?"

第二天,黄继榆就让亭群和三牛去一趟山里。刘家堡林深树多,叫刘青山置备一百根栗树棍,是容易的。二老板登记青壮年名单,让大家在这个时期不要外出了,早晚练习棍术。

没过多久,身为武庠生的亭群被召往兴国。州府也在组建团练,防备外侵。一时间,官府民间,都在紧张地备战。

亭群来向八叔辞行。黄继榆叮嘱亭群:"步月啊,在外面做事,要沉着,不可冒进,遇事要多动脑子,这才是做大事的人。"

步月是亭群的字。自从黄州打人事之后,他变得成熟多了。听着八叔的话,亭群只是点头。

公元一八五一年,道光皇帝旻宁驾崩,奕詝即位,年号咸丰。洪秀全在青田公开拉起队伍,号称太平军。谁也没有想到,这个拜上帝会的组织会发展得这么快。"耕者有其田"的口号确实吸引人,无数烧炭工和无田无产的农民,为了实现这一愿望,父与子，夫和妻，有的甚至是举家参加了太平军。一时间，太平军迅速壮大，有如风火之势。

咸丰二年冬，太平军由湖南进入湖北，攻克了武昌城，逼得湖北巡抚常大淳举家殉国。咸丰三年正月，太平军又放弃了武昌，沿着长江水陆并行而下。临近富池口时，守漕仓的塘兵闻风而逃，漕粮被太平军焚烧一尽。二月十八日占领了九江；二十四日占领安庆；三月十九日占领南京；二十九日，洪秀全入主南京，成立太平天国，改南京为天京，定天京为太平天国京都。

阳新县《兴国州志》[*]有记载：

"咸丰二年冬，广西伪太平王洪秀全由湖南窜湖北，十二月初四日，省城陷，州周人闻变，遽徙避。

三年正月。贼弃省城，水陆并下，过富池，焚漕仓。越数日，提督向荣追贼至州。

三年五月，粤匪分股由江南窜江西。八月，由江西上窜入州，大掠数日始去。初十日，荆门直隶州知州李槱驻师田家镇，渡江逐贼于半壁山，孤军追至富池，战殁。今富池地藏庙后有碑记其事。十月初二日，贼船复入州，旋退。是冬，出没城乡。"

太平军数度进出兴国州，经长江入富河，富池口是必经之路。富池口下的上巢湖，就不止一次地被太平军涉足。上巢湖的警戒做得好，一见有兵船到来，团丁就敲响铜锣，大家都躲上了山，上巢湖未受损失。

有人说太平军是"天下一家，同享太平"，是不祸害百姓的，是"有田同耕，有饭同食，有衣同穿"的义军。各种传说传到人们的耳朵里，让人犹豫，也让人心动。上巢湖也有想去吃太平饭的，但是家族的族规祖训里有约法，乡人不得入匪，因此并无人加入。只有继隆在九江亮出白莲教宿官的身份，加入了太平军。因为是文官，又是当地人士，被封为九江督导。

* 源自（清）陈光亨（1797年–1877年）著《兴国州志》

这年八月的一个上午，哨岗又响起了锣声，有条大船靠在了河边，大家都往后山撤去。黄继榆一家人撤进了屋后的毛竹林里，佘姑却不肯走，她说她留下来看家。

一队士兵从船上下来，径直走进了黄继榆的家里。

在堂屋的天井前，佘姑手里拿一顶绣花的篾绷子。也许是屋内光线不好，为了接近天井的亮光，她单腿蹲在一张太师椅子的扶手上，专心地在绣布上绣花。明知有人进屋了，却像没看见一样，连眼皮都不抬一下。

士兵们从大门进了屋，绕过天井，来到上堂屋，围成两排，站在佘姑的身边，也不说话，直到最后一位长官进来。

长官一进屋，就直盯着佘姑。只见她一头浓密的黑头发梳在脑后，高高的绾髻上插着一根白玉簪子，饱满的脸上光滑红润。佘姑上身穿一件浅蓝色镶白边的斜襟大褂，下穿同色的大脚裤。裤脚也镶滚着白边，没有裹过的大脚上，穿着一双月白色的绣花鞋。此刻，她正在目不转睛地飞针走线，她握针的手指，如同刚刚剥去包衣的春笋一样白嫩。由手指往上，她的手腕如同出水的新藕，又胖又白。抽线时不断扬起手臂，带动衣衫，让她的胸脯不时地左右晃荡。

佘姑原本不白，只是她不事农活，又没经过风吹日晒，养尊处优的生活让她显得白净富态。

那长官从进门的第一眼就盯着她，只是没想到她会这样的专注，任凭一班男人贪婪地看着她。当官的似乎是忘了形，手扶腰刀一步一步地靠近她。见她还是没有反应，就把手伸向她的脸蛋。没想到他的手还没挨上，佘姑突然把头一摆，一头浓密黑发向他的脸面扫了过去，把他扫得扑面倒地，握刀的右手把腰刀带也扯断了。幸亏他双手撑地，才没被摔个狗啃屎。

突起的变故让大家吃了一惊。佘姑也站到了地上，一手拿着绣花绷子，一手捏着那支玉簪，怒目瞪视地上的军官。

士兵们谁都没有想到，静如处子的佘姑会突然出手，更没有想到她会用这样的招式。直到当官的摔倒在地上，他们都没有做出一点反应。

两个士兵赶忙上前，搀扶起长官，然后静立一旁，等待长官发话。

当官的站了起来，眼睛瞪着佘姑，抿了抿嘴，说了声："闪！"

第四十一章　太平军入兴国

回到船上，当官的噔噔噔几步爬上了二楼，向游帅报告，说他被人打了。

游帅问他，谁打的？怎么打的？

他红着脸，支支吾吾地说："不是手……也不是腿……是头发。"

"什么？头发打的？怎么打的？"

"她的头发，打在我的面门上。我没有还手。"

"没有还手，算你识相。知道你遇到的是什么人吗？"

"我不知道，我没有提防到这个女人会打人，还是这样的招式。"

"女人？不是男人吗？"一个女人的头发，竟然把他的手下打得趴倒在地，这让大游虾难以置信。

"是的，是一个女人，一个年纪不大的女人。"

"走，快带我去看看。"

"要不要带些人去？"

"带什么人？你以为是去打架呀？走，前面带路。"

一行人再次回来的时候，佘姑已经端坐在太师椅子上了。她的一只脚跷在另一条腿上，大大咧咧的像个男子汉，手上绣着花，一头又黑又长的头发披在脑后。看见有人进来，仍然是头也不抬。

游帅一进大门，先是站在前堂看了门梁上的"贰尹"牌匾，又走上几步，看了大堂上写有"小自在"三个字的牌匾，然后走到太师椅前，恭敬地问佘姑："敢问大姐，这里可是黄继榆黄大侠的府上？”

佘姑这才抬起眼睛，侧目问他：“你认识他？”

“我们是并肩子。”

“在哪里合的吾？”

“我在南边立窑，我们在二龙寨递的坎子。”

“什么万儿？”

“大游虾。”

二龙寨的大游虾！八哥不止一次地跟佘姑提过，二龙寨有恩于他，让她遇到二龙寨的人一定要厚待。家里还藏着二龙寨的寨旗呢。

佘姑听到大游虾的名字，连忙站了起来，说道：“原来是游兄弟，请稍候。”

佘姑走出侧门，对着屋后的山林打了一个长长的呼哨。

黄继榆听到呼哨，就下山回屋。刚一踏进堂屋，一眼就认出了大游虾。他一把捏住他的两只胳膊，高兴地说：“哎哟，兄弟，是你呀！你怎么来了？”

大游虾笑着说：“又见到师兄了，只是这样见面，惊扰到你了？”

“哪里，哪里，不知兄弟驾到，有失远迎！”

“岂敢！我是石帅的先行官，奉命前往富池口，途经师兄的宝地，理当拜见师兄。我在船上挂起了二龙旗，又派部下前来探寻，没想到属下有眼无珠，冒犯了嫂夫人。”说完，不好意思地看了佘姑一眼。

“不妨，不妨，你嫂子也是江湖中人。只是我没有看到二龙旗，你是怎么找到我这里的？”

“嫂子的手段，兄弟早已领教过了。黄龙洲鲤鱼寮，江湖上谁人不知，哪个不晓？得皇帝御赐金匾的黄继榆，更是鼎鼎大名，哪有找不到的道理？”

“惭愧惭愧，这些年来访武的人太多了，弄得我很是头疼，真恨不得找个清静的地方躲起来。”

“不要躲了，跟我一起走吧，太平军里有的是能人，兄弟合并一处，保你快活逍遥！"

"日前大师兄也跟我说过。你看，"他环视了一下宽大的屋子，"我这一大家子怎么走得开？"

"嗯，放不下，还是放不下呀！"大游虾有些意味地瞄了丰腴的佘姑一眼，笑呵呵地说。

黄继榆赶忙请大家落座，又让佘姑去把二龙旗拿来。他双手捧着二龙旗，激动地说：

"听说师伯他老人家已经不在了，得了他的恩惠，我却没有半点报偿，让我于心不安哪。今天我就把寨旗归还给你，以免我心中负累。"

"他去了天国，去了他该去的地方了。这旗也不用了，二龙寨的兄弟们和沿海的弟兄们悉数归了太平军，从此咱们就要创立一个太平天国，让人人平等，让大家共享太平。"

"如此甚好，如此甚好！你来兴国，为兄我还要奉劝你，队伍所到之处，不要妄开杀戒，更不要滥杀无辜。天底下最可怜的，就是老百姓了！"

"说的是，说的是，咱们洪天王一向就是这样说的，天下平民是一家。"

大游虾又劝黄继榆和嫂子一同入伙，黄继榆仍然不肯答应，大游虾终是无法。两人私下约定，太平军不得在师兄的家乡骚扰百姓，师兄也不阻拦太平军入境。

太平军在天京建都后，清军主力齐聚江南大营，与太平军对峙。清廷战线过长，兵员不足，顾此失彼。太平军兵多将广，天王洪秀全又命翼王石达开西征，西征军一路占领了赣州、都昌、九江，又准备攻占兴国、通山，向西扩大领地。

眼见大战将起，黄继榆连忙让继洵召集黄老五等人，把民船移往里湖三大沟下的余家堰。取下船帆、船桅，把桅杆藏入山中，凿穿船底，压上石头，把船沉入湖底。

没过多久，太平军水军齐聚黄龙洲下，准备攻打半壁山。水军前来征船，黄继榆对为首的说：

"转告你们主帅，上巢湖无船可征，仅有的几条船，也是老百姓用来摆渡过日子的，不便征用！"

太平军西征军派师帅于江统率两千四百人马，从九江沿陆路往兴国进发。行至枫林时，因道路尽毁，行军缓慢。是夜，驻扎在坡山旁，半夜遭当地民团放火焚烧兵营。一时间，兵营混乱，人踩马踏，乱作一团。于江大怒，知道是当地民团所为，但民团来自于民，藏身于民，难寻真凶，于是连夜商议对策。

有人提议，如果听任民团这般阻挠，一定会贻误行程。民团既然藏身于村民之中，那就杀村民，屠村庄，起到杀一儆百的作用。

继隆看到被屠戮的村庄里有姑父的村庄，其他村庄也有自己的老友故旧。想到这些人要被屠杀，心里实在不忍，便上前劝阻。他说："屠村杀戮，绝非天王所愿。义军不能因为几个歹徒作乱，而滥杀无辜，毁了太平军的名声，让世人责怒。"

于江问他有何良策。他说他对本地熟悉，由他去找保甲，保证日后民团不再骚扰太平军。

于江点头应允。

第二天一早，他来到姑父家里，与表兄弟们挑明太平军的态度，言明利害得失。

老表家兄弟多，房产田地也多，兄弟几人一合计，便去找甲长，让甲长出面和民团协议。民团都是当地民众，明知敌不过太平军，更顾惜家人性命，便答应不再阻挠，各庄才免受屠戮。

第四十二章　兄弟调和

太平军兵临兴国城南门下，兴国城内无守兵，外无强援，全八百孤身拒敌。师帅于江与全八百以江湖规矩单挑，败者不再阻挠对方。全八百最终不敌于江，太平军遂入兴国城。

太平军进城，果然没抢掠店铺惊扰州民，明明知道州府祁尔诚率领营兵及少数百姓从北门逃离，也不派兵追赶。

太平军接管了衙门，仍留用从前的衙役，监牢里作奸犯科者一律关押如旧，城里铺面照开，生意照做。

黄继榆听说太平军进了城，又听说师弟和于江比了武，心中一沉。他是清楚师弟和于江的差距的，怕他倔强起来会闹出事端，便连忙赶往兴国州。

黄继榆担心的事情并没有发生，师弟好像乐于接受这个结果，就像是师兄弟之间的一场普通比试。他这才放下心来，转身去见于江。

大街上热闹非凡，州人和义军在大街上和睦相处。义军中很多人来自江西，和兴国的语言相近。大家坦诚相待，谈笑风生，特别是那些女兵，完全没有妇孺的扭捏之态。她们所到之处，总有老人和妇人问她们是不是自愿参军的，问她们过得怎么样。这些女兵毫无拘束地大声说笑，说他们官兵一致，都是头上戴着黄头巾，身上穿着同样的军服。男人和女人都是一样的，丝毫不受歧视，让城里的姑娘媳妇们羡慕不已。

黄继榆拦住一队义军，说他要找于江。就有人就把他带到了知州府。

于江一听是黄继榆来见，高兴地迎出门外。以为师哥想通了，见面第一句话就是：

"师哥你终于来了，清妖给你虚职，我要给你实衔。"

黄继榆笑着微嗔道："师父的话不听了？"

"听，听，当然要听。"

黄继榆此番前来，是想消除他和师弟之间的芥蒂。他对于江说，想让他和自己一起去拜访一下师父。

于江说："好哇，我正想去拜访一下全老前辈呢。"

尊重前辈，是武林中人的美德。于江是走南闯北的老江湖了，当然理解师哥的另一层意思。于是二人一同走出知州府，于江还特意买了些糕点。

清军溃退，太平军入城，居民还是有些担忧的，特别是为清廷效过力的人。全彦桢已经年迈，一家老老小小，家眷众多，实在经受不起跑反之苦。太平军进城后，果真如于江所言，不杀无辜，善待州民，这让他很是满意。

于江一见到全彦桢，便向他作揖行礼。

全彦桢已经听过黄继榆的介绍了，现在又见于江这样有礼，心中很是高兴。知道他是高老五的大弟子，又是这般英俊威武，彬彬有礼，心想儿子输给了他，一点都不冤枉。要知道，高老五是江湖上的顶尖高手，能做他的大弟子，功夫肯定是非同一般。

此前，儿子把他们两人比武的经过跟他说了一遍。他沉吟着说："人家在让着你呢。因为他入了你的地界，而行谦让之礼。他一拳打在你的脚心上，是不忍心伤害你，又想让你知道他的功力，要你知难而退。此人是有上乘的武功和高尚武德的。"

见于江躬身向他行礼，他便从座椅上站起身来，单掌托住他的手肘，请他和黄继榆坐下。寒暄几句之后，八百端来茶水，四人在堂前坐定。于江率先抱拳开口："全老前辈，太平军来到兴国，多有打扰，万望见谅。天朝新政，急需人才，还望老前辈和师哥鼎力支持。"

全彦桢说道："时代更迭，不是平头百姓可以左右的。当权者是船，百姓是水，水可载舟，亦可覆舟。只要关爱百姓，定能得到百姓的拥护。"

"前辈所言极是。"

之后，二人相谈良久，宾主尽欢。

见师父一家接纳了于江，也知道步月随知州撤往武昌了，黄继榆悬着的心终于放了下来，这才安心地乘船回家。

此刻，正是富河水满之期。河水漫过河滩，显得富河异常的宽阔。两岸河草丛生，水鸟在草丛中追逐嬉戏，不时飞起落下的水禽，在水面上激起一连串水花。午后的太阳斜挂在南城头上，照得河水波光粼粼。

黄继榆站在甲板上，面对这碧波荡漾的河水，享受着这清凉的河风，感到心旷神怡。他深深地吸了一口湿润的空气，一股诗意油然而生，随即吟道：

富河百里共源流，两岸啼莺送快舟。

北虎南蛟同林啸，从兹兴国胜瀛洲。

他为两位兄弟解除了芥蒂而高兴。面对眼前的美景，仍觉兴致未尽，他抬起一只手，从前额摸到脑后，回望身后的兴国城，又默默地吟诵：

山澄水碧映城关，万壑千溪逐浪潺。

愿得源头清胜雪，和风瑞气惠人间。

第四十三章　胡林翼封衔

咸丰五年正月，太平军西路军在石达开的带领下，再度从富池口进入兴国州。清军按察使胡林翼赶来增援，在富池口阻击成功。石达开只得转由通山陆路进军，重又夺回兴国州，随后又乘胜占领了武昌城。驻扎在汉阳的两广总督官文和湖北巡抚胡林翼计划在民间筹建民团。这样，既能不让民间力量落入太平军手里，还能为自己所用。

胡林翼在兵营中挑选了各地的人才，先行培训，再派回家乡去筹建民团，让民团平时放哨巡院，筹集军饷，战时协助清军作战。

黄步月被派回兴教里，他向上巢族长和八叔传达了巡抚的意思。上巢庄原本就已经建团了，庄里又有乡规民约，组建乡丁看家护院，本来就在乡约之中，族长家人无有不应。

黄继榆早已置备了一百多条打棍，建立起了一百多人的民团队伍，日夜放哨，守村护家。胡林翼得黄步月报告，上巢已经组建在先，深感有远见。当他得知黄继榆曾得到了道光皇帝的御匾，还是两府的府尹时，就率先授其官衔。

在陈光亨编撰的《兴国州志》*里有记载：

"黄继裕(榆的误笔)，以办团功奖八品衔。"
"黄步月，字云西，办团，胡中文公奖八品衔。"

叔侄二人一时深得胡林翼赏识。胡林翼又授黄步月为抚前协理，配乘炮船，代己行走州府和各大兵营。

黄步月得巡抚赏识，一时风光无限。黄冈县教谕刘炳赞曰：

"君才卓越，君貌堂堂。君心正直，君性温良。待人宽厚，处事精详。情由活泼，气宇轩昂。幼读儒书，一卷飘香。长射执艺，百步穿杨。黉门奏捷，籍焕胶庠。抚院胡公，信任异常。衔加六品，名播四方。旋秦州主，带炮飞黄。循行江上，数载威扬……"**

咸丰六年九月，太平天国东王杨秀清和天王洪秀全发生内讧，天王急诏石达开回天京靖难。石达开从九江带走数十万主力，一时间，太平军在江南兵力空虚。胡林翼见有机可乘，便令李续宾率领鲍超和塔齐布，分水陆两路进攻兴国州。

太平军攻占兴国州后，吸取了以往兵员不足的教训，在兴国州组建3个青年营，1个女兵营，1个童子军营，共计3100人。兴国军和太平军一样，个个腰系红绸，头裹黄巾。石达开从九江派武将孙从鹤担任兴国军的总领，洪秀全的妹妹洪宣娇亲派女将帮助训练兴国女兵。咸丰六年春，武昌太平军被清兵围困，石达开命令总领孙从鹤带领九江军和兴国军驰援武昌。太平军攻下洪山城，不仅解了武昌之围，还击毙了清军按察使罗泽南。兴国州老百姓在这次战斗中为太平军送粮送弹，帮助太平军攻城，让清军伤亡3000余人。

湖广总督官文和湖北巡抚胡林翼早已是恨不能血洗兴国，

---

* 源自(清)陈光亨(1797年—1877年)著《兴国州志》

** 源自《上巢庄家谱》

二人商议，对待兴国州应：

"尽其根株，不留余孽，或可微创以敬将来。否则我兵去则举州剃发，卷旗为农，我兵退，则该州不特农工皆出为贼，即士商亦皆出为贼，以习惯成自然，如作买卖生理，诚湖北之祸胎，为天下长发贼之苗裔，东南半壁，总无承平之日者，皆兴国人坏之也。"*

在胡林翼的心里，兴国州这块毒瘤，到了非除不可的地步了。

正在胡林翼身边的黄步月，见胡林翼要对兴国屠城，吓出了一身冷汗。他星夜打马回家，率先把这个消息告诉了黄继榆。

黄继榆一听，更是吃惊不小。屠城令一旦发出，不光是兴国州城内的百姓遭殃，兴国州辖下的四十个乡里也会在劫难逃。此刻朝廷国库空虚，清军军饷拖欠已久，士兵已成饿虎，为了笼络人心，各部也会放纵属下，以鼓舞士气。按照眼下的情形，太平军势单力薄，破城已成定局，唯有阻止抚院撤回屠城令，才能保全州民性命。

怎么去阻止这场屠杀呢？黄继榆虽是"贰尹"，但在此等大事面前，自觉人微言轻，并无半点把握。于是他想到了陈光亨。

第四十四章　兴国宿官阻屠城

陈光亨在道光六年考中进士后，入朝当了奕䜣的老师，后被钦点翰林院庶吉士，任武英殿协修纂修官。道光十八年，补山东道监察御史。

陈光亨性格耿直，直言敢谏，道光十九年，他奏请禁臣僚竟

---

* 源自罗尔纲 1991 年(中华书局)《太平天国史》第四册(太平天国史卷六十四传第二十三)

认"师生"、结党营私之风。道光二十一年，巡视百城，不妄拘押，先后结案 500 余起。被称为"铁御史"。后因弹劾军机大臣穆彰阿私通英国烟商，奏折被皇上留中，对道光皇帝产生不满而告老还乡。回家之后，他一心救灾传学，在富川书院主讲，帮助清军兴办团练。在太平军占领兴国州时，被邀入曾国藩的军营，为其充当幕僚。曾国藩转战异地后，才回乡隐居。

黄继榆想，只有请他出面，利用他的声望和影响力，才能阻止胡林翼对兴国的屠戮。于是，他和步月连夜赶往漆坊下陈，向陈光亨陈述危情，共商解救之策。

陈光亨的帝师府，是咸丰皇帝奕詝特意为他修建的。奕詝知道他的老师对先帝心存不满，所以才在四十九岁时称病回乡。他深知老师的一片忠心，但老师并不理解先帝的苦衷，穆彰阿的行为是先帝暗中授意的。当时朝廷内外交困，面对列强的步步紧逼，不得不向洋人做出让步。但面对国民的激愤，他只能装出抵制的样子，暗地里却让穆彰阿放纵烟贩委曲求全。陈光亨弹劾穆彰阿私通烟商，皇帝有苦说不出，他既不能言明实情，又不能惩处穆彰阿，只得将奏折留中。

面对老师的辞官，咸丰深感愧疚。为了表达歉意，在他即位之后，他专程拨款数千大洋，按照皇室的待遇规格，为老师修建这座帝师府，以报偿老师。

陈光亨回乡后，得知蛮子的死讯，心里万分痛惜。他了解外甥的品性，知道是蛮子无理在先，死在乱棍之下，绝非一人之责，更知法不责众的道理。而黄继榆能亲自上门，舍金抚恤，并为堂姐过继子嗣，让她有所倚托。他的缜密心思和慷慨大方，远远超出一个读书人的情怀。这般品行，让他感动，更令他敬佩。当黄继榆叔侄二人星夜到来，告知胡林翼的这一决定时，陈光亨既为二人的用心所感动，更为兴国父老的命运而担忧。

陈光亨和胡林翼虽在早前有过谋面，但并无深交。这些年朝廷倚重湘军，胡林翼也正得皇宠，而自己赋闲在家，早已不是当初的国师御史了，他给不给自己面子，实在是心里没底。

黄继榆仿佛看出了陈光亨心中的顾虑，赶忙说："兴国州十几万人的性命，不能受某些人的牵连而无辜葬送。陈公曾是铁御史，一向以爱民著称，今日巡抚做此错误决定，让家乡父老命悬一线，陈公不能置之不理。虽说兴国州有兴国兵在抗清，但也有无数兴国人在为朝廷效力，有无数人在为朝廷捐粮纳饷。比如陈公你，也曾在曾帅帐前日夜操劳，为清廷效命。作为兴国的一员，难道你也要引颈受戮？"

是啊，这样一来，那该有多少人无辜受死啊？虽然有"乱世用重典"之说，但自古以来，惩治犯难者，都是究主责，宽民众，戒后人。胡林翼是个读书之人，怎能不懂？

罗泽南和胡林翼是湖南老乡，罗泽南出身贫苦，六岁入私塾，后屡试不中，就回家设馆讲学，终成一代理学大儒。后来又创办团练，湘军将领中多有他的学生，有着"湘军教父"之称。他文武双全，顾全大局，在洪山驻军一事上，按照总督官文和胡林翼的意思，是要他撤出洪山和自己驻扎在一起的，这样能确保安全。但是他认为围在武昌城的太平军已经弹尽粮绝了，驻兵洪山既能围困太平军，断太平军退路，又能隔挡大冶和兴国军的救援，从而保证全歼武昌守军，却没想到竟会命丧兴国军之手。这怎么不让清军迁怒？

胡林翼一定是被罗泽南的死气蒙了，被洪山城的败仗气蒙了，不管怎么说，一定要阻止他对兴国州的屠城。陈光亨想到这里，他让二位稍候，自己走进书房，他晓之以理，动之以情地写了两封书信。他怕说服不了胡林翼，又另写了一封给曾国藩。他把信交给黄继榆过目，黄继榆一看，大赞：

"大人妙笔，字字珠玑，句句中地，振聋发聩。这样的章句，纵是巡抚铁石心肠，也能促其醍醐灌顶，幡然醒悟。"

陈光亨唤来弟弟陈履亨，对他说道："我已得讯，胡林翼为报兴国军攻打洪山之仇，要屠戮兴国。你和鼎亨一道，火速赶往武昌府，把我的书信面呈巡抚大人，如果不纳，再转呈曾帅。一定要阻止屠城。事不宜迟，快去快回。"

陈履亨一听,知道事情紧急,便把书信塞入怀中,转身就去叫来八弟鼎亨。兄弟二人辞别兄长,骑上快马,连夜赶往武昌。

看着二人离去后,黄继榆和黄步月立刻回到上巢,步月也随即快马回武昌,准备在抚院和两位乡党会合,到时见机行事。

在巡抚衙前,陈氏兄弟依兄长之意,一人求见巡抚,一人携曾国藩书信,候于门外。胡林翼听有人来报,说兴国来人求见。此时的胡林翼听不得兴国二字,一听是兴国来人,便叫人拿下。

陈履亨一见不好,便高声喊道:"我是奉国师陈光亨之命,来给巡抚大人送信的。"

胡林翼一听到陈光亨的名字,便警觉了起来。陈光亨是当朝皇上的老师,为官期间,不畏权贵,为人正直,深受同僚的敬重。还乡之后,咸丰皇帝还特赐他"帝师府",可见皇上对他的敬重。听见来人说出陈光亨的名字,便传令带到帐前。

两个人押着陈履亨走到胡林翼跟前。胡林翼一见来人,似有几分面熟,便问道:"你是国师何人?国师有何指教?"

陈履亨赶忙回答:"我是陈光亨的弟弟陈履亨。家兄听说抚院大人要屠戮兴国,特让在下奉书前来,请大人收回成命。"

"军中大事,当由决策者谋。将在外,君令也有所不受。兴国州被长毛占据日久,听从长毛蛊惑,已成毒瘤顽疾。为国家大计,本抚才痛下决心的。军令既出,不容更改!"胡林翼似乎决心已定,毫无改变之意了。

陈履亨一听急了,他仿佛看到兴国州城门大破,一把把大刀架在老人孩子的脖子上,兴国城尸横遍野,血流成河了。他不顾一切地大声叫喊起来:"难道像我家兄这样的人也要被屠戮吗?难道像秦定三这样献身疆场的家人,也要被斩杀殆尽吗?"

秦定三是道光二年的武举人,是殿试一甲第二名的进士。在广东防剿英军时,身先士卒,亲自点燃巨炮,炸沉了英国军舰,被皇上赏戴花翎。咸丰二年,生擒太平军将领洪大全,又平定潜山、太湖、无为、巢县、安庆等各路太平军,胜绩无数。咸丰四年,升任福建陆军提督。咸丰七年,因患恶疾,卒于军中。皇上感其忠义，赐谥号"恭武"。陈光亨就更不用说了，虽说辞官在家，但他讲学富川，救济灾民，建民团，筹军饷，佐助曾帅，哪一样都是有目共睹，可圈可点。如果连这样的人都杀了，怎么向天下人交代？怎么向皇上交代？

想到这里，胡林翼这才感到自己的命令下得有些草率了。便对陈履亨说："既然如此，那就在国师和都督两家方圆十里赦免吧，其余各地照办。"

陈履亨熟知兄长的书信内容，便抢言道：

"大人错矣！家兄让我前来，岂是只为自己偷生？他是为天下苍生，为国家社稷着想啊。试问大人，长毛之中有兴国人，那清军之中有没有兴国人？大人帐下有没有兴国人？"

说到这里，站在殿旁的黄步月向前迈出一步，让自己出现在巡抚的视线里。

陈履亨接着又说："清军退去，兴国被占，百姓无法生存，从军讨饷，乃求生之本能。既然从军，军令如山，将遣兵动，谁敢不从？抚帅只能惩首恶，宽民众。兴国州从长毛者有之，其他州从长毛者也有。一旦兴国被屠，其他州岂有不知？你这不是把天下民众推向长毛？天下人一旦都归了长毛，都来与官兵作对，这不是正合长毛之心，悖了皇上之意？"

胡林翼一边听着陈履亨的辩论，一边看着殿前的黄步月。

此刻，黄步月低下头颅，默默无语。胡林翼不知道他在想些什么，但一想到清军的屠刀就要举到他父兄的头上，胡林翼的心里就一阵发虚。这些年他身为协办，可是没少为自己出力，自己刚刚加赏他为六品官衔，再把他的家人斩杀了，怎么说得过去？帐下之人怎么看待自己？

他立刻意识到这个命令下错了，要撤回，要火速撤回！这次行动由李续宾指挥，他是罗泽南的学生，他一定会为报师仇而放纵手下，痛下杀手的。想到这里，胡林翼坐不住了。

此时，两路人马已经开拔，他来不及和官文商议，从案前站了起来，大声喊道：

"撤回屠城令！时间紧迫，可越过李续宾，直接向鲍超塔齐布传令！"

传令兵立刻领命，分赴鲍超和塔布齐二部，送达命令。

看着胡林翼做完这一切，陈履亨又说："大人英明！为防万一，在下请求抚帅另修一书，由在下抄近路返回。"

胡林翼被他的真诚感动。他又写了两封手谕，一封信交给陈履亨，另一封交给黄步月，吩咐二人，一个追赶塔齐布，一个追赶鲍超。

黄步月知道传令兵走的是陆路，他便选择走水路。一来因为他水路熟悉，二来两路追赶，双重保险。富池人多以捕鱼驾船为业，万一在水上与官兵相遇，就有人无辜遭殃了。鲍超率领大队人马出行，为安全起见，都是晓行夜宿。自己乘坐的是条快船，日夜兼程，一定能在江上截住他们。

翌日清晨，一夜未停的快船已经行至蕲州了，前方仍未看到鲍超的船队，黄步月不禁焦急万分。他不时地抬头看看头顶上的帆篷，又不时地去拉拉篷帆的绳索，唯恐船帆降落减慢了速度。耳听得船外江水拍打船帮的声响，才知道脚下的快船在飞快地行驶。

已时，过了黄颡口，黄步月看到田家镇处有一队战船，船桅上挂着鲍超的"霆"字大旗。他数了数船只，不多不少，正好五艘。五艘船都在江上，他这才稍稍心安。

快船很快追上了大船，黄步月看到清兵已经手扶腰刀，列队侍立在甲板两旁，正虎视眈眈地注视着富池口，做好了随时下船扑杀的准备。

黄步月顾不上和鲍超联络，一心只想赶上头船。只要拦住了头船，就能阻止杀戮。可是，当他的快船驶入船队时，高大的官船挡住了来风，他的船速减慢了下来。眼见首船就要靠岸了，黄步月一看追赶无望，连忙拿出腰间的弓箭，搭箭在弦，向首船射去。

十几丈外首船的帆绳被射断，沉重的船舢没了牵挂，瞬间垮落下来，舢绳带得桅顶上的辘轳发出一阵刺耳的响声。船上的士兵不知出了什么事，一个个惊慌地四处观望。

黄步月一手举弓，一手高高扬起：

"巡抚有令，取消屠城！巡抚有令，取消屠城！不得滥杀无辜！"

首船的人听不清他的喊声，旁边船上的人却听得明白。这些士兵是见过他的，他经常跟着巡抚出入在大营帐前。

在一阵慌乱声中，鲍超一身披挂地出现在第三条船的甲板上，他朝黄步月喊道：

"协办有何见教？"

黄步月扬起手中的手谕，高声喊道：

"巡抚手谕，取消前令，不得屠城，不得滥杀无辜！"

后有史料*记载：

"咸丰七年十一月，道员李续宾率领鲍超塔布齐分水陆两路进攻兴国州。兴国州破，州人陈光亨力阻巡抚胡林翼屠城，百姓感其恩。"

第四十五章　二老板搭救小凤

二老板听到清军要屠戮兴国的消息后，他立马联想到了九江。九江对清军的危害更大，清军一定不会放过九江的。他担忧九江，并不是担忧九江城的百姓，他担忧的人是小凤。不知为什么，自从他见到小凤的第一面，他就无法忘记她。他知道小凤的身世，小凤就是一叶浮萍，漂到哪里，就在哪里寄居。在这个风云突变的时刻，他仿佛看到这叶浮萍，正向自己飘来。

一想到小凤，他就不淡定了，他的心就怦怦狂跳起来，他不由自主地走出上巢湖，走向九江城。他是驾船的，走在江边，他

能清楚地看到清军的兵船到了什么地方。

二老板虽然在九江待了多年，却没有机会再见到小凤。继隆好像是有意将她藏了起来，既不让小凤出门，也不让外人靠近她，包括兄弟叔侄。可是小凤的影子，一直深藏在他的心里，就像盗贼惦记着一件宝物。每当他想起小凤，想起这个娇美的身体属于别人的时候，他的心就隐隐作痛。今天，他终于痛下决心，决定抛开一切顾虑，直奔九江，直奔小凤的家。

兴国州一丢失，九江的战事就吃紧了，二老板敲开小凤家门的时候，继隆果然不在家里。多年不见，小凤仍然是那样的诱人。她发髻松散地挽在脑后，几缕散发挂在耳边，像是刚刚午睡醒来。她的脸色红润，贴身的旗袍紧紧地包裹着身体，在她的小腹上打了几道皱褶，把她身体的凹凸曲线都勾勒出来，隔着衣服就能感受到她的软玉温香。

小凤是见过二老板的，但是二老板突然一个人来到她的家里，让她感到吃惊。

二老板压抑住内心的激动，用慌张的口气对小凤说："小凤，快跑，要屠城了。"

"屠城？什么屠城？"小凤不懂得屠城的意思，这个与世隔绝的女人，丝毫不懂得战争的残酷。

二老板走近一步，告诉她即将要发生的事情："官兵已经攻下了兴国，马上就要用大炮来炸平九江城，就要杀光城里所有的人，不留一个活口，连小猫小狗都不留。"

"为什么呀？我又没招谁惹谁。"兴国被攻陷，继隆已经告诉过她了，官兵要来攻打九江，她也听说过。只是她不理解这跟她有什么关系？为什么要她的性命？

"因为九江有太平军，太平军和九江人是与官兵作对的，他们杀过官兵，现在城里的兵空了，官兵就要来夺城，就要来杀人报仇。"

小凤这下明白了，九江人杀官兵她是知道的，太平军的大部队撤离了九江，她也是清楚的。现在官兵反杀过来，要杀太平军。明白这个道理后，死亡的恐惧向她袭来。她的胸脯在剧烈地起伏，短促的气息不断从她的鼻孔里发出来："那怎么办？我不能死，我可不能死啊。"

看着小凤起伏的胸脯，二老板十分满足。小凤和别的女人就是不一样，二老板见过的女人多了，有的比她还要年轻，漂亮，但就是没有她这种销魂蚀骨的风情。他强压内心的喜悦，不失时机地说道："不想死在这里，那就快跑，快点离开九江。我是特意赶来给你送信的。"

说到这里，二老板低下头，看着自己的脚。

一生依附男人的小凤，明白了这个男人的意思。她随着二老板的视线朝他脚下看去，只见他的鞋帮上沾满尘土，两个脚趾头从鞋帮里露了出来，不知道他走得有多急？小凤心里一热，却顾不上说感谢话，她急切地问："那往哪里跑？我可是从来都没有出过门的呀？"小凤终于做出了让二老板满意的决定。

"现在，只有躲到乡下去才能保命，城里一刻也不能待了。也许官兵正在来的路上了。"二老板一边说，一边向窗外望去，仿佛官兵已经到了窗外。

"好，好，我听你的……二哥。"小凤就像落水的人，终于抓住了一根救命稻草，她惊恐地盯着二老板。

这是小凤第一次叫他，还是叫他二哥，这声音在二老板听来，就像是一只羔羊在他的脚下叫唤，听得他的心醉了，脚也软了。

二老板站稳了身体，重重地吞下一口口水。

第四十六章　继隆被宰大坡府

咸丰八年春，清军在攻下兴国州后不久，稍做准备，就水陆两路包围了九江城。

被围困在城内的太平军，在外无援兵的情况下，军民一心，发起顽强的抵抗。九江城墙高壁厚，清军久攻不下，就打算挖地道炸毁城墙。但九江城是一个乌龟地，地下都是岩石，地道挖掘屡屡受阻，攻城受挫，久无进展。

九江城内有一位名叫洪炳奎的庠生，见太平军大势已去，明白破城只是早晚的事。为保家人活命，便溜出城，向清军献出了两本手录的《浔阳蹀醢》。书内详细地描绘了九江的地形实录图，清军依图在东门找到乌龟腹胁，成功地挖通地道，炸毁了城墙。

清军入城，不分官民，不分男女老少，见人就杀。城内百姓见状，和太平军一起奋力反抗。但终究寡不敌众，一万七千名太平军和全城无辜的百姓，全部惨遭屠戮，九江城只留下三十余人幸免。

这是九江历史上的第四次屠城。"屠城无噍类"，一时间，九江城尸横遍野，无人掩埋，尸体只得全部推入长江。

兴国州和九江城被攻下后，湖北巡抚胡林翼派候补知府邢高魁主政兴国州。邢高魁在肃清了兴国州的长毛后，在州内建立了十六个团练营，分赴各个乡里，登记战时外出和战后返乡人士，并亲自巡回审判。

黄继隆从军营回家后不见了小凤，便四处寻找，在清军围城前出了九江城，躲过了屠城。他无处可去，只好回到上巢，却被团练营当作乱时外出人员收审，押到大坡接受审查。

抚院早已有令，兴国州可以不屠，太平军家属也可以不杀，但凡是参加过太平军的长毛，无须羁押，一律杀无赦。

继隆被审前，临时法场上已经砍了十几颗人头，还没来得及收尸的尸体血淋淋地倒在晒场边。继隆是个文官，当他被两个衙役押解出来的时候，面对这样血腥的场面，早已两腿发抖，站立不稳了。

邢知府坐在审案前，转头问黄继榆：

"此人是上巢人氏，行迹怎样，你当清楚。"

黄继榆坐在一旁，他赶到大坡来，就是来为继隆讨保的。当他看到继隆脸色煞白，昔日四品大员的派头荡然无存时，不禁扑哧一声笑出声来。他的笑声刚落，八百身边的刽子手已手起刀落，继隆一头栽倒在地。

黄继榆见继隆被砍，怒视邢知府道：

"邢高魁，你是怎么断案的，怎么不容他人辩解就随意处斩？"

邢高魁虽为代知府，却深知黄继榆的身份。在兴国州，有两个人是不能得罪的，一个是陈光亨，另一个就是黄继榆。陈光亨的声望自不必说，黄继榆既是威震江湖的拳师，又得先皇恩赐金匾，是湖北抚院所授的两级府尹，虽非实职，但他涉猎的层面高，说话有分量。邢高魁也不明白八百那边怎么这么快就下了手，但事已至此，他这个主审官责无旁贷。他只得红着脸，轻声向黄继榆赔不是。

人既已死，道歉也是无用。黄继榆气得静坐在一旁，耷拉着脸不理他。

邢高魁赶忙离开案桌，叫人拿来针线，他走到继隆的尸身旁，亲自为继隆缝合刀口，以慰黄继榆的不快。

黄继隆曾在白莲教做官又加入太平军，是众人皆知的，依律斩首实属不冤。邢高魁知道，黄继榆是因为没有保下黄继隆而恼火，便想再给他一个面子。他一拍惊堂木，说道：

"黄继隆虽然当斩，但他曾保全乡梓免受屠戮，本府恤其有忧民之举，特着人送尸还乡。受益百姓，皆去送行，以示悼念。"

枫林一带的大庄小户，有很多是上巢湖的姻亲，也有继隆的亲朋故旧，大家感激他阻拦了太平军屠村，救下无数百姓。在继隆的尸体送回上巢时，各庄各户都前来送行。继隆被抬到家门口时，送行的队伍还在湖对面的半山上，延绵两三里长。

长长的人群打破了山谷的宁静，几只不知名的大鸟飞上了天空，在山谷上盘旋，狐疑地发出几声啼鸣，在湖山间久久回荡……

上巢人感恩继隆为大家顶罪，为家族献身，破例把他葬在一世祖桂堂公的墓旁，接受后人的祭拜，又为他过继子嗣，延续香火。

第四十七章　兄弟再聚上巢湖

经过天京事变之后，洪秀全最初的六王只剩下他和翼王石达开了。洪秀全一方面要石达开为他卖命，却又怕他像杨秀清一样羽翼丰满分享权利，便在天京城内四处封王，以掣肘石达开。石达开看在眼里，心里虽然不快，却也无奈。眼睁睁地看着他连连封下几百个王位，削弱他的权力。他想到了东王杨秀清的下场，怕会重蹈他的覆辙，更怕像韦昌辉一样，被天王利用后又遭清除，还落下千古罪名。一番权衡之后，他决定离开天京，带着他的队伍北伐而去。

天京事变之后，于江和所有的义军士兵一样，目睹了高层的勾心斗角，目睹了兄弟的自相残杀。眼见太平军的领地越来越窄，队伍越来越少，对太平天国的未来彻底地失望了。他犹豫再三，终于和大游虾一道，脱下军服，离开队伍，从江北来到上巢。

站在师哥的家门口，看着师哥门前一湖平静的湖水，于江似乎理解了黄继榆的两不介入立场，他感慨地说：

"还是师哥你做得对啊，不涉江湖，不事朝廷，相妻教子，不与人争。"

黄继榆说："这哪是我的意思，是师父的嘱咐。"

于江说："我就不明白了，师父既然把世事看得那么通透，却为何还要亲赴云南？"

"师父和你我不同，他是有国仇家恨的人。从云南逃出来的那些兄弟们，个个都思恋故土，日夜想着要复仇回家。他又是高罗衣的亲侄子，他是明知不可为，而不得不为之啊。"

"师哥，我明白了。"于江仿佛明白师父为什么在临行前来上巢，为什么要留下他了。

"你为了什么呢？《天朝田亩制度》虽好，却从未兑现，老百姓谁也没有得到一点好处。洪秀全称王之后，就安于现状，贪图享乐。这天京事变，就是他和东王的争权夺利。他们争权，是为了得到更好的享受。可兄弟们呢？他们拼命打下的江山，又有谁得到了一寸田地？"

"唉，早知道这样，还不如在二龙寨不下山呢，也不至于让这么多兄弟枉送了性命！"大游虾悔意十足地说。

于江听后，感到愧疚，他对大游虾说：

"师弟，都怪我，是我拉你下山的。原只想带着大家过上好日子，没想到是这种结局。干脆，我和你一起去二龙寨吧，余生咱们再也不问世事，就在二龙寨孤老终身。"

"这不赖你呀大师兄，太平军成千上万的兄弟，不都是跟你我一样的想法吗？到现在他们还奔波在疆场。就算是吃一堑长一智吧，咱们现在回头还不迟。一起回二龙寨吧，往后什么都不要想了，就在二龙寨过自在日子。"

黄继榆看出了两位兄弟的伤感，就劝慰他们：

"二位兄弟别太难过了，人总是要走点弯路的。既然醒悟了，现在回头还来得及。"

"师哥，现在我已经别无他求，只想学你，回到二龙寨去，平时在父母的坟上多烧上几炷香，也算尽了孝道了。"

"你想回二龙寨，我能理解，可现在兵匪遍地，刀枪成灾，路上怕不太平。走水路是方便一点，我手上有水师的通牒，还有黄钺的名帖，只是还有太平军的辖地，实在是没有把握。你们先在这里住下，日后伺机再走吧。"

黄继榆说的是实情，但是让两个外乡人住在这里，难保团练营不来查问。于江是个明白人，他知道住在这里，会给师哥带来麻烦，还是早走为好。他对黄继榆说："师哥，太平军好说，我俩都有腰牌在身，遇上太平军，肯定能通关。"

"啊，如果是这样，就有八九成的把握了。"

"只是难为师哥了。"

"不难为。只是二位要放下行头，战马也不能带了。"

"人都卸甲了，还要刀剑战马干什么？都留下，全凭师哥处置。"

于江摸着腰间的马鞭，有些不舍地说："留根马鞭吧，策马疆场这么多年，也算留个念想。"

三人就此商定，只待黄继榆决定行程。

连年战火，早已中断了贸易，但山上的苎麻却是长势依旧，麻农们年年割麻年年打晒，楼上楼下都已经囤满了陈麻。如果再没人来买，就更不值钱了，正期盼着有人来收货呢。

黄继榆想，下江没有客商来买麻，那是因为战乱，交通受阻，并不是没有需求。现在的麻价这么低，自己出钱收购了，只要能送到江浙的麻布厂，不愁没人要。即使是价钱不高，运费总是赚得回来的。退一万步讲，就算是亏了本，护送两位兄弟到了家，也是值得的。

一见有人来问货，麻农们争着把自家的货拿出来，陈货新货，一家比一家的好，一家比一家便宜。黄继榆当即决定，自买自销去。

搬去船上的石头，沉船就浮了起来，舀干船舱里的水，补上船底的凿孔，粘上麻灰，竖起船桅，就可以载货航行了。

黄老五看见黄继榆在起船，便跑过来打探究竟。

黄继榆说，在家里待久了，想出去走一走。没有客商就买船货自己去卖，运费总是赚得回来的。

黄老五一拍大腿叫道：

"你这法子好啊，说不定还可以多赚些钱呢，还是你老八聪明！"

黄继榆原来是不打算约人的，怕一旦有了损失，会连累他们。但见他有意要来，也不拒绝。多一个人，总是多一份力量。

二老板也来探问。黄继榆还是这样说，自己想贩船货出去试一试，是赚是亏，心里没底，怕要担些风险。

二老板扬着长长的脖子说：

"担得起，担得起。人家下江佬都敢上来买货，我们为什么不敢送货下去？起码船是自己的，我们还有运费垫底。"二老板虽然还不知道麻价这么贱，但他是个绝顶聪明的人，这笔账他算得过来。

第四十八章　千里送兄弟

挑了一个吉日，三个人自掏本钱在排市进了货。三条船满载货物回到了家里，大家在来福寺敬了香，便各自担着米、菜上了船。

和以往一样，三条船排成一线，领头的还是黄继榆。大家都习惯了，每去一个新地方，总是他在前面开路的。这趟他又亲自上船了，随行的还有两个陌生人，黄继榆说这是他的朋友，大家就不再多问了。都知道找他访武的人多，明明来时是不认识的，探讨一通武技，吃上一顿饭，就变成朋友了。对此，大家都见怪不怪。只有继洵笑他，不知道哪来的好性子，不管来的是人是鬼，他都肯陪上半天，还要赔上一桌酒席，有的他还送上盘缠。"要是换了我，哼哼，三拳两脚，打了再说，鬼叫你来讨打的。"

江水和湖水交汇的地方，颜色差异异常明显，一个浑黄，一个碧绿。出湖口进长江时，船底就像被什么东西往下拉了一样，船头一沉，随即船身一晃。两片水面看似一样平，实则并不一样。江水的流速快，船体行走在这两股流水之上，就会产生不同的两种压力，直到船身全部进入主流，才稳定下来。

继展和继洵两个人，是黄继榆的老搭档，都是驾船的好手。继洵还有一身好武艺，寻常两三个人不是他的对手，黄继榆还有一条船跟他是合伙的。只是这一趟货没有货主托运，货是黄继榆自己收的，是赚是亏毫无把握。黄继榆不想让别人担风险，这一趟就算是雇请他们了。他让继展负责船头，继洵负责把舵。

于江和大游虾一上船，就躺在船舱里不出来。他们也许是怕给师哥添麻烦，也许是厌倦了江湖，不愿再看到江上的风浪。

黄继榆看着这两位兄弟，心里也是感慨万千。为太平军拼杀了这么多年，就这样落寞地回去，心中一定有说不出的难受。他站在船头，目视远方，内心却像船外的江水一样，波涛翻滚，起伏不平。

从太平军起事时起，义军的士兵们都盼着有田种、有地耕，都想过上安稳的日子。尽管他们为此而努力拼搏过，甚至付出了鲜血和生命，但他们想要的一样都没有得到。战争是那样的残酷，那样的漫长，一些地方还在进行着拉锯战，特别是像兴国这样的地方，几度厮杀，几度易主，最终还是落到了清军的手上。除了留下无数坍塌的房屋和满目的新坟外，一切又回到了原点。

早知道是这样的结果，还不如不要这个过程。战争给老百姓带来了无尽的苦难，他们有的丧父，有的失子，有的夫妻分离。得利的只有那几个人，他们打着为天下、为众生的旗号，实际上只是为了满足自己的私欲。

一个人卑微时，或许他的目标和要求是合理、公平的，可是一旦有了权力，他的想法就会随着地位的变化而变化，就会忘了当初的目标。如果洪秀全遵循了他起义时的初衷，与大家共享平等，贵为九千岁的东王杨秀清就不会和他争帝位了，他就不会密令北王韦昌辉去诛杀他。如果不发生天京内讧，石达开就不会分兵江南，九江城和兴国州就不会丢失，江南的大片城郭就不会易手清廷。

血淋淋的现实让黄继榆明白了一个道理，一个人只要是有了私欲，不管他如何伪装，隐藏得多深，一待时机成熟，就会暴露出真实的面目。仁智公的女儿偷走父亲的地契，陈家女婿打死荷花，天王诛杀东王，这父与女，夫与妻，君与臣之间所发生的一切，无一不是因为个人私欲而泯灭了良知。在欲望和贪婪面前，人还不如一条蛇。

黄继榆想，如果不让那些心怀叵测的人掌握权力，不让他拥有利器，那天下不是可以免遭战乱？百姓不是可以免遭祸端了？想到这里，他暗暗担忧，师父的绝世武功，怕是要在自己的手上失传了。

龙开河下的九江码头，早已没有了昔日的繁忙，只有几艘官船停靠在码头上。船上码满了一只只硕大的木箱，木箱里装载的，应该是失去了主人的财物。此刻，有四名士兵正往船上抬一只石狮子。狮子张着黑洞洞的大口，在麻绳下晃荡着，两块跳板被压得上下颤悠，仿佛不堪重负。

眼前的九江城已是一片狼藉。这个众水汇集的城市，仿佛成了一座死城。自从明朝屠城后，来自各地的移民，在这片废墟上重建起一座繁华的城市。无数人在这里劳作拼搏，在这里积累了财富，也为大清的经济做出了贡献。这些人做梦都不会想到，他们终其一生，甚至几代人积累的财富，一夜之间就成了无主之财，遭人损毁，任人掠夺。此刻，这些人或倒在城墙下，倒在屋门口，倒在床铺上，用不愿闭上的眼睛，看着官兵砸开柜子，看着一件件值钱的家具、古玩、字画，被人抬着、抱着，跨过他们还未僵硬的身体，搬出屋外，然后打包装箱，抬上官船，从运河送到北京，成为达官显贵们的居家摆设，成为他们胜利的荣耀。

看着那些颓废的码头，黄继榆想起了刘坤，这个善于见风使舵的人，不知道他有没有躲过这一劫。但不管如何，他费尽心机挣下的财富，也一定是从他的码头上被运走的。他又想到了刘耀祖，原来他并非刘坤的亲侄子，他是从安徽来九江谋生的。因为和刘坤同姓，就自降一辈认他为叔。想到自己当初只是敷衍着教了他几招云手，想到他的丧生，他的心里突然生出愧疚。

黄继榆的心虽然牵挂着九江，却不能在九江停留。这些人物和往事，只能成为回忆，就像一朵朵的浪花，一闪而过。

九江关的栅栏，像一条瘫软的死蛇，长长地横在江面。黄继榆的头船老远就落下船帆，放慢了船速。后面的两条船也降下了船帆。继洵把舵一撇，让船靠近木栅。继展力大，伸出竹篙一把撑向栅栏，让船速慢下。又用竹篙钩住栅栏桩，让船靠拢，右手一搭，就抓住栅栏稳住了船身。不待士兵吆喝，黄继榆拿出步月给他的过关通牒，和三条船的关银一起递了过去。

通牒是湖北巡抚和水师联合签发的，注明沿途关卡不得阻拦。战火四起，物资严重匮缺，军政都在鼓励贸易。只是没有人敢在这个节骨眼以命换财。

黄继榆指了指后面的两条船，说是一路的。

关兵一看三条船大小相当，又装的是同样的货物，收了关银，把手一挥，就让三条船通过了。

一过九江关，水面上就传来阵阵恶臭，让人禁不住举目四望。

驾船人行走江湖，见惯了水上浮尸，可是从未见过如此之多。在九江的河流以下，在流淌的水面，在河道的拐弯处，在河流的回水湾……那些和柴草挤在一起的浮尸，散发出一阵阵恶臭。看不清他们的身首，只能看到不同颜色的衣服，有太平军的、清军的，还有各种颜色的平民衣服。

黄继榆想知道，这里有没有他熟悉的人，有没有兴国的父老？这些被杀者和杀人者，他们也许是同住一城的街坊，也许是同村的兄弟，他们只是被人为地分在了两支不同的队伍里，就要你死我活地拼命搏杀。指使他们的人，却远离战场，他们或坐在前呼后拥的龙撵里，或在高墙深锁的大院中，他们每天过着纸醉金迷的生活，战场上倒下了多少个身躯，人间破碎了多少个家庭，似乎与他们毫无关系。

舱外的黄继榆想到了，躺在船舱里的于江和大游虾也想到了。此刻，他们也许在为自己曾经的舍命搏杀而愧疚，为死在他们刀下的冤魂而忏悔。

顺流而下，很快就到了安庆。此刻的安庆仍在太平军的掌控之中。大游虾拿出腰牌，水军便客气地放行了。一路无事，到了天京，却遭到意外。

几艘巡江的兵船围拢过来，大游虾拿出腰牌，解释了半天竟然不管用。为首的一定要截留船只，说什么也不准船只继续下行，说是不能让货物流入清妖地界，落入清妖之手。

于江只好走出舱来，拿出他的师帅腰牌。

一个太平军的师帅，在阵前是要带领上千人的队伍作战的。可是在天京，在皇城脚下，这个职务却是卑微的。此刻的天京，被册封的王爷已近千人了，官衔不再是能力和战功的象征，而是一个平衡的砝码，甚至是一种赏赐。马前侍卫、贵妃的父亲，都能在天王面前讨封为王，一个师帅在这里根本就不算个官，天子脚下的巡察就是御林军，是有生杀大权的。

争辩无果，于江的脸上露出怒色，他习惯性地把手伸向了腰间，却身无刀剑，只摸了摸他的马鞭。黄继榆连忙抢身上前，从怀里掏出一锭银元宝，塞给头领。

头领一看到黄继榆，竟称他"师父"。

黄继榆一看，似乎有些面熟。头领说，自己曾是他的九江弟子。

黄继榆趁机向他解释，说这是小刀会的货物。头领听后，鄙夷地看了于江一眼，也不收他的元宝，客气地挥手放行了。

于江一把将马鞭扔向滔滔的长江，望着身后的天京城，不住地摇头。

第四十九章　黄老五大战苏州城

从镇江进入京杭运河，要经过许多小镇。运河狭窄，两岸都是居民，船一停，就有人前来询问麻价。黄继榆稍一交谈，便了解到了行情，此行不仅不会亏本，还大有赚头。但他还是不打算卖货，仍然继续往前行船，越往前走离二龙寨就越近，离麻的产地越远，价钱会越高。

夜泊苏州城，大眼叔早上买菜回来，兴冲冲地对黄老五说：

"老五，老五，我在街上看见有人在张榜，叫人去比武，打赢了还有钱得呢。嘿嘿，我把榜揭了，三张纸，你看，能引好几餐的火呢。"大眼叔扬了扬手中的一把榜纸。

黄老五已经是久经江湖的人了，懂得江湖规矩，见他揭了榜文，气愤地说："你只管买菜烧火，不该为了引火去揭人家的榜，揭了榜就要去比武的，你知道吗？你知道别人的本事有多大？"

"大个鬼哦！我都看见了，打个拳，一个个就像狗伸懒腰一样。"大眼叔说完，看了看岸上的两个看榜人。

上巢湖三岁大的小孩都能来两招，大眼叔虽说功夫不怎么样，但是拳路打得好不好，他还是能看出个八九不离十的。黄老五相信了大眼叔的话，拿着榜文上了岸，走到黄继榆的船边，大声叫喊：

"老八老八，快些出来，有事做了！"

黄继榆听到喊声，从船舱跃上岸来。黄老五把手上的榜纸往地上一摊，一字一顿地念了起来。

黄继榆看他认不全这几个字，便扫了一眼榜文。榜文上写道，为了弘扬武学，苏杭二州武林同盟，诚邀各路武林人士，来武场比武。胜一场赏三十块大洋，胜两场赏五十块大洋，胜三场赏一百块大洋。

原来，苏州和杭州两地武林有约，每两年举行一次武林大会，选出前三名，两年后再由这三人接受众人的挑战。为了鼓励大家参赛，特张榜布告。本地人都了解这三人的功夫，所以武场摆了两天，仍然无人揭榜，没想到竟被一个买菜的老人揭了榜，还是一连揭了三榜。看榜的人一边回去报信，一边尾随其后，迎请揭榜人应赛。

黄继榆有点哭笑不得。他们根本就不知道他此行的目的，他哪里有什么心思去和人家比武拿赏银。看着黄老五兴奋的样子，黄继榆不知道说什么好。

这时，二老板也从他的船上走了下来。

这一路下来，二老板总是一副睡不够的样子，他看了一眼地上的榜文，明白了是怎么回事，就责怪老五不该多事。

黄老五一听就火了："这哪是我多事？是大眼叔揭的榜！怪我吗？知道你最近亏了身体，那就让我一个人去打，免得大哥不喜二哥不爱的！"

黄老五可不糊涂，一眼看出了黄继榆的态度暧昧，也看出了二老板的不情愿，便把气撒在他的身上。

二老板连忙阻拦他："瞎说些什么？"

"我瞎说？当心点，那个妖精就不是个吉利货，当心把你吸干了，只剩一把骨头渣滓。"

二老板脸上一愕，停了一下，迁就他说："那你说怎么办吧？"

"还能怎么办？打擂去！榜都揭了，还能不打了？不怕丢了上巢湖的丑？前怕狼后怕虎的，有个屁用。你不打，我打！"

黄老五在说这话时，眼睛故意不朝黄继榆这边看，好像他不存在似的。

黄继榆见事已至此，只得把大家领到他的船上去商量。

于江和大游虾正在船上，见他们要议事，就一起上岸回避。

黄老五仍在叫嚷个不停：

"你们两人不打，我就去打，你们在一旁看着，我打输打死了不怪你们，只怪我命短！"

二老板耷拉着脑袋，一言不发。黄继榆在暗自发笑，这个老五就是这样，说话没轻没重，没头没脑的，有自己在，会让你去送死吗？实在是因为有两位兄弟在，不愿意节外生枝。但既然是去打擂，还是要带上他们俩。出门在外，谁能知道遇上的是君子还是小人？多一个人，多一份力量。只是不到万不得已，绝不能让他们露面出手。他决定让二老板带着黄老五上场，自己带领大家在场外见机行事。

他把自己的想法跟二位兄弟说了，于江和大游虾理解他的用意，二人点头赞同。

黄继榆留下大眼和继展看船，吩咐他们做好准备，他们一回来，就要随时开船的。

比武场没有搭台，是在一块平地上，四周用石灰画上白线，场地的正南方摆着两张桌子，算是双方领队的座席和裁判台。看榜人事先通报过了，就有人来迎领二老板和黄老五。

二老板挺直了腰杆，气宇轩昂地走在前面，和前来迎接他的人行过礼，然后派头十足地向人介绍，说兄弟一行偶来贵地，师弟有雅兴与各位武友切磋一番。说完，就表情严肃地在桌前坐下，扬起高高的脖子，四下环顾了一圈之后，伸手端起桌上的茶杯，用杯盖刮了刮杯口，送到嘴边细细饮啜。

黄老五站在一侧，脱了外衣正在活动腿脚。

黄继榆和于江等人也随后到场了，和看热闹的人一起站在石灰线外。

不大多时，只听一声锣响，从场地的一侧，走出一位身穿短打服的青年人来，他步伐矫健地走到场地中间，左掌抱右拳，向大家行了礼，然后又对着黄老五躬身行礼。

黄老五随即向场地中间走去，他抱拳回礼之后，便弓腿架拳，拉开了架势。

见双方准备就绪，铜锣当地一声响起，锣声未绝，那青年便左拳在前，右拳在后，蹚着斜步就向黄老五扑来。

黄老五一见，赶忙弓腿下蹲，摆拳迎战。他身材本来就不高，他这样一虚步弓身，就显得更矮，几乎矮了对方一个头。他一看对方气势汹汹的架势，就知道他倚仗身高和主场的优势，会先发制人。看他左拳在前，右拳在后，左拳定是虚招，右拳才是实拳，便不受他的左拳诱惑，一心留意他的右拳。

果然，对方拳随身到，他左步上前，左拳一个刺拳，右拳就照着他的太阳穴横扫过来。

这一招刁钻、凶狠，拳头在腰腹的带动下，更是力道倍增，要是被他击中了，不说立马倒地，也会站立不稳。

其实这招也正是黄老五的撒手锏，他比他运用得还要灵活。既然熟悉这个招式，自然就知道它的缺陷，就有破解之法。

对方的左手已经晃过了，右拳横扫太阳穴，手臂必然高抬，腋下就露出空档，胸胁就会失去保护。黄老五明白这一点，不等他的右拳到来，把脑袋往下一低，双手护住胸腹，防止他提膝顶胸，然后脖子一缩，一头向他的胸口撞去。

那青年也是欺黄老五矮小，原是想一招制胜的，扑上来时已经用足了力气，没想到自己的力量越大，挨的撞击就越重。黄老五的下路稳，他的额头就像油坊里打油的油撞，重重地撞在他的心窝上。

对手遭到黄老五的重击，只感到胸口一闷，一口气堵住了喉咙，两眼冒出无数颗金星。他向后倒退了两步，一屁股跌倒在地上。

随着他的倒地，跟着一声锣响，警示黄老五不能进攻了，这一局就算结束了。

　　只是一招，黄老五就赢了，这胜利似乎来得太快了。黄老五看着两个人扶起倒地的青年，又看看裁判台，架在胸前的双拳迟迟不放下，仿佛在说我还没打过瘾呢。

　　二老板端起茶杯，优雅地喝了一口茶，然后有意味地问邻座两位长者："怎么样，我五师弟怎么样？"他故意把"五"字拖得长长的，好让人明白五师弟的上面还有四位师兄。

　　一位长者点头说："嗯，不错，不错，下盘稳，出招冷。"

　　这句话黄老五也听见了，他哪里知道什么冷招热招的，除了小时候一个和尚教他打过树桩外，还从来没有正式从过师，更谈不上什么招式。他的拳都是在东家看一眼，西家瞄一眼学来的。只是他打架的次数多，加上在外面途听了些什么手头、绝技，自己又爱瞎琢磨，把这一招那一式串在一起，就变成了自己的路数。这样一来，反倒是冷门百出，让人防不胜防。

　　场外的看客们议论的议论，嘲笑的嘲笑，白线外一片骚动。这时，比武的铜锣又响了。

　　随着锣声，对面走出一位四十多岁的中年人来，只见他身材高挑，步伐沉稳，长长的脸上挂着一丝冷笑。

　　黄老五一看，知道这不是一个浮躁之人，一时取胜怕是不易，可能要和他周旋一番了。心想，"那就陪你玩一玩吧，清早吃了三碗干红薯饭，经得饿，陪你转上一天也没事。"于是，便暗自定下不贸然出击、静观其变的策略。

　　那苏杭第二的名头可不是浪得的。只见他姿势优雅地竖掌在胸，一副既防又攻的架势，脚下轻迈斜步，像走梅花桩似的围着黄老五转圈。

　　黄老五紧握双拳站在场地中间，等他围着自己走了几步，才轻挪一下碎步，调整角度，严阵以待。

　　那人围着他连转了两圈，还不动手。一旁的观众就起哄了，一阵阵嘘声四起。人家都上门来踢场子了，还围着人家转圈子，还不动手，是什么意思？

　　这汉子内心也在着急，他排名第二，第三名已经输了，输得那么明显。他本来是想让第一名先来打的，可是不行，师父说规则是这样的，排名第二就得第二个上场。他看黄老五身形矮矬，胳膊圆滚，知道他的力气肯定不小。第一场比武结束得太快了，根本没有看出他的招式和套路，所以他不敢贸然出击。他宁可求和，也不愿过招。可是文无第一，武无敌二，在比武场上，是不可能有平局的。

场外的嘘声一阵盖过一阵，坐在台上的师父也不满了，用手指头在桌子上重重地敲了几下，眼睛狠狠地瞪着他。

那汉子知道自己是主场，围着他不动手，就已经输了三分，加上师父这一催，知道自己是非出手不可了，他只得抛开顾虑，用他最稳健的套路。他面向黄老五左脚大跨一步，左掌向上一挑，右脚就踢向黄老五的下腹，也不管踢着没踢着，随即快速收腿，右拳击出，完成了一套组合。

他这是一式三招。第一招是虚，后一招是攻，第三招是连攻带守。这一套组合下来，既攻击了对手，又不暴露自己的空档，即使对手没挨上打，躲过了，也会打乱他的步伐，给自己下一招找到机会。只是他的动作过于保守，根本没有给对手造成威胁。

黄老五打架历来和他说话一样，三拳两扁担，简简单单，玩不了那么多花样。他看见对方右肩一抬，就知道他要出右脚了。手是两扇门，全凭脚打人，在没有近身缠斗时，用脚是最好的进攻。按照常理，被人家踢腿是要躲避或者后退的。可是黄老五他偏偏不躲也不退，等对手的脚踢过来，他用右手从下往上一薅，不等他的右拳出来，拖住他的腿就往后拽。对手一只脚被拖住了，身体便站立不稳，一只拳头在空中胡乱挥舞着，另一只脚不停地蹦跳着，努力不让自己倒下。

"不招不架，就是一下"，黄老五平时就凭着这招赢了不少人。他个子矮，抱着人家的腿，挺直了身子正好发力。任凭人家怎么挣扎，他死活就是不放手。一会儿往左拉，一会儿往右拽。那汉子算是了得，一只脚被抱住了，另一条长腿单立在地上，蹦蹦跳跳的就是不倒。他想俯下身体去打击黄老五的面门，可黄老五偏偏不给他机会，拳头还没有接近他的面门，他就不停地拉拽，最后趁着他一个不注意，把他的腿朝天一举，用力一推，那汉子便仰面朝天地摔倒在地上。

不等锣声响起，场外的人都哈哈大笑起来，不知是笑黄老五的打法怪异，还是笑倒地的人样子难看。

一会时间，苏杭武林竟连倒两位，看来这江浙人的功夫真的似大眼叔说的不怎么样。黄老五不禁得意起来，他一边在场上游走，一边不停地拍着刚才搂脚的手掌，好像怎么也拍不干净。就在这时，一个身影从对面飞跑进场，凌空跃起，向他的脸面踢来。

黄老五一看此人来势凶猛，不敢硬接，便闪身向后躲过。那人刚一落地，便又是连续几个高腿侧蹬。黄老五让过两腿，第三腿再来时，便又伸手去薅，没想到刚一捉住他的小腿，那人竟借力腾空侧翻，另一只脚直蹬他的面门。吓得他把手一松，手护门面，仓皇向后退去。那人的脚刚一沾地，又连着一个扫蹚腿向他扫来，黄老五急忙往后一跳，这才躲过。

一连串的动作连贯有力，毫不拖泥带水，踢腿在空中发出"噔噔"的响声，场外的观众高声叫起好来。黄老五却是手忙脚乱，面露窘态。

黄继榆在一旁看出了端倪，对黄老五喊道："老五，贴身靠！"

黄老五听得真切。在武术的搏击中，肩、肘、胯、背都是可以打击对手的。黄老五除了快脚连环腿厉害之外，胯靠功夫也很不错。他身体墩厚屁股大，面对手长腿长的对手，他这样的体形肯定是占不了便宜。只有近身贴靠，才能发挥他力大的优势。

听了黄继榆的提醒，黄老五恍然大悟。黄继榆教他的云手，就是专门对付这种对手的。

果然，当对方再踢腿过来时，他不退反进，挥臂隔开他的踢腿，一脚插进他的裆中，身体一转，借着转体的力量，一肩膀撞向他的胸口。对手被撞得倒退几步，黄老五不等他站稳，跟上一步抓住他的胳膊，胯下一拱就是一个过肩摔。没想到对手竟然翻身过去，稳稳落地，却是没倒。场外的人一见，发出一阵喝彩声。

黄老五见他没倒，又闪身紧跟上去，抓住他的手臂又是一个侧摔。对手借着他的力道又是一个鹞子翻身，从容落地。站在地上，弓腿扬臂，一手下探，一手高扬，摆出一招白鹤亮翅的漂亮姿势。虽然没有说话，但那神情仿佛在向黄老五挑衅。场外又是一片喝彩声。

这简直是他的表演赛了。黄老五气得不行，却又毫无办法。

台上的二老板一拍桌子，假装生气地呵斥他：

"老五，还尽玩个什么？还不早点散了回去！"说完，脚在地上用力一踩。

黄老五一看，立刻会意了二老板的暗示，他是在提示他用"切脚"功。黄老五会意后，立即张臂冲上前去，做出又要抓拽他的样子。对方见他扑来，便手臂一缩，身体往后一闪，一只脚还伸在前面。黄老五见他中计，提起右脚照着他的小腿踩切过去。只听"咔嚓"一声，那条小腿立刻折断了。对手立时瘫坐在地，双手抱腿，眼里露出惊恐的神色。

黄老五能一脚把一棵二尺围的樟树拦腰踢断，踢断一条腿当然不在话下。只是这招太狠毒，黄继榆叫他不要用，除非为了保命。今天久战不胜，心里一急，受了二老板的暗示，就忘了黄继榆的忠告。当他看到对手痛苦不堪的样子时，心里还是不由一软。

不等锣声响起，坐在二老板身边的老者把装有赏银的托盘往他面前一推，说声："你赢了。"说完，起身离座。

第五十章　二老板趁势献技

伤者被抬着出场了，围观的人围了上来，纷纷夸奖黄老五。但也有人不满，强龙不压地头蛇，你一个外地人，竟然跑到别人的门口来打擂台，还出手伤人。大家七嘴八舌地议论着，有个不服气的年轻人，上来就要和黄老五比试力气。

二老板拦住来人，说道："朋友，我师弟连斗了三场，你不能乘人之危吧。"

来人却说："那你来呀！"

"咱们来什么呢？"二老板接口问道。

来人指着场边的石磙，说："咱们比力气，看谁搬得远。"

二老板看来人身体厚实，知道他有一把子力气，便装作不在乎的样子说道："朋友，你看我身高臂长的，搬石磙赢了你，对你不公平。要不，你拿根木棍来，咱们顶棍吧。"说完，就把装银元的托盘交给黄老五。

黄继榆和于江他们站在场外，本以为黄老五赢了就会离场的。没想到又和人纠缠上了，连忙回过头来，想要阻拦比试，可是已经来不及了。

一旁的观众一看二老板身材高大，知道他身大力不虚，比赛搬石磙，肯定是有优势的。比顶棍，倒是公平又好看，再说了，人矮桩子稳，他们的人还能占点优势。大家怂恿说，有道理。立马就有人拿来一根杉木棒，递给来人手上。

二老板又说："我高，你矮，我不能占你的便宜。我就用左手顶你右手，输赢都算数，三盘两胜定输赢。怎么样？"

来人听后，先是怔了一下，大概觉得有点受辱。但一看他的身体确实要比自己高大很多，便也不多想，自己握住一头，把另一头递给二老板。

二人各握一端，在大家的共证下，二人一手持棍，一手叉腰，棍与肩平，斜着身体，开始发力。

外地人当然不会知道，顶棍是二老板的强项，更不知道他是一个左撇子，他的左拳左脚常常让人防不胜防。二老板有必胜的信心，所以才敢这样羞辱他。

旁边的人一喊开始，二老板就猛一发力，顶得对手连连后退。

来人感受到了二老板的力气，自知不敌，刚想说算了，没想到二老板又说，叫他用肩膀和自己比试，还是左手，输赢还是一样算数。

此话一落，场上立刻一阵喧哗。要知道，人体最大的力量是在肩上。以肩对手，还是人们不惯用的左手，这个人要不是疯了，要不就是太强大了。来人也顾不了什么脸面，反正是输了的，肩膀就肩膀，只要能赢，总能为自己扳回一点面子。

二老板在家里顶棍就从来没遇上过对手，顶肩棍更是有他的一套技巧。他在二人同时发力的时候，手臂一松，对手的身体就会向前扑倒，他再一用力，木棍就从他的肩头滑出去，丢了棍头当然算输。

二老板故技重演，场上一阵惊呼。这么不公平的比赛，没想到他又赢了，这不得不让人口服心服。

有人问他是哪里的好汉。二老板晃着长长的脖子，一字一句地说：

"我是湖北武昌黄龙洲鲤鱼寮的。"说完，一只手搭在黄老五的肩膀上：

"这是我的五师弟。"

他省去了兴国州，当然，众人也不知道什么兴国州，满眼只剩下对他的崇敬。

"老五，咱们走！"二老板高昂着头，也不招呼黄继榆他们，搭着黄老五的肩膀就走。

黄老五更是笑得合不拢嘴，抱着装有十封大洋的托盘，应和着说：

"走！二哥，咱们打酒去，打酒去，不打黄酒，打老酒。"

大伙刚一回到船上，于江对黄继榆说："师哥，我们该下船了。"

黄继榆张了张嘴，想说话，却什么都没说出来。他拿出早已准备好的一个包袱，塞在于江的手上：

"大师兄，你不要我送了，我这就掉头回去。还是师父说得对，利器，不能落入小人之手，咱们要记住师父的话。"

"我会管住自己的，师哥。"于江感到包袱很沉，便推辞说，"师哥，你不用这样。你风里来雨里去的，也不容易。"

"大师兄，兄弟情谊是不能用这个来衡量的。当年二师伯是那样帮我，我却没有半点报偿，你和师弟现在用得上。我不会为它奔命的，回去之后，就在家里养息了。看看医书，把把脉，养养花。"

于江和大游虾一下船，黄继榆就卖了麻，价钱比先前的还要高。大家都很高兴，但也有人还稍嫌不满，上有天堂，下有苏杭，他们还想到杭州玩一玩。黄老五认为还可以往前走一程的，说不定前面还有更稀奇好玩的呢。但是黄继榆决定下的事，他是不会反对的。

二老板却巴不得快点回去。这一趟他可是个大赢家，出了风头，又赚了这么多钱，他的心早已飞回小凤身上去了。

三条船买足了酒菜，钱都是黄老五出的，用比武的赏钱。

在这种时候，敢于出门就是挑战了，敢自掏腰包买麻贩货更是一个大胆的尝试。大家都佩服黄继榆的胆略，更沉湎在打擂的胜利和刺激之中。

有了于江留下的腰牌，又是三条空船，虽说一路上仍有人查询，但总算是一帆风顺，平安到家了。

第五十一章　秋莲发难

送走了师兄弟，黄继榆一颗悬着的心总算是放下来了。太平军和官兵的战火未灭，上海的小刀会又在起事，江湖上仍然动荡不定。黄继榆决定不再出行了，毕竟性命比钱更重要。就在这个时候，他家的后院却起了火。

一回到家，秋莲就向他摊牌："这个家，我是撑不拢了。你留大就莫留小，留小就不留大。你想好了，留小，我二话不说，立马就回娘家，也不用接我，我就在娘家终老。"

自从佘姑进了门，黄继榆就亲近佘姑，冷落了秋莲。他一来同情佘姑没有父母疼爱，没有娘家人走动，二来佘姑年纪轻，性格活泼，在她身上能获得更多的快乐。

他跟秋莲说，她要带孩子，人多，睡不好。秋莲心里虽有不悦，却也不好争辩。这个理由合理又充分，孩子夜里吵闹不说，半夜还要给孩子把尿。夜里睡不好觉，老公天明就做不好事。再说了，男人爱小妾，谁人不知？丈夫偏爱佘姑，这从他从不吩咐佘姑做事就看得出来。从前娘在世的时候，家务都是有分工的，谁烧水做饭，谁担水洗衣，谁带娃扫地，都分得清清楚楚。自从母亲去世后，就没有分过工。秋莲看老公溺爱佘姑，也不好叫她做事。佘姑也不自觉，平时她要么逗逗孩子玩，要么就拿着她的女红绣上几针。绣的东西也没用在小孩身上，都在她自己的床帏上了。

秋莲最看不惯佘姑的，是她那没心没肺的性格。也许她从没把自己当女人，跟谁都要争个输赢，连老公的风头都敢抢。这不是傻吗？这也难怪，一个没有娘教导的女人，就是这个样子了。

荷花的死全赖她。要不是她说服老公让她学武，不是她整天把她带上带下，也不至于让那个没良心的女婿给害了。她看佘姑，总觉得她与常人有点不同，甚至怀疑她是狐狸精投胎的，是来祸害他们家的。她这么想是有理由的，自从她一进屋，荷花就没了，船上的生意也停下了，还总有些乱七八糟的人寻上门来，来了人还要办酒席，送盘缠。进门这些年了，天天占着男人，也没见她显过怀。一双媚眼就知道迷惑男人，夜里睡觉大呼小叫的，隔壁房都听得见。女人"三不响"不知道吗？说话更不知体面，东西好吃就说好吃呗，偏要说"有味"，一个妇道人家能这样说话吗？

老公十一岁没了父亲，母亲是一个守旧的女人，家里一切都让他说了算。自己都不敢替他做主，她却到处点头表态，男人是天，女人是地，阴阳都反了，这个家能不乱吗？

秋莲和佘姑的争执，是发生在黄继榆送于江回去的时候。

黄继榆一走，佘姑就恋上了于江和大游虾留下的两匹战马。她每天轮换骑马，一会跑到江边，一会跑到老屋下，一会跑到下巢湖。马蹄得得，她的笑声浪浪，老远就听得见，完全没有一点妇规。

三牛也看不过眼了，他跟秋莲说："姐呀，那马驮人也是要气力的，力气是吃草料生的，草料也是要人去割的呀。"

不知道为什么，三牛一看到佘姑心里就发怵，惧怕她蛇一样的眼神。他总担心她什么时候不高兴了，会突然给他一掌。凭她的功夫，撂他怕是像撂一把稻草一样轻巧。心里越是怕她，他就越是靠近秋莲。自从姑姑死后，他就把秋莲当成了靠山，当成他的亲人。本来就是一个姓的，他叫着叫着，就不叫表嫂了，就改叫姐。他也知道表嫂看不惯"蛇"姑，表嫂早就在嘀咕她了，说她没有一点女人样。现在好了，还叉着双腿骑到马身上去了，披头散发挺着个大胸脯到处招摇，活脱成了一个疯婆子。

秋莲认为，老公不在家，她就是一家之主，家里的事情就应该是自己说了算。自己做小的时候是个小，现在两个姐姐不在了，自己做了大，难道还要忍气吞声？她生了一儿两女，孩子也长大了，不怕没人给她撑腰，她要拿出一个做大的样子。终于，她没好气地开口了："我说妹子呀，男人不在家，咱能不出去吗？"

"不出去？不出去在屋里干吗？"这个屋像不是佘姑的一样，黄继榆不在家，她除了吃饭睡觉，就是外多屋少。

"非要出去疯吗？这疯的亏咱还没吃够啊？"

秋莲终是没忍住。说话前她还语重心长的，但一说起话来，她就想起了荷花，想到荷花她就沉不住气了。荷花的死太让人憋屈了，活蹦乱跳的一个人，说没就没了，还不能声张。依着她的性子，非要上门去讨一个公平，要一个说法。可是老公不让，那天老公一天都没出门，抱着烟袋吸一天的烟。她自己也不知道流了多少眼泪。只有她像个没事人似的，一样的该吃吃，该睡睡。

"'风'吃什么？我吃'风'吧？"佘姑对秋莲嗳浓重的山里话，

还是有些不懂。对秋莲态度的无端变化，她更是弄不明白。秋莲见她没明白，就又补了一句："你这个样子，就不怕带坏了细人带坏了儿女？"

"怎么带得坏儿女？我闯荡江湖这么多年，不是没坏吗？除非是她自己想要学坏。"

"你是说我的女儿不乖巧，缺少教导吗？"佘姑的话说到秋莲的痛处了。她平时对女儿溺，老公也这么说。但女儿长到十五六岁就要嫁人了，娘家不疼，谁疼她？你一个做姨娘不疼，凭什么说娘不该疼？结婚十年后才生的女儿，对孩子疼爱一些，有什么错？疼孩子丢人吗？怎么也比你一个自己送上门的女人强吧？没名没分，又没生个一男半女，那还是个女人吗？那就是一只光吃谷不下蛋的鸡，那就是一只公鸡，不，比公鸡还不如，公鸡不下蛋还会打鸣呢，你连打鸣都不会，这样的女人竟然还敢来说我。想到这里，她没好气地说："你嫌我的孩子没管教好，你就自己生个试试。没生过人不知道疼。"

"三姐，你……"

佘姑没想到秋莲会说出这样的话来。为人之妻，谁不想做母亲？可这种事又不是赌气赌得来的，她不知道是八哥的毛病，还是自己的毛病。自己从小就在父亲的棍棒下练功，练坏了身体也说不定。

在这之前，她和秋莲从来都没争吵过。秋莲是姐，家里事都是她在操心，她把她当作大姐一样对待。三姐发一点脾气她应该谦让，但三姐说出这样伤人的话来，还是让她猝不及防，让她气愤。她能飞檐走壁，她能打倒几个壮汉，但她却回答不了这种让人难堪的话。她想发火，但三姐是八哥的夫人，她不能让八哥为难。她跺了一下脚，把手里当马鞭用的毛竹丫子狠狠地甩在地上，跑回了自己的房里。

黄继榆听了秋莲的话，一时慌了神。在刘家堡时，就看中了她的贤惠能干，没想到娶回家后，多年怀不上孩子，她只能埋头苦干。自从母亲和两位夫人去世之后，家里的担子就全落在她的身上。自己长年在外，家里的人情世故，孩子们的衣裳，田地里的农活，里里外外都是她在操持。娶了佘姑之后，自己连她的房门都没踏上几回，她今天这么一说，这才觉得愧对了她。

这一夜，秋莲一改往日的忸怩，让黄继榆如幸新欢，酣畅不已。

第五十二章　佘姑负气出走

这是一个阴冷的早晨，还没有散尽的夜雾，在山中弥漫，屋后的毛竹林里，斑鸠在"咕咕，咕咕"地鸣叫。黄继榆坐在堂屋的太师椅上，一袋接一袋地吸着旱烟。佘姑在他的面前洗头，倒在天井里的洗头水，在青石板上漫起淡淡的热气。佘姑洗完头，擦拭过头发，正在弯腰梳理她的一头黑发。黄继榆叫了她一声，她就倚坐在他身边的矮凳子上，一边偏着脑袋梳头，一边等着八哥和她说话。多日不见，她相信八哥像自己想念他一样，是想念自己的，一定有很多话要对自己说。

黄继榆对佘姑说："你有几年没回去了？你不想回去看看吗？"

这句话让佘姑感到意外，分开这么久，要说的话有很多，佘姑怎么也不会想到，八哥说的是这句话。她梳头的手停了下来。是啊，自从跟了八哥，还从没有回去过呢。最初她要回去的时候，八哥不让她走，嬉皮笑脸地说舍不得她。到后来八哥同意她回去了，又遇上兵荒马乱，也没有回去成。现在倒是习惯了，不想家了，八哥却叫她回去。回到哪里去呢？父母已经不在了，两位哥哥是不是还在船上，有没有上岸成家，她都没有一点音讯。六年多来，她已经渐渐地把娘家给忘了。在这里吃得好，玩得好，八哥的胸脯就是她最温暖的窝，为什么要离开？她想到最近和三姐发生的不快，想到八哥昨晚是在三姐房里过的夜，再笨拙的人，也会想到是三姐给他吹了枕头风。

在八哥出门的每一天，她都在思念和牵挂中度过。八哥回来了，她好高兴，她多想扑进八哥的怀里，向八哥撒娇，诉说心中的想念。但三姐为大，他先去她那里过夜，也在情理之中。她知道，八哥今晚一定会来到她的身边。所以一大早，她就扫地烧水洗头，把房间收拾得干干净净，准备迎接八哥的到来。她原本就没有打算向八哥说她和三姐发生争执的事，八哥刚刚回家，不该让他听到不高兴的事。没想到三姐竟先告了状，更没想到八哥还相信了她，不问情不问理的，就叫她回去，分明是在偏向三姐，责怪她。

佘姑沉思着，停止了梳头，握木梳的手放在大腿上，头也慢慢地垂了下来，脑后的黑发滑落到胸前。过了一会儿，才念叨出几个字来，像是自言自语，又像是在答应八哥。

"回去，我是该回去了。"

黄继榆起初还怕她不答应，还准备劝她几句的，没想到她答应了。见她既不像从前一样和他争辩，又不梳头了，觉得有些异常，就弯腰来看她。忽然，他看到一绺绺头发，掉在她的脚下。他连忙俯下身去，原来是佘姑在用牙齿咬头发。因为用力，她的腮帮子抽动着，嘴里还发出咯噔咯噔的声音。他忙推了她一把："你在做什么？"

佘姑缓缓地侧过头来，像看一个陌生人一样，目光凝重地看着他，没有说话。

佘姑从房间里换了一身衣服出来，从屋旁的厢房里，把于江留下的那匹大黄马牵到门口。那大黄马跟佘姑已经很熟了，粗壮的马臀拖着长长的马尾，不停地晃荡着，挺直的鼻孔在寻吻佘姑的手。

黄继榆走到佘姑身边，轻声地问："怎么，现在就走？"

佘姑冷冷地说："今天日子好。"说完，把缰绳搭在马背上，就回屋去寻马垫马鞍。

黄继榆见她这样，心里一软，讪笑着拉住她的手说："不用这么急吧？"

佘姑一把甩开他的手，"放开！"

黄继榆笑着说:"好好好,我去拿马鞍。"

等佘姑铺好了马垫,黄继榆和三牛抬着马鞍走了出来。两人把马鞍举上马背,黄继榆系上前后肚带,又用手拉了拉,试了试松紧,他贴着佘姑的耳边说:"你哥给你的东西,都放在鞍子里了。"

佘姑仍板着脸不说话,她已经往肩上挎了个包袱,在腰间扎了条腰带,高挺着胸脯,飒爽的英姿让黄继榆的心悸动了一下。他牵住缰绳,挨近她轻声地说:"我陪你去?"

佘姑仍然冷冷地说:"不用!"

黄继榆笑着摇了摇头。他知道佘姑想赶早班渡船,就牵着马往江边走去。佘姑却生气地绕到马的另一侧,夫妻二人隔着马默默地走向渡口。

大黄马是匹久经战火的军马,黄继榆牵着它正要上船时,它却并拢双腿不肯迈步,摇晃着脑袋嘶鸣起来。

黄继榆以为它畏水,就大声地呵斥一声,用力一拉缰绳,它才极不情愿地上了船。

大黄马被牵到了船尾,它横立在船舱,长长的脖子伸出了舱外,它不停地忽闪着圆鼓鼓的眼睛,一只眼望着黄继榆的家,另一只眼望着滚滚的长江。江水映在它的瞳孔里,如同一条白练。

佘姑和大黄马站在一起,她刚刚洗过的头发,高高地盘在脑后,仍旧插着那支白玉簪子,早晨的阳光照耀在上面,泛着油亮的光泽。她定定地望着牛头嘴处的来福寺,纷乱的晨风吹来,吹得她的衣襟在不停地摆动。她一动不动地挺直身体,神色凝重,就像庙里的一尊塑像。

过早渡的人很多,他们都聚在前舱,知道黄继榆出了远门刚刚回来,都争着向他打听外面的消息。问太平军退到哪里了,问上海的小刀会在哪起事,问捻子军有没有和太平军合股,问天下何时才能太平,何时才能开船出去装货。黄继榆在逐个地回答大家。

渡船一到江北,众人都抢着下船了。他们要去卖鱼卖柴,要赶早卖个好价钱。黄继榆和佘姑最后一个下船,他们是夫妻送别，不用那么急。

黄继榆牵着马走上河岸，对佘姑说："回去住些日子，过了中秋回也好，回来过中秋也行，随你。"说完，从腰上取下钱袋，伸向佘姑。

佘姑看着他，没有说话，也不接钱袋，她突然一把抓起他的手腕，拉到嘴里就咬。

她就是这样一个人，喜怒哀乐都藏不住，高兴的时候也咬他，有时候咬他的脖子，有时候咬他的肩膀，在他的身上留下一个个椭圆齿印，半天才散去。像今天这样咬他手腕，这样用力，还是第一次。黄继榆知道她不高兴，也不挣扎，就忍痛让她咬。

过了一会儿，佘姑的嘴里发出一声沉闷的声音，像是幽怨，又像是哀叹。她放下黄继榆的手，一把夺过他手上的缰绳，扶住马鞍一脚踏入马镫，翻身上了马。她侧首对黄继榆说："八哥，我走了。"说完，双腿一夹马肚，大黄马打了一个响亮的鼻息，就撒蹄向前跑去。

黄继榆正举起钱袋，还没来得及说话，大黄马已跑出了老远，只留下一股马的膻腥气，在空中弥漫。

黄继榆握钱袋的手垂了下来，看着大黄马驮着佘姑远去，直到它转了个弯，看不见身影。

佘姑一走，黄继榆感到心里空落落的，像被人掏走了五脏六腑似的。他的肚子也咕噜咕噜地响了起来，这才想起他早上还没有吃东西。

黄继榆是可以上街去吃点东西的，但是他不想去，他知道，只要他一上街，就会被人围着问七问八，同样的话题要说了一遍又一遍。他忍着饿，回到细瘦子的船上，等待头渡船回家。

第五十三章　继榆问凶吉

一个时辰之后，渡船回到上巢湖。一走下跳板，黄继榆就感到身体发虚，脚下乏力，额头上凉凉的。用手一摸，竟然是一层冷汗。在这个秋天的早晨，早晚还要往身上添衣裳，出汗是不应该的，何况还是一动不动地坐在船上，江上还有那么大的风。

走到继洵门口时，看见继洵在门口补网。他像忽然想起了什么似的："继洵，你翻一下皇历，看看今天是什么日子？"

继洵从里屋拿出皇历，边走边说："今天，今天的日子……不好欸……诸事不利哟。"

"什么？你给我看看。"黄继榆抢过继洵手中的皇历，急切地扫视。

"乙酉年八月初七日。

五行：城头土。值神：天牢。冲煞：虎日冲猴，煞北。胎神：房床，侧外，正南。

宜：打扫，余事勿取。

忌：诸事不宜。"

看到这里，黄继榆的心头一紧，今天是虎日，冲猴，佘姑属猴，去的方向正是北方。

他的眼睛又落在下面一行字上：

"凶神宜忌：天罡，劫煞，月害，土符，天牢。

时辰宜忌：戊辰凶。己巳凶。庚午吉。辛未凶。壬申凶。癸酉吉。甲戌凶。乙亥凶。"

今天是一个不吉利的日子！不，就是一个凶煞日！不利于出行，不利于属猴的人出行，不利于往北方出行，而这一切恰恰都和佘姑合上了。

这个佘姑，偏说今天是个好日子。也怪自己，佘姑从来都不信这些的，更不会去看什么皇历，自己偏偏就信了她。

黄继榆想起了大黄马临上船时的回首，又想到佘姑一早就以牙断发，发是头上之物，这可不是好征兆。今天的人和马都反常，他后悔今天不该让佘姑出门，他开始担忧起来。他是个从不怕事的人，可是此刻他的心跳却在加快，在发慌，头也晕，双腿也软。他一屁股跌坐在门槛上。

石头门槛的冰凉，又让他清醒了起来。他想，以佘姑的功夫，寻常五六个人，根本就不是她的对手。何况她的轻功是那么好，万一遇上什么难以应付的事，是可以逃脱的，这样谁都奈何不了她了。想到这里，他的心又平静了很多。

他从门槛上站了起来，把皇历递给继洵。

继洵接过皇历，看他脸色不好，就问他：

"没什么事吧？"

"没事，可能是夜里受了凉。"

"受凉了就去打路拳，出出汗，再睡上一觉。"

黄继榆没有回答他，他脚步沉重地往家里走去。

回到家里，黄继榆连忙吃了点东西，他没有去打拳发汗，而是让秋莲烧盆热水洗了个澡，然后到佘姑的房间里睡觉。

躺在床上，黄继榆感觉像是又回到了船上一样，身下的床铺在不停地颠簸摇晃，摇得他的头更加眩晕。中午秋莲叫他吃饭，他也不想动弹，迷迷糊糊地似睡非睡。不知睡到什么时候，他看见佘姑披头散发地向他走来，开口叫了声八哥，嘴里就喷出一股鲜血出来，惊得他一下子坐了起来。

靠在床头上，他感到头上身上都是汗，心跳得飞快，墙壁楼板都朝一个方向转，并且越转越快。他赶忙闭上眼睛，两手撑着身体，高声叫喊秋莲。

秋莲伸手摸了摸他的头，说有点烧。黄继榆说他的头也疼。

"头痛？昨天回来还好好的，该不是被什么吓着了吧？"秋莲说。

"别瞎说，一个大男人能被什么吓着呢？早上还好好的，就是过了趟河。"

"你去湖西看看吧，找半仙问问。头疼有鬼，肚子疼有喜，看有没有什么祸祟？"

上巢湖的西边，是王家庄，庄里有一个马脚，能看小孩的惊吓，能过阴。依他的话说，凡属药物所不能治的，必定是有鬼，不是祖人不安，就是鬼神作祟。只有问明缘由，烧些纸钱，禀告乞求后才能转好。

这王半仙平时和常人一样，放牛种田，犁田造耙，与常人无异。只是到了下午，能让鬼魂附体，借口说话。秋莲为孩子治惊吓，是去过几回的，她说这个点去正好，半仙肯定在家。

半仙的家很好找，就在湖西的山脚下。小山坡上有五棵古柏，树皮都被牛蹭去了，光秃秃地露出白白的树芯。古树下有几座古墓，高高的石碑矗立在坟头。太阳一偏西，大山就遮住了阳光，这里就特别的阴森。在古墓的不远处，有一间小屋，屋内供奉着菩萨。王半仙就住在这间小屋里。

黄继榆的到来，让王半仙吃惊不小。按他的话说，鬼魂都是找一些小孩和女人，是畏惧有阳刚之气的男人的。况且黄继榆正值壮年，还是个有功夫的人。

黄继榆的功夫他是亲眼见过的。有一回黄继榆来湖西，一个外地人来找他访武，问路时恰巧问到了他。他假装热情地说，他就是黄继榆家里的人，可以带他去，但先要把牛抱到水塘里去洗个澡。

抱牛去洗澡？那人吃惊了，这么大的牛岂是人抱得动的！何况这个人的身材还是这么矮小。

黄继榆也不言语，他一手持着牛角，一手搂着牛脖子，硬生生把牛夹到了水塘边。

那人心想，牛算被你夹来了，看你怎么给牛洗澡？

只见黄继榆站在牛身边，单掌照着牛肚一推，那牛就一个翻滚，掉到了水塘里，溅起高高的水花。

那人吃惊地问他，你是黄继榆家的什么人？黄继榆说，自己是他家的长工。那人一听，掉头就往回走，不去找黄继榆了。

王半仙在一旁掩嘴窃笑，之后，又心痛起他的牛来，说你肯定把我牛肋骨打断了。

黄继榆笑着说，打断了肋骨，那就不叫本事了。

王半仙看着黄继榆萎靡的样子，就取笑他说："我牛今天不洗澡。"

黄继榆却笑不出来，无精打采地说："大哥别拿我开心了，我走路的劲都没有了，快帮我看一看，看有什么祸祟？"

王半仙让黄继榆在一旁坐下，叫他留意听，自己对着柜子上的神像上香作揖，然后拿起一块红布搭在头上，嘴里念叨："天上的神仙，本堡的土地，过路的神鬼，屈死的冤魂，湖东堡黄继榆有何不敬，请开尊口，不要作祟。"他的开场白刚刚说完，嗓音就立刻一变，一个女人的声音传来：

"八哥，八哥啊，你好狠心哪。我到你家六年四个月，没花你一分钱的彩礼，没让你送一个时节，我只想和你做长久夫妻，只想和你生同床，死同穴。可，可你偏信三房，赶我出门。你的徒弟，你的徒弟夺我钱财，谋我性命，让我和你分离。你说，你说，我冤还是不冤……好，八哥，你不管我算了，我找我爷娘去了。"

黄继榆初听这话，还觉得不像是佘姑的口气，但细细一算，佘姑进他的家门，恰好是六年零四个月。口气虽然有点生硬，声音却极像。这样一口安徽话，王半仙是学不来的。

王半仙拉下了红头布，涨红着脸长吁了一口气，"哎呀，没见过这么性急的，像炒豆子一样。"

黄继榆此刻就像冬天掉进了湖水里，手脚冰凉，身体发抖。佘姑被人谋害了？还是自己的徒弟？这怎么可能？可是她说三房的事，只有他们三人知道。黄继榆的心不禁缩紧了，他想起早上发生的一切，想起佘姑和大黄马的反常，想起老皇历……

他走到神像前，虔诚地跪了下来，对着神像说道："佘姑，我这就去找你，假若你遭人暗算了，我一定为你报仇！"说完，烧了黄表纸，点上一炷香，拜了三拜，插在香炉上。他站起身来，奉上香油钱，匆匆离开王半仙的家。

说来也怪，去湖西的时候，黄继榆的脚就像踩在棉花上，轻一脚重一脚的。回来时，脚步却稳当了，还感到肚子饿，想要吃东西了。

第五十四章　追寻佘姑

这一夜，黄继榆像是经历了一场辛勤的劳作，竟睡得特别踏实。第二天一早，他跟秋莲说有事要出门，就牵着大游虾的黑马，坐早班渡船到武穴。他要去寻找佘姑，他相信，只要沿着官道走，就一定能找到佘姑。

大游虾的黑马虽然比不上于江的大黄马高大，却也是奔走如飞。黄继榆骑着它，直往黄梅宿松方向追去。

一路上，经过路面开阔的地方，他就加快速度。走到路险狭隘之地，就放慢步伐，细心地察看，看有没有可疑之处。路边的茶庄饭店，更是毫不放过。大黑马驮着他，时而疾驰，时而慢行。过了午时，快接近黄梅了，也没有看到异常。他便在路边一家饭店停下，让店家给马喂水添料，自己则去点菜吃饭。

此时早已过了午饭的时间，趁着店内没客，他向店老板打听，问昨天有没有看到一个骑马的女人经过。

店老板说，见过的，伙计听到了马蹄声，就跑到门口去招客，可是没拦住。马上的女人好像不高兴，还用手上的树枝敲一下伙计的手。伙计叫骂着回店来，说撞了个鬼，客没拦到还挨了打。

听到这里，黄继榆知道自己的方向没有错。佘姑在这里没有吃饭，一定会到下一站歇脚吃饭的。

一路上，又沿途问了两家饭店，都说见过一个妇人经过，但并未下马。心想她是何其倔强，连水都不喝一口吗？直到申时，进入了宿松地界，在几棵高大的树下，看见一家路边饭店，黄继榆收缰停步，跳下马来，却看见店门是关着的。

黄继榆想，这么大的一间店子，大白天的关门，似乎有些不正常。他在门前的系马桩上系好缰绳，就去敲门。

开门的是一位六十多岁的老妪。老妪说，厨子病了，今天不开张，说完就要关门。

黄继榆哪里会放过。不等她关上门，就一脚踏进门里，说：

"大娘，给口水喝吧。"他一边说，一边不顾老妪的推挡，往屋里挤。他不搭理老妪的叫嚷，一进门，就用目光四处搜索。虽说刚一进屋，眼睛有些不适应屋内的阴暗，可是借着屋顶上的亮瓦，他还是看出了端倪：屋内右侧靠墙应该摆桌子的地方，只有三条板凳，少了一张桌子。门口的地上，有柴火灰沾染过的痕迹。他正准备到灶房里去查看，后房传来一个男人的声音："谁呀，没长耳朵是吧，说不开张就是不开张喽，还进来做什么？"

黄继榆听出这个人的口气很凶，他现在找的就是这种凶狠的人。他往后门走去，他想见见这个人，没想到这个人从后房走了出来。

黄继榆一看，这人的右手腕用一根布带吊在脖子上，还没等黄继榆上前，就用左手指着他说："出去！出去！业不由主了！"

黄继榆正要问话，忽然听到后院传来马鸣声。他赶忙打开后门，往后院一看，只见门后的墙垛内，大黄马正在伸头挣扎缰绳。

一时间，热血涌上黄继榆的头顶，不知道是因为发现了佘姑的踪迹激动，还是为佘姑的安危而紧张，他回过身来问屋里人："那马是谁的？你说！"

"问得怪不？我家的马，当然是我的。"

"这马怎么会是你的？"于江的大黄马见了他，在不住地嘶鸣。黄继榆回头的一瞬间，突然感到此人有点熟悉，但此刻他的心里只有佘姑，只想着佘姑的安危，根本就无暇去思考这个人是什么人，他的话也语无伦次："佘姑呢？快告诉我，佘姑呢？"

"什么'蛇菇'？哪来的'蛇菇'？"

黄继榆急了，一把抓住他的左手腕："你说！你老实跟我说！"

情急之中，黄继榆的手有点重。那个人痛得"哎哟哎哟"地大叫，一屁股瘫坐在地上。

一旁的老妪见儿子坐在地上，就来掰黄继榆的手指头，却怎么也掰不开。她转身走到后门，对着远处的人家大叫起来："快来人呐，有人打人命了！快来人呐，有人打人命了！"

距离这饭铺二十丈外，有个十几户人家的村庄。听到老妪的喊声，就有人跑出了屋外，跟着有人手上拿着木棍、鱼叉，向这边赶来。

屋内的黄继榆看得清楚，却任她叫喊。他认定这个人一定与佘姑的下落有关，便死不松手，听任他杀猪一样地嚎叫。

那老妪见有人来了，又回过头来，双手抓住黄继榆的手腕，生怕他跑了似的。黄继榆也不理她，让她鸡爪一样的手指抓着自己的手腕。

一拨人进了屋，黄继榆才松开抓人的手，拂下老妪的手掌，退后一步对大家说："这个人开黑店，谋财害命。"

"你说人家开黑店就开黑店了？无凭无据的。"

"开什么店跟你有什么关系？"

一群人并不细问黄继榆说这话的理由，反倒顶撞起黄继榆来。黄继榆一听，感觉这些人知道这家是开黑店的，反而在护着他，他的心里无比失望。他看在这些人身上寻求不到支持，就抓住地上人的手腕，说道："走，咱们见官去。"

地上的人见黄继榆要拉他走，就仰面往地上一躺，癞皮狗一般地嚎叫起来。

一个人举起木棒对着黄继榆叫喊："放手！再不放手我就打来了。"

他的话还没有说完，就有一根扁担向黄继榆的腋下捅了过来。黄继榆挥起左手一掌劈了下去，那扁担"哐啷"一声落在地上，接着，木棒就向他的头上打来。黄继榆翻手接住木棒，顺势往面前一拉，那人就连人带棒向他扑来。黄继榆提起膝盖一顶，那人就抱着胸口倒在地上，"哎哟哎哟"地叫唤起来。

"这个人有功夫。快点，快叫耀祖来。"

黄继榆一听他们还要叫人来帮凶？顿时怒从心头起，没想到这里的人竟然如此不讲道理，连坏人都要袒护，还要对他下手。他从来就没下手伤过人，今天，他倒是想要打人了！

接着，只听有人在喊道："快把大门关上，耀祖来了，别让他跑了。"

黄继榆暗笑道，关了门正好，这一屋子的人，只怕今天都要摺在这里了。随着后门的光线一暗，一个人闪身进了屋。黄继榆还没看清来人的面孔，却听那人喊了一声："师父！"

黄继榆吃了一惊。怎么会有人在这里叫自己师父呢？等他看清面相时，才认出是刘耀祖。

刘耀祖的一声师父，让黄继榆惊讶了，更震惊了满屋的人。

刘耀祖走到黄继榆面前，回身对大家说："这就是我跟你们说的黄继榆，我的师父。你们敢和我师父动手，那就是找死！还不走开！"

刘耀祖的话一说完，一屋子的人都安静了。他们老早就听耀祖说过黄继榆，说他的功夫如何了得，说自己都没有学到他的一成功夫，而他不及师父一成的功夫，就已经打遍周边村庄，称霸一方了。黄继榆的功夫有多深，就可想而知了。拿棍棒鱼叉的人收起了家伙，被黄继榆顶倒在地上的人也爬了起来，讪讪地说："怪不得呢。"

黄继榆对刘耀祖说："耀祖，你来得正好，你让他们出去，我有话要问你。"

屋里的人一听，不等刘耀祖开口，都一个个地走了出去，只剩下老妪和地上的人。

刘耀祖搬条板凳给黄继榆坐下。黄继榆坐下后，表情严肃地问刘耀祖："耀祖，你说，这里昨天出了什么事？"

刘耀祖不敢隐瞒，就坦白了昨天的经过。

第五十五章　佘姑冤死宿松

佘姑是昨天未时才到这里的。她一进门，就对店主说：

"给我的马添料喂水，给我煮一碗鱼面。"说完，就从后门去了茅房。

此刻，早已过了午饭点，伙计已经回家歇息去了，只有店主刘玉泽一个人在店里。等到佘姑从茅房回来，恰巧看到刘玉泽的手正从大黄马的马鞍上缩了回来。佘姑呵斥他道："干什么！你个开店的，竟敢去动别人的东西？"佘姑见他空着两手，便没有与他深究。

刘玉泽假装羡慕地抚摸着马鞍，也不回答她，回头给马喂水添料。其实他一眼就认出这是一匹战马，又看这马鞍精致，鞍座高翘，就知道前面是空的。趁着主人不在，他掰开马鞍，偷窥到了里面的财物。

多年前，刘玉泽就和邻村的两位乡党一道，合伙偷盗。最后嫌偷盗来钱太慢，就干起了打劫的勾当。被黄继榆抓住教训了一通，又得了十两赠银，就打算改邪归正。回到家里，和老娘说及黄继榆的举动，母子二人非常感动，还在庙内为黄继榆立下长生牌。初一十五到庙里上香时，都不忘在他的长生牌前磕头跪拜，祈求恩人长命百岁。又用黄继榆赠给他的银子做本钱，在路边开起了饭店。虽说发不了财，却能让一家人衣食无忧。最初他还做得心安理得，后来见多了南来北往的富人，又想一夜暴富了，便滋生了偷掠路人钱财的念头。

前些日子，这条官道上过往的客人突然多了起来，有些人看似朴素，却携带着大量现银。他们不是把金银藏在身上，就是藏在马鞍里。刘玉泽在道上混迹多年，一眼就看出来了。他趁着客人在屋里吃饭，自己就佯装喂马，便顺手牵羊地偷些银两，直到客人离去，仍然不被发现。尝到了甜头的他便时刻把眼光落在马鞍上，没想到今天这个单身女人，带了这么多的硬货。这个时候没有食客，伙计又不在，正是下手的好时机。他暗自估摸了一下，这笔生意若是做成了，后半辈子就不用开店了。他想做得干净点，把这个女人做掉，免得有麻烦。在这个兵荒马乱的时候，做掉个把人是没有人追究的。

刘玉泽先是烧了一炀滚烫的开水，泡了一壶川芎茶，川芎味重，撒上迷魂药，又加上开水烫口，是喝不出药味来的。佘姑口渴得厉害，却因为水烫，喝得不酣畅，心里气愤，就带着怨恨骂开了："像头猪一样，这热的茶，叫人怎么喝？"

刘玉泽卑微地回答说："凉茶喝完了，这是刚烧的。"

这也难怪，都什么时辰了，日头都偏西了。

宿松产鱼，鱼面是这里的特产，作为安徽人，佘姑是知道的。等到鱼面端上桌时，迷药开始发作了。佘姑还没吃上几口，便感到了头晕。情知不对，连忙抬眼去寻找店主。

这时，刘玉泽正坐在柜台后面，用一双贼眼观察佘姑，他在等待药物发作。四目相遇，犹如电光石火，双方都心知肚明了。佘姑知道是店家下了药，刘玉泽也明白佘姑察觉到了。佘姑起身就向柜台扑去，她想趁着药力发作前先制服他，以免遭他的毒手。

刘玉泽也是个练家子，本来是想等药力发作之后再下手的，但佘姑既然发现了，只得硬着头皮提前动手了。他一见佘姑向他扑来，就站起身来，抬手来挡。可他哪是佘姑的对手？佘姑抓住他的胳膊，把他从柜台里凌空拎了出来，重重地砸在靠墙的小桌子上，四脚小桌立时被砸散了。佘姑丝毫不给他喘息的机会，一手拧转他的胳膊，一脚踩住他的后膝，让他单腿跪地。

刘玉泽原本还想打倒佘姑的，万万没想到这个女人的力气这么大，抓他的手掌就像铁钳一样，痛得他咧嘴嚎叫起来。

刘耀祖打鱼回来，经过饭店门口时，正好看见这一幕。玉泽是他的本房兄弟，又跟随他学过功夫，见他被一个女人按在地上，就想帮助他。他取下搭在鱼叉上的渔网，把渔网向佘姑身上撒去。

佘姑被一张大渔网罩住了。她连忙放开刘玉泽，挥舞双手去挣脱头上的渔网。刘玉泽趁机爬了出来，从刘耀祖手上夺过鱼叉，向佘姑的胸口刺去。

此时，迷药正在佘姑的体内发作，她已经是头晕目眩了，又忙着取渔网，对刘玉泽刺来的鱼叉竟毫无防备。刘玉泽下手狠毒，一心要置佘姑于死地，锋利的鱼叉重重地刺中了她的胸口，她一把拔出鱼叉，鲜血从她的胸口喷薄而出，她一看自己的伤口，悲哀地叫了一声："八哥，我再也见不到你了！"

此时，黄继榆正躺在她的床上，做着佘姑口吐鲜血的噩梦。

看见佘姑倒在地上不动了，刘玉泽赶忙把她拖进后房，又去灶间铲来炉灰，盖住地上的血迹。他听见大黄马在屋外嘶鸣，就把马牵进屋内，关上大门，伸手去解下马鞍。

刘耀祖呆呆地看着刘玉泽做完这一切，他没有想到玉泽会下如此狠手。想到自己成了他的帮凶，一时不知所措。

刘玉泽把鞍座下的金银倒在地上，对刘耀祖说："大哥，隔山打猎，见者有份，咱们一人一半。"

看着这些金银，刘耀祖才明白刘玉泽为什么下毒手了。刘玉泽从前在外面做过什么营生，他是清楚地。做完这一切，刘玉泽才感到手臂在火辣辣地痛，他一边揉捏手臂，一边看着刘耀祖。见他没有答应，刘玉泽又说："好汉做事好汉当，人是我杀的，与大哥没有关系，只求大哥紧口。"

听刘耀祖说完，黄继榆的脸色苍白异常。他声音颤抖地说："你，你这两个畜生！你知道她是谁吗？"

"是谁？"

"她是你师母啊。"

"啊……"刘耀祖惊叫一声。

坐在地上的刘玉泽，此刻更加紧张。自从黄继榆一进门，他就看着这个人像是当年义释他的那位大侠。只是觉得不会有这么巧，心里还存有几分侥幸，但他已放弃了抵抗。直到刘耀祖进门叫声师父，他才确认是黄继榆了。

刘耀祖从九江回来，向人吹嘘他师父武功的时候，刘玉泽就明白他的师父是谁了，只是装作不知。他那段不光彩的过去，不能让人知晓。这件事他只和他娘提起过，他娘也知道耀祖的师父就是他们的恩人，这让他们对恩人更加崇拜。现在，他竟然把恩人的老婆杀死了，恩人当年放他时说过的话，又在他的耳边响起。这老账新账一起算，一定是非死不可了。想到这里，刘玉泽撑在地上的那只手，不停地哆嗦起来。

黄继榆看着刘玉泽，恶狠狠地说："你该懂得杀人偿命的道理吧？"

刘玉泽低下头，一双眼睛死死地盯着地下，说不出话来。

站在刘玉泽身后的老妪，也明白这个人就是他们的恩人。懊恼和恐惧一齐涌上了心头，她号啕大哭了起来："这是大水冲了龙王庙啊，我们做梦也不敢去加害恩人的媳妇啊！"

听到这里，黄继榆才想到眼前的这个人怎么这么眼熟了，原来是自己当年放走的那个歹徒。想起他当年拿刀向他扑过来的样子，他后悔当时没宰了他，没想到因为自己的一时心软，竟然害了余姑的性命。

黄继榆手握拳头，愤怒地问那老妪："是别人就可以吗？"

老妪一时语塞，无言以对。她看看刘耀祖，刘耀祖低头不语，她看看儿子，儿子正在浑身发抖。她绝望地大哭起来："刘子然呐，都怪你呀，都怪你这个东西啊，你有家不归，生儿不养，撇下这一摊子，害我啊刘子然……"

第五十六章　继榆再释刘玉泽

听到刘子然的名字，黄继榆吃了一惊。忙问刘耀祖："刘子然是他什么人？"

"是他老子，做官在外，辞官后就来了封信，说是在外地出家了，就再也没有回来。"刘耀祖闷声说。

这刘玉泽是果然和尚的儿子，杀害余姑的人，竟然是他的恩师果然和尚的儿子……

黄继榆的心碎了，像一片干枯的树叶，被人踩在脚下，碾成一点点碎渣。他的杀妻仇人，竟然是恩师的儿子……

黄继榆坐不住了，他猛地从凳子上站了起来。

黄继榆的身子一动，面前的刘玉泽吓得手一软，身体一下子瘫倒在地上，像只没有骨头的狗一样，那只缠着绷带的手，软绵绵地拖在身边。

老妪连忙走到黄继榆的面前，扑腾一声跪下，仰脸对着他哭喊道："恩人呐，你要杀他，那就是杀死一条狗啊。只是可怜我，可怜我临死了，连个端灵牌的人都没有。你就让我去死吧！让我替他去死吧。死在他前面，我也甘心、瞑目了啊。"

老妪一边哭，一边摇头，眼泪散乱地流淌在她满是皱纹的脸上，额前的几缕白发不停颤动着。那可怜兮兮的样子，全然没有了先前的狂妄。她见黄继榆没有搭理她，又仰面朝天地大哭道："刘子然呐……你是死是活，都要听好了，咱这一家落得如此下场，都是你作的孽呀……"

看着老妪发黄的牙齿，听着她绝望地哭喊，黄继榆的胸口发堵，心里一阵阵地发痛。

这时，从后门跑来一位妇女，身后跟着两个十多岁的男孩。见老妪跪在黄继榆的面前，也连忙在她身后跪下，身后的两个孩子不知所措，被她回身一手一个地拉着跪了下来。

老妪回头看了一眼，又对着黄继榆号哭：

"我们一家人都来了，要杀要剐，任凭你处置。反正我儿子死了，我们也活不成……"

看着眼前这老少三代人，黄继榆的眼前尽是果然的身影。果然给他讲佛经，教他站桩，对着墙壁拳打千层纸，教他吟诗赋词……黄继榆连连吞咽口水，他紧握的拳头慢慢地松开了。半晌，他才一字一句地说道："看在……刘子然的份上，我……不杀……"

老妪一边抽泣，一边竖着耳朵，像犯人在等候官府的判决。当她听到"不杀"二字时，连忙接口哭喊道："只要你不杀我们，我们一定厚葬师娘，一家人为师娘披麻戴孝，视师娘为先祖啊……"哭到这里，她低下了头，在地上咚咚咚地磕头。

老妪一磕头，身后的妇女也跟着磕头，两个孩子也笨拙地磕起头来。

她的这一通哭喊，忽然惊醒了黄继榆。他不能把果然在蜡梨坡出家的消息告诉她。既然他选择了出家，必然有他的理由，他一定不希望有人去惊扰他。还是等自己回去之后，把这里的事告诉他，让他自己来做出决定吧。

老妪这一通话也提醒了黄继榆，佘姑已死，葬在哪里呢？运回上巢湖？她是凶死在外的，按照风俗，她是进不了家门，入不了祖茔的。她又未生子嗣，谁为她端灵立碑？送她回老家？多年没有回去，突然送一口棺材回去，怎么向她的家人交代？向她哥哥说明实情，那这家老小还逃脱得了厄运？

黄继榆无奈地摇了摇头。

看见黄继榆摇头，那老妪又号啕起来："师娘的财物，我们如数奉还，棺木丧葬，全由我们承担。卖房卖屋，也要让她入土为安，给她做个热闹好看……"

黄继榆知道她误会自己了。他也不向她解释，他对着缩成一团的刘玉泽说："刘玉泽，你先做盗匪，今又杀人。依理，我要手刃了你。看在你一家老小的份上，我再饶你一回。耀祖，你是我亲授的弟子，师娘的后事，就由你来操办。师娘的财物，全用在丧葬上，不须你们承担。余钱我不带走一分，都留在这里，作为坟墓的修缮和日后的祭祀开支。这钱原本就是她的，只是没有想到，会是这样用了……"

黄继榆哽咽了，没有再说下去。他知道佘姑在后房，他要去看看佘姑。

刘耀祖却劝阻他，说等人帮她梳洗了，换了寿衣再看吧。

刘耀祖把黄继榆接到自己家里，他叫媳妇去刘玉泽家，帮忙给师娘沐浴换衣。盖棺前，再来请师父去见师娘最后一面。

伫立在棺木前，穿戴一新的佘姑双目紧闭，她没有血色的脸映衬在乌黑的头发上，显得格外苍白。黄继榆心里思绪万千，这么单纯的一个姑娘，如果她没有武功，她就不会这样桀骜不驯，她就是一个只会向他撒娇的好妻子。可惜，一切都不如他所想。此刻，她的胸口，也许还在渗着血水，她的心里，也许还装满怨恨。

黄继榆悲痛地摇了摇头，佘姑死了，他实在不忍心去毁了一家三代五口，让人间再添悲剧。佘姑是一个讲义气的人，她一定会理解八哥的。要怪，就怪这人世间不该有贪念，怪这世上不该有害人的利器。

刘耀祖为佘姑挑选了上好的棺木，垒墓筑碑，吹鼓抬丧都是最高的规格。当佘姑的棺木在唢呐锣鼓声中出灵时，刘玉泽带着家人，披麻戴孝。不知是为自己的兽行后悔，还是为重获新生而庆幸，他痛哭哀号，如丧考妣。

佘姑葬下的第三天，黄继榆和刘耀祖、刘玉泽三人来到佘姑的墓地。刘耀祖和刘玉泽跪在坟前，为佘姑烧纸钱，点香。黄继榆蹲在坟边，用手捧起坟堆边的黄土，不停地往坟头上堆。看着这堆新土，他想起佘姑曾经说过，死后要和他合葬在一起的。现在，她却一个人孤单地躺在这里，永远地和他分别了。他心如刀绞，感到有什么东西在硌他的手心，他悲愤地站起来，用力握紧拳头。随着他的用力，他掌中的土散落下来，掌心里发出咯吱咯吱的响声。齑粉不断地从他的指缝里流泻，带着一股灰尘，洒落在坟头。

刘玉泽跪在地上，侧眼瞄到了，知道那咯吱作响的是页岩石。看到那不断落下来的尘土，他跪在地上的双腿不停地抖动着。他暗暗告诫自己，再也不能犯错了，否则，他的命运一定不会比那些石子幸运。

黄继榆把那匹黑马留给了刘耀祖。他一手牵着缰绳，一手抚摸着大黄马的额头，对刘耀祖说："我走了，你要好好地反省自己。做人不能恃强凌弱，不能蛮不讲理。没有官府，还有江湖，还有公道，还有良心。这次要是换了别人，你知道是什么后果吗？"

刘耀祖低下头，他肯定知道，这次如果不是师父，如果不是自己及时赶到，面对穷凶极恶的乡邻，盛怒之下的师父一定会出手的。以师父的功夫，一旦交起手来，他这庄人将遭受灭顶之灾。

刘耀祖感到庆幸，他庆幸自己又一次躲过了灾难。

是的，人生是有很多侥幸，就像在九江屠城前，他碰巧回家而侥幸躲过一劫。人生是不能依靠侥幸生存的，幸运之神不会总是降临在一个人的身上，只有循规蹈矩才能避灾免祸。他还不知道师父和刘子然的关系，只当师父是看他的面子，是怜悯玉泽一家老小才放过他的。师父告诫他不能恃强凌弱，不能为了亲情而不讲公道，否则，就会落下悲惨的结局。他听懂了师父的话，师父知道他不是有意加害师娘的，但是他为自己的助纣为虐而羞愧："师父，我错了，我知道错了。"

黄继榆见他哽咽着认了错，就不再指责他。他翻身上马，回头对他说："我还会来的。"

在回家的路上，黄继榆一路思量着一个问题，如果自己把师父的武功传授给了刘耀祖，刘耀祖又传给了刘玉泽这样的人，他们会怎样的横行乡里，将给江湖带来多大的危害？

第五十七章　痛失果然

黄继榆带着满腹的忧伤和无处言说的愤慨，连夜来到普济寺。在果然师父的卧房里，果然盘腿坐在草团上，床头的菜油灯照着他，把他的身影一半投在墙上，一半投在地下。他双手合十，眼睑低垂地听黄继榆讲述佘姑殒命的经过。他早已听过黄继榆赠银送盗的事，只是不知道那个行凶的恶人，竟是他的儿子。他更没有想到，他那个刁钻刻薄的老婆，竟把他儿子教成了一个盗贼，教成了一个杀人凶犯。直到黄继榆说到她跪在地上求饶的时候，他才缓缓地叹了一口气，说："该迷途知返了。"

黄继榆讲完了全部经过，果然仍然双手合十，挺直身体一动不动地坐着。过了好一会，他才慢腾腾地说："佛祖让我度众生，我却让自己的家人变成了恶魔，我的罪孽，实在是太深了。"

黄继榆安慰他说，这不能怪他。

果然喃喃地说道："天地之间，五道分明，善恶有报，福祸相承。罪孽，罪孽啊！"他停了停，又说道："继榆啊，蜡梨坡是个好地方，我喜欢，我喜欢这里。"

听着果然师父发出的感叹，黄继榆意识到自己的话让师父难过了。他只是想告诉他余姑的不幸遭遇，告诉他自己饶恕了刘玉泽，告诉他家里的近况。这些话除了向他倾诉，他不可能向其他人言说。说出来后，能让他的痛苦减轻不少。

第二天中午，三牛回来跟他说，果然师父死了。

黄继榆吃了一惊，昨夜还是好好的，怎么突然死了呢。随后一想，他相信了这个消息。从他昨夜的口气里，他就应该预感到这个结果的。果然师父的死，就是自己一手造成的，要是不跟他讲余姑的死，不跟他说他家里的事，他就不会自责，就不会死去。想到这里，一股悔恨之情涌上心头。他暗暗责怪自己考虑不周，一个吃斋念佛劝人行善的老和尚，面对家人的罪孽和自己未尽的责任，除了一死，还能拿什么来赎罪？

这个时候，他才觉得自己向秋莲隐瞒余姑的死讯是对的。逝者已矣，就不要再让活着的人徒生悲伤了。

他又想起了果然师父最后的话。在那个时候，他的去意就已经定了，并向黄继榆暗示他要安葬在蜡梨坡。

果然师父说得不错，蜡梨坡确实是个好地方。它坐西朝东，左倚长江，背靠大岭山脉，面前是碧波荡漾的下巢湖，两边是连绵的青山，山上绿树成荫，野梨树掺杂其间。梨花开时，如同千万盏点亮的蜡烛，绽放在普济寺前。这里远离州府，远离喧嚣，没有刀光剑影，没有江湖纷争，确实是一方难得的净土。

黄继榆又一次暗下决心，从此以后，不再涉足江湖。他只想安心在家习医书、种草药、治疾病，安乡保民。百年之后，也来蜡梨坡，和果然师父做伴。

第五十八章　归隐乡里　永藏利器

黄继榆的屋旁，有一条长长的小溪，溪水从山顶垴上流淌下来。溪边长满了鱼腥草，开满了野菊花和金银花，这些都是常用的草药。他又在门口种下杜仲、川芎、白及、黄芪、桔梗。党参和车前子等草药在山上都能挖到，其他药材可在武穴的药铺里购买。这样，乡邻的日常疾病，都可以在他这里医治了。骨骼扭伤推拿接斗更是轻车熟路，他真的大门不出不问世事了。

黄继榆是充实了，黄老五却坐不住。黄继榆不带大家出门，他就只能老实待在家里，种庄稼太累，就往武穴摆渡。可是船多客少，兵荒马乱不年不节的，也没有什么生意，终是不满意。

自从在苏州打擂得胜归来，突然间他觉得武术这个东西没有多大名堂，不就是一搂一摔吗？什么手段功夫都不过如此，都经不起自己的贴身摔抱，更经不起他的"切脚"。现在，什么人他都敢假想为对手，然后根据这个人的身体特征，设想出什么招，用什么样的招式去打倒他。这样一想，他觉得没有什么人他拿不下来，就连从前不敢妄想的黄继榆，也不再令他畏惧了。说来也是，他总是一个人，总是吃五谷杂粮两脚落地的血肉之躯，不是神。他的身高跟自己差不多，他的轻功虽说很厉害，但那只是一种爬高和追逃的本事，是不能伤人的，伤人的还是拳脚力气。他看着自己菜钵一样大的拳头，想到自己的"切脚"绝招，他能在苏州一口气打倒三人，一脚踢断头名的腿骨，未必就输得了他。

得意一露于形色，就能让人看出端倪，就有人讨好他："五哥，老八的年纪大了，我怕现在就要数你最强了。"

黄老五哈哈一笑："怕也是的。"

这种话哪怕是只说一次，只说给一个人听，却会像长了翅膀似的，传得世人皆知。

一天早上，黄继榆坐在路边，等到黄老五从门口经过，就招呼他："老五，老五，你过河回来了到我这里落个脚，我有事找你。"

黄老五连忙应答："要得八哥，要得。"

黄昏时分，黄老五从武穴回来，他走到黄继榆的家门口，把肩上的桨桌靠在门外，大步走进屋内。

黄继榆坐在堂屋的太师椅上吸烟，像是在等他。

黄老五嚷道："八哥找我有事吧。"

"啊，听说你现在功夫还好了。"上巢人夸奖一个人不错的时候，就说"还好"。

"要也要得吧，要也要得。"他毫不谦虚地点头说道，"只是现在出不去，也找不到个人练手，腿脚痒得难受。"说完，提起脚板，在空中摇了摇，踝关节里发出咯吱咯吱的响声。

"那就跟我试一下喽。"黄继榆说。

"跟你试一下？要得，要得。那你就接好了啊。"

黄老五也不多余说话，话音刚落，就飞起一脚，对着黄继榆的胸口踢去。

黄老五这一脚来得既快又猛，却是虚招，他是在等别人的身体向后躲闪的时候，露出腿脚的破绽，他好去施展他的"切脚"功夫。跟黄继榆这样的高手过招，必须拿出绝招狠手。

正常的人遇到高腿踢来，都会后退一步躲过。可黄继榆是什么人，他不退反进，在黄老五的腿脚发力蹬直的一瞬间，一掌向他的脚心拍去。

黄老五遭此一击，便站立不稳，一个趔趄，退去五六步远。

黄继榆笑着说："嗯，还不错，还算是有一点盐根。"

吃了盐才有劲，说他有盐根，就是夸他的桩子还稳。

黄老五是站稳了，可是他觉得有点不对劲，他感到脚下凉凉的。朝下一看，他的鞋只剩下鞋帮了，一只脚光溜溜地踏在地上。再一看黄继榆，他的手上握着他的鞋底。

黄继榆在出掌的时候，又顺手抓住他的鞋底往回拉了他一把。否则，他黄老五不知道飞到哪里去了。

黄老五脸上一红，连声说："八哥的功夫没减，还是没减。"

二老板也一样，从苏州回来，他可是最得意了。冒了风险，赚了大钱，关键是出了风头。在地头田间，在饭后茶余，到处游说他在苏州坐擂台的风光，说他单手顶棍的趣闻，让大家敬慕不已。这可不是吹的，小凤这个仙女一样的女人，他不是从外面带回来了吗？在外面闯荡了这么多年，功夫肯定是长进了不少。苏州的擂台继榆没坐，都是他在坐，怕是不差似继榆了。

有人说："二老板，五哥找八哥试了一回，听说是一招就败了。上巢湖能和八哥过招的，恐怕就只有你了。"

二老板没吱声，黄老五矮手矮脚的，在黄继榆面前占不了便宜是肯定的，他怎么能和自己相比？现在，黄继榆也不带大家出去了，怕是要这样收山了。江湖上都知道了上巢湖的威名，知道上巢湖最厉害的人是黄继榆，要是赢了他，自己的名气一夜之间不就起来了？

他知道黄继榆是轻易不出手的，用点什么法子呢……

蔡家湾的湖边，有黄继榆的十几亩水田，黄继榆扛着锄头来放秧水。二老板迎了上去："八哥，老五和你过了一回手啊？"

"嗯，试了一下他的腿上功夫。"

"八哥不能偏心，也应该指点我一下的。"

"不要，不要，你知道我是不和人交手的。"

黄继榆一边说，一边用锄头扒起小溪里的一块石头，堵住了秧田的缺口。

秧田旁的溪水，是从山顶垴上流下来的，小溪流过蔡家湾，经过黄继榆的田边流进大湖。黄继榆在秧田需要水的时候，就把田塍缺口的一块石头扒出来，往沟里一挡，溪水就流入了秧田。

田里的稻谷结穗了，溪边的篱笆门却被人打开了，一群鸭子正在秧田里啄谷。

黄继榆把鸭子赶了出去，鸭群蹚在小溪里，溪水立时就变浑了，污水流向湖面，像一股浓墨汁，洇染了湖水。

第二天再去时，篱笆门又被打开了，还是那群鸭子在啄谷。二老板背对着他，在菜地里锄草。

黄继榆苦笑地摇了摇头。

在黄继榆的堂屋里，黄继榆对二老板说：

"你实在要试，你就朝我肚子上打一拳，让我看看你的功夫到底怎么样。"

"这样试不得吧，八哥，试出了事就不好说了，你都这大岁数了。"

"试得，有什么试不得的，打死了不要你管。"

"那可不行，都是同乡共井的，棺材板钱总要出吧。"

"不消你出，我自己都备办好了，你只管出手就是了。"

"要不……要不叫两个老弟来当个面？"

"要得，就叫鹤群、鹭群来，有什么事不赖你。"

两个儿子来了，黄继榆对儿子说："我和你二哥比试一下，出了什么事不要人家负责，是我自愿的。"

两个儿子老实听话，知道二老板和父亲是风雨同舟的伙伴，对他们俩的比试，当然是放心的。

一见黄继榆两个儿子出来了，二老板脸上露出了笑容。他勒紧了裤带，走到黄继榆面前，客气地说："你老站好了啊。"左手早已握紧了拳头，一条胳膊在微微发抖。他右脚前弓，左脚后剪，以腰带肩，以肩带臂，以臂带拳，那拳头就挟着一股疾风，向黄继榆的腹部打去。

二老板认为他这一拳的力道足以打死一头牛犊。心想要把黄继榆打得飞身贴到身后的堂板上，再重重地落在地下，半天都爬不起来。这样，明天上巢湖就知道他打败了黄继榆，后天就会传遍整个江湖，江湖上就无人不知他二老板的威名了。没想到他的拳头打在黄继榆身上，像是打在一团棉花上，他还没来得及收拳，黄继榆的肚皮突然硬了起来，一股巨大的力量向他的手臂直冲过来，把他推倒在地。

还没等他爬起身来，黄继榆已走到了他的跟前，笑眯眯地问他："怎么样，你打到我了吗？"

"打到了……没打到……"

"没打到？还打不？"

二老板连连说："不打了，不打了。"

黄继榆笑着说："你还赶不上老五。老五还站住了，你站都没站住。"

二老板和黄老五两个人心照不宣地坐在了一起，两人谁都没提比试的事。一个说："俺还不是他的对手。"

另一个说："趁着他还能动，让他教教俺，莫让他把这身武艺带到棺材里去了。"

"那是，那是。"

二人商量好了，特意去了趟武穴，一个买了酥糖、米糕，油纸包着，用细线扎成一提。另一个卖了包松黄的旱烟丝，一人一提来到黄继榆家里。

黄老五一进门就叫喊道："八哥，八哥，我和老二来向你拜师了，你莫留一手哈。"说完，把一提糕点往八仙桌上一甩。

听到喊声，黄继榆手握烟袋从灶房往堂屋走来。

二老板等黄继榆走到了跟前，才把手中的烟丝提了起来，伸出长长的手臂，放在桌面上。他侧过头来对黄继榆说："八哥，不成敬意，不成敬意啊。教教我们吧。"

黄继榆已从烟丝袋里装满了一锅烟丝，他对着手上的火绳吹了一口，把火绳抵着烟锅，噏着嘴唇用力吸了两口，随着一缕青烟，从他的嘴里吐出两个字来："不教！"

光绪乙亥年十月初一，八十四岁的黄继榆寿终。后人遵照他的遗愿，把他葬在了蜡梨坡。

那一天，江面上波澜不惊，下巢湖水面如镜，普济寺前万木葱茏，绿树成荫。

后　记

　　在我很小的时候，一个叫得禄的老人，穿一件长棉袍，从邺上来到我屋旁的祠堂里，给大家"敥白"（家乡人对讲古的称呼）。他是和黄继榆一起到邺上去做屋的黄继洵的后人，说起黄继榆的故事来，老人眉飞色舞，滔滔不绝。

　　这是我第一次听人讲黄继榆的故事，也是我人生听到的第一段故事。

　　我从事的第一份职业是驾船，当我对同事们说我是来自上巢湖的时候，来自五湖四海的工友们，立即用异样的目光看着我。我不懂得这种眼光的意味，直到后来他们纷纷讲起黄继榆的故事时，我才知道，他们的眼睛里装满了羡慕。在他们听到的传说里，黄继榆就是一个江湖侠士，是驾船人的英雄。而我正是来自黄继榆的家乡，是同一个祖先的后裔。到后来，每当我听到越来越多黄继榆的故事时，我除了感到自豪外，还产生了一丝担忧。我担忧的是随着时光的流逝，这些传说会越来越少，直至被人遗忘。后来，我接触了小说，明白了历史是可以用文字记载下来的。从那时起，我在心里暗暗立下心愿，我要把祖先的历史用文字记录下来。

　　写作是一件看似简单做起来却很难的事情。首先，写作需要大量素材，然后是筛选，提炼。我开始在生活中留意黄继榆的故事，积累写作素材，也因为写作水平不够等原因，迟迟没有动笔。

2018 年，时任阳新县文旅局副局长的黄运华，带着阳新诗词协会的余国华来到上巢，余老师准备编写一部《富池纪实》，想要了解上巢的历史。我当时正在村建筑公司工作，村里指派我帮助收集材料。借此机会，我又更全面地了解了上巢的历史，了解了更多有关黄继榆的人生经历。

余老师跟我是邻村，是了解上巢的，他知道我在报刊上写点文章，就鼓励我把家乡的历史写出来。他深有感触地说，上巢湖过去是无田无地的，要生存，就只有走出去。你们的祖先背井离乡闯荡江湖，实际上就是一部充满血泪的奋斗史啊！

是的，如果没有祖先的顽强拼搏，哪里会有今天的上巢湖？恐怕也会和先于来到上巢湖落业的曾家岭、蔡家湾、余家堰一样，要么绝户，要么搬迁。上巢湖的祖先在山上开荒，在湖里捕鱼，在黄龙洲上种地，在长江上扳撮罾，在船上风餐露宿，在江湖上四处远航，这不能不说是一种精神，是一种智慧。这也正是中华民族自强不息的精神瑰宝，是永远值得后人学习和传承的。

我原来是计划在退休之后开始动笔的。2021 年，我在阳新一中听了《今古传奇》杂志社何大猷总编、杨如风社长和毛爱红主编的讲课后，深受鼓舞。我决定不再等待。决心有了，但又缺乏写长篇的经验，我从前只写过诗歌、散文，写过短篇小说，最长的也只有两万多字，没有创作长篇的经验。就在这个时候，我的贵人出现了。

2021 年底，黄石市作协主席荒湖给我打来电话，他说让我和他一起创作长篇小说《骆宾王之谜》。当时我是又惊又喜。惊的是主席怎么会选到我？要知道黄石的省级和国家级作家比比皆是，而我只是个刚刚加入县作协的新人。喜的是正好有一个学习写长篇的机会了，还是作协主席带着我写，我一口应承了下来。

随后是外出采风和创作讨论，这个过程给了我极大的帮助，让我掌握了长篇小说的架构和步骤。《骆宾王之谜》初稿完成之后，我决定以传记体来写黄继榆的故事。我要把家族史和黄继榆的江湖故事融为一体，让上巢湖的子孙们看到这篇小说后，既能了解到祖先的奋斗历史，也能认识到江湖的险恶，认识到社会稳定的重要性。所以，小说对家族的历史交代有些冗长，这多少有点影响小说的节奏。为了真实地重现历史，我不停地翻族谱，询问老人，前往江西，去阳新县档案馆找寻资料。湖北省档案馆也是我经常找资料的地方。我找健在的老人了解历史，反复地分析、选择。几年过去了，给我讲述历史的太昌哥、开敏叔、朝银公，他们都已经先后离世了，八十多岁的开钰叔听力不好，我就大声地问他，他也不厌其烦地跟我讲述那些遥远的故事。

令人遗憾的是，因为年代过于久远，黄继榆故居虽然还在，但很多实物都惨遭损毁。悬挂道光皇帝金匾的地方，只剩下一个空洞；黄继榆的武打书籍和医药书籍，大部分已被焚烧了，各种武术器械也都散失了。文字记载只能在《兴国州志》和《阳新县志》《黄氏宗谱》里找到片言只语。听说在安徽的庙宇里有他的牌位，在江北的茶楼里有《继榆传》在说唱，年长的人还说看过他的故事图书，可惜我都没有找到，我只能从零开始。

我把小说的题目定为《江湖》，是因为故事发生在江湖。上巢湖依湖傍江，江湖上的一风一浪，都牵连着上巢湖的每一个家庭。江湖虽大，却是由点滴之水凝聚而成的。每一滴水都有它不可忽视的作用和力量，只有每一滴水澄清了，江湖才会明净，只有每一滴水安静了，才会河清海晏。世界需要和平，老百姓更渴望稳定。

翻阅历史后才知道，我们的阳新，曾经是被下过屠城令的。兴国州十几万条鲜活的生命，差一点就被屠戮殆尽。看来，生命的长度是可以改变的，改变它的，可能是别人，也可能是自己。

《江湖》最终历时两年时间得以收稿出版。在小说的创作和出版过程中，得到了上巢村委和黄运雨、黄开喜、黄运华、黄学明、黄俊国等乡贤的大力支持。在此，我对他们的热情帮助，表示深深的感谢！

因为本人的能力和水平有限，可能存在许多错误和不足，敬请读者朋友包涵。

恭祝各位，幸福安康！

黄太义

2024 年 3 月 30 日于武汉